NEW YORK BRÛLE-T-IL ?

CHEZ POCKET

DES MEMES AUTEURS

IL ÉTAIT MINUIT CINQ À BHOPAL
PARIS BRÛLE-T-IL ? (récit)
LE CINQUIÈME CAVALIER
CETTE NUIT LA LIBERTÉ (récit)
Ô JÉRUSALEM

DE DOMINIQUE LAPIERRE

LA CITE DE LA JOIE (récit)
MILLE SOLEILS

DOMINIQUE LAPIERRE
LARRY COLLINS

NEW YORK BRÛLE-T-IL ?

ROBERT LAFFONT

ISBN : 2-266-14999-7

Dominique Lapierre

Fils de diplomate, Dominique Lapierre publie à l'âge de dix-sept ans un premier best-seller, *Un dollar les mille kilomètres*. Après des études supérieures aux États-Unis, il entre en 1954 à *Paris Match* et couvre pendant quinze ans l'actualité du monde comme grand reporter. Sa rencontre avec Larry Collins le pousse dans une carrière littéraire à quatre mains consacrée par d'immenses succès internationaux. En 1981, Lapierre fonde l'association « Action pour les enfants des lépreux de Calcutta » qui arrachera quelque neuf mille enfants à la déchéance des bidonvilles de Calcutta et contribuera à guérir plus d'un million de tuberculeux. Son livre *La cité de la joie*, écrit en solo, sera lu par soixante millions de lecteurs et adapté au cinéma par Roland Joffé.

Dominique Lapierre est marié et père d'une fille, Alexandra, elle-même écrivain à succès (*Fanny Stevenson*, *Artemisia*, *Le voleur d'éternité*).

Larry Collins

Né à West Hartford, Connecticut, Larry Collins, après de brillantes études à l'université de Yale, s'installe en Europe en 1954 où il dirige successivement les bureaux de Rome, de Beyrouth et de Paris de l'agence de presse United Press International. Sa rencontre et son amitié avec Dominique Lapierre l'arrachent provisoirement au journalisme pour se lancer dans de grandes enquêtes qui aboutiront à quelques-uns des plus grands succès littéraires des quarante dernières années, dont *Paris brûle-t-il ?*, *Ô Jérusalem*, *Cette nuit la liberté*. Adapté à la télévision, son best-seller *Fortitude*, écrit cette fois en solo, sera regardé par cinquante millions de téléspectateurs à travers le monde.

Larry Collins est marié et père de deux enfants.

Aux victimes de tous les terrorismes,
à tous les hommes et les femmes de bonne
volonté qui œuvrent pour la vérité,
la justice et la paix.

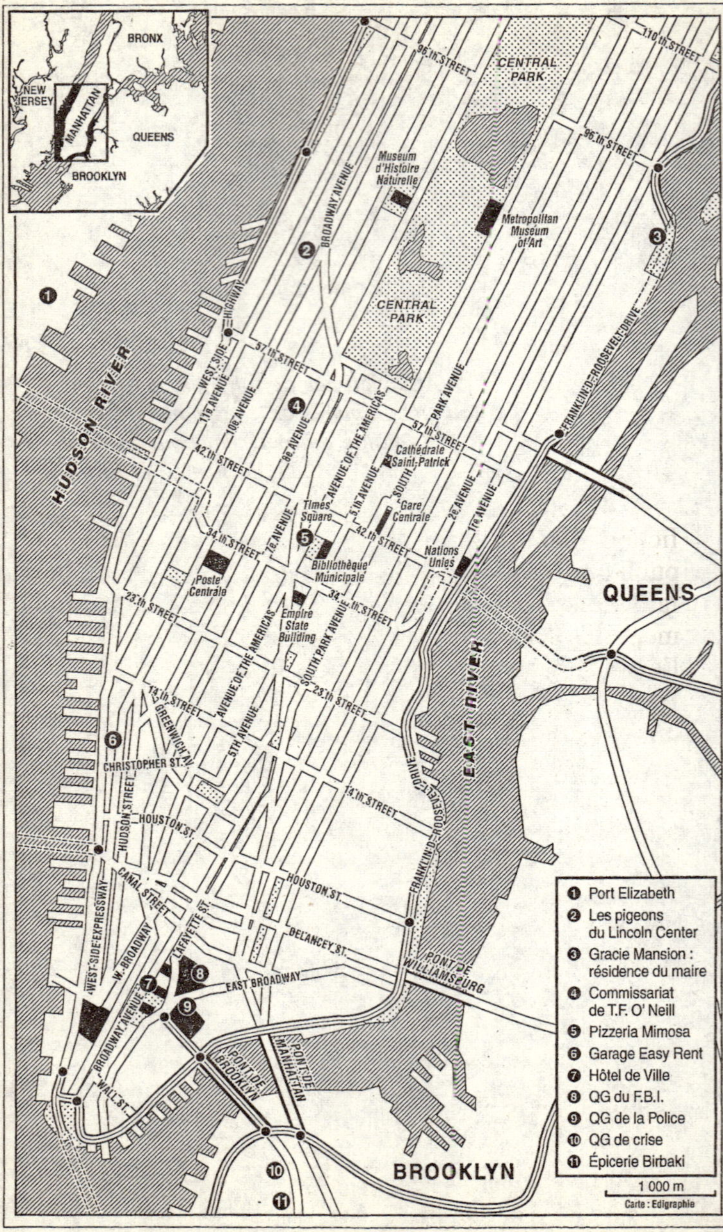

La presqu'île de Manhattan

Si les auteurs se sont permis ici de mêler réalité et fiction, ils n'ont emprunté à la vie des personnes publiques mises en scène que leurs noms et certains faits notoires les concernant. Tout le reste, et notamment le déroulement de l'action ou les anecdotes l'émaillant, sont œuvre d'imagination.

1

Bagdad, Irak
Janvier 2003

Rideaux baissés, la Cadillac noire filait à travers la nuit sans lune sur la piste qui reliait les anciennes cités des califes, Damas et Bagdad. Propriété personnelle du dictateur irakien Saddam Hussein, la limousine était équipée de systèmes électroniques capables de brouiller le radar de tout avion de chasse américain qui serait tenté d'intercepter sa course de sept cents kilomètres.

À son arrivée dans les faubourgs de la capitale irakienne, la voiture fit halte devant le portail d'une résidence présidentielle. Ce n'était pas la destination finale de son unique passager que deux gardes invitèrent à monter dans un autre véhicule. Le chauffeur démarra aussitôt vers un autre palais où attendait une autre Cadillac. Le manège se répéta une deuxième, puis une troisième fois. Comme la première voiture, les suivantes avaient des rideaux soigneusement tirés.

En ces jours de tension qui précédaient l'invasion américaine de l'Irak, aucun visiteur de Saddam Hussein ne devait pouvoir identifier celle de ses nombreuses résidences dans laquelle il était admis. Pour renforcer encore ces précautions, Saddam ne recevait que la nuit.

Le long parcours du voyageur s'arrêta enfin devant le poste de garde d'une bâtisse entourée de hauts murs. Une demi-douzaine d'officiers de sécurité, vêtus de noir, le firent entrer dans une antichambre où, en dépit de ses protestations, ils lui firent subir une fouille approfondie. Des officiers de la milice personnelle du dictateur, en tenue vert kaki, vinrent alors le chercher pour le mener à l'ascenseur qui desservait le bunker souterrain du président irakien.

Au bout d'une longue descente, la porte s'ouvrit sur une salle remplie d'ordinateurs, d'écrans de télévision, de téléphones. Deux officiers de sécurité firent alors monter le visiteur dans une voiturette électrique qui se dirigea vers le repaire du dictateur protégé par une double porte blindée. Saddam Hussein était assis au bout d'une longue table en chêne verni. Il portait l'uniforme vert olive qui était devenu familier aux téléspectateurs du monde entier. Contrairement à tant de chefs arabes qui arborent fièrement une pléiade de décorations pour des faits d'armes auxquels ils n'ont jamais participé, Saddam ne portait rien d'autre que deux petits aigles dorés sur les épaulettes de sa chemise. Sur le dos de sa main droite apparaissaient trois points de tatouage bleu vif, l'emblème de sa tribu de Tikrit.

Il fit signe à son invité de venir s'asseoir à ses côtés.

— Qu'Allah te prodigue ses bénédictions, mon frère, déclara-t-il. Je te remercie de m'avoir fait l'honneur d'accepter mon invitation.

Le visiteur mit sa main sur le cœur.

— *Ya Sidi*, l'honneur est pour moi. Et surtout le privilège de découvrir à quel point tu es en sécurité ici.

Saddam apprécia la remarque d'un sourire.

— Bush et ses chacals américains sont sur le point d'envahir mon pays. Leur but est de me capturer ou de me tuer. Je n'ai pas l'intention de leur faciliter la tâche.

Le visiteur approuva en secouant plusieurs fois la tête.

Saddam souriait à nouveau.

— Je t'ai demandé, mon frère, d'entreprendre ce long et périlleux voyage jusqu'ici parce que j'ai quelque chose de très important à te remettre. Personne, à mes yeux, ne saura en faire un meilleur usage que toi.

Le visiteur accueillit l'hommage en s'inclinant.

C'était un Libanais de confession chiite, âgé de quarante-trois ans, fils de Palestiniens réfugiés au Liban. Jusqu'au 11 septembre 2001, Imad Mugnieh avait été le chef terroriste le plus recherché par la CIA. Les soixante-trois morts de l'ambassade américaine de Beyrouth en 1983, les deux cent quarante et un marines et les cinquante-huit parachutistes français déchiquetés six mois plus tard dans l'immeuble « Drakkar » par l'explosion d'une camionnette piégée, les cent quatorze victimes des attentats contre l'ambassade d'Israël en 1992 et le centre communautaire juif de Buenos Aires en 1994, les dix-neuf aviateurs américains des Khobar Towers d'Arabie Saoudite – toutes ces tueries étaient l'œuvre de ce frêle barbu au sourire timide.

Depuis une vingtaine d'années, tous les agents secrets traquaient avec acharnement le commanditaire de ces crimes, mais Mugnieh avait le génie de se rendre insaisissable. Il fuyait la publicité comme un chat évite l'eau. Pas d'interviews télévisées pour la chaîne satellitaire d'information arabe Al-Jazira, pas de cassettes vidéo : les services de renseignements occidentaux ne possédaient de lui que deux petites photographies montrant un homme au visage rond, au front bas, avec un mince collier de barbe.

Élevé dans un village proche de Tyr, Imad Mugnieh avait rejoint très jeune les camps d'entraînement du Fatah de Yasser Arafat. Il y apprit les techniques du terrorisme aux côtés d'anciens kamikazes de l'Armée rouge japonaise, de chiites iraniens qui se préparaient à renverser le shah, de fedayins palestiniens voués à la destruction d'Israël. Son enthousiasme et son aptitude à la violence attirèrent l'attention d'Arafat. Le chef du Fatah l'affecta à sa garde policière d'élite, la force 17.

L'invasion du Liban par Israël en 1982 et l'expulsion de l'OLP de Beyrouth jetèrent le jeune Mugnieh dans les bras d'une autre organisation terroriste, le Jihad islamique d'inspiration iranienne, plus connue sous le nom de Hezbollah. Il allait vite en devenir l'un des principaux responsables. À ce titre, il développa les capacités de l'organisation à frapper par des attentats suicides les occupants israéliens du Sud-Liban. Il fut aussi l'instigateur de la vague de prises d'otages qui terrorisa Beyrouth dans les années 1980, actions criminelles qui aboutirent aux enlèvements du journaliste américain Terry Adam et de l'envoyé de l'archevêque de Canterbury Terry Waite, ainsi qu'à la torture et à la mort des agents de la CIA William Buckley et William Higgins. C'est encore lui qui organisa le détournement des vols de la TWA et de Kuwait Airways. Il réussit même à utiliser ses otages pour humilier les États-Unis en les forçant à livrer clandestinement des armes au régime de l'ayatollah Khomeini, ce qui déchaîna le scandale de l'*Iran Gate* et faillit provoquer la chute du président Reagan.

Maître dans l'art du déguisement, allant jusqu'à recourir à la chirurgie esthétique, doué d'une capacité diabolique à glisser entre les mains de ses poursuivants – au point que des journalistes en feraient un mythe inventé par les Israéliens pour nourrir la paranoïa de la CIA –, Mugnieh ne cessait de parcourir le monde pour nouer des contacts, tisser des réseaux terroristes. Parlant couramment le français et assez bien l'anglais et l'espagnol, il circulait partout sans se faire remarquer.

L'un de ses voyages le conduisit en avril 1994 au Soudan où il fit la connaissance d'un autre frère ennemi de l'Occident, Oussama Ben Laden. Bien que rien de concret n'ait jailli de cette rencontre, tous deux savaient qu'un jour viendrait où leur guerre sainte contre l'Occident leur donnerait l'occasion d'œuvrer ensemble.

— Les chiens du grand Satan sont prêts à lancer leur offensive sauvage contre notre nation arabe, prophétisa Saddam Hussein devant son visiteur. Ils sont prêts à anéantir nos villes et nos villages sous le déluge de leurs bombes. Malgré leur grand courage, il faut craindre que nos soldats soient écrasés sous le poids des armes de nos ennemis. Quant à moi, je suis destiné à devenir un *shahid*, un martyr, comme disent les croyants. À moins, bien sûr, que les cellules cancéreuses que mes médecins français ont récemment découvertes dans mes os n'agissent plus vite que les Américains...

Imad Mugnieh avait écouté sans sourciller jusqu'à ce que la référence au cancer le fasse sursauter.

— Tes médecins français se trompent sûrement, *Ya Sidi*...

— *Inch Allah !* soupira Saddam Hussein en levant les bras. Puis il continua : Pour justifier son invasion, ce démon de George Bush essaie de convaincre le monde que nous possédons des armes de destruction massive, en particulier des armes nucléaires. Eh bien, mon frère, je peux te l'avouer : nous ne possédons pas d'armes nucléaires. Hélas ! Mais nos savants et nos physiciens, qui sont beaucoup plus astucieux que l'Occident ne veut l'admettre, m'ont apporté quelque chose de presque aussi efficace qu'un engin nucléaire. Ils ont percé les secrets les mieux gardés pour mettre à ma disposition les plans d'une bombe atomique capable de réduire en poussière des villes ennemies comme Tel-Aviv, Londres ou New York. Ils m'ont assuré de la perfection de leurs plans. Pour fabriquer une telle bombe, il nous fallait de l'uranium hautement enrichi. Jusqu'à maintenant, les Américains ont réussi à contrer tous nos efforts pour y parvenir. Quelques mois de plus, et nous aurions pu réunir les vingt-cinq ou trente kilos d'uranium nécessaires à la fabrication d'au moins une bombe.

Imad Mugnieh hocha la tête. Il était assez proche de nombreux mullahs extrémistes au pouvoir en Iran pour connaître leurs difficultés à se procurer les centrifugeuses indispensables à l'enrichissement de l'uranium.

Saddam Hussein se leva pour décrocher du mur derrière lui un tableau où il figurait brandissant un sabre sur un cheval blanc. La toile dissimulait un coffre-fort encastré dans la cloison dont il déverrouilla la combinaison. Il en sortit une petite valise en cuir qu'il déposa sur la table.

— Mon frère, déclara-t-il d'un ton solennel, bien

que je ne partage pas les croyances islamiques extrémistes que vous chérissez, toi et beaucoup des tiens, je ne cède à personne le droit de haïr l'Amérique plus que moi pour le mal qu'elle se prépare à infliger à mon peuple, et pour le mal qu'elle et ses alliés israéliens ont déjà infligé à nos frères de Palestine. – Saddam Hussein poussa la mallette vers Imad Mugnieh. – C'est pourquoi je te remets aujourd'hui cette valise, mon frère. Tu y trouveras des plans détaillant toutes les étapes à parcourir pour construire une bombe atomique d'une puissance dévastatrice. Pour que ces plans deviennent une bombe, il faudra te procurer vingt-trois kilogrammes d'uranium hautement enrichi. Dans notre cas, bien sûr, ce n'était pas de vingt-trois kilogrammes seulement dont nous avions besoin pour réaliser un véritable programme nucléaire, mais de six ou sept cents kilos. Alors, pour toi, la mission devrait être facile. Peut-être tes amis iraniens pourront-ils t'aider. Avec des relations et de l'argent, tu trouveras certainement ce dont tu as besoin en Russie. Emporte ces plans. Ils représentent mes dernières volontés et mon testament. Grâce à eux, toi et tes frères, vous saurez venger mon âme. *Inch Allah*...

Ému, intimidé, Imad Mugnieh se leva pour s'incliner devant son hôte.

— Rassure-toi, *Ya Sidi*, tu seras vengé.

— Ne cherche pas une vengeance aveugle et sanglante, déclara Saddam Hussein calmement. Cela ne servirait à rien. Utilise la puissance que te confère la possession de ces plans pour accomplir quelque chose d'efficace, afin d'obtenir une vraie justice pour nos frères de Palestine, quelque chose qu'eux et le monde accepteront et reconnaîtront comme une juste victoire.

Imad Mugnieh s'inclina encore une fois avec respect.

— N'aie pas de crainte, jura-t-il, tu seras vengé. Nous obtiendrons justice en ton nom pour nos frères.

2

Waziristan, Pakistan
Dix mois plus tard

Une foule bruyante et désordonnée se pressait à la sortie du grand hall de l'aéroport Qaid e-Azam de Karachi pour accueillir les passagers du vol 63 de Pakistan International Airlines en provenance de Téhéran. Des familles, des enfants, quelques mullahs chiites en turban noir, signe qu'ils descendaient du Prophète, des hommes d'affaires occidentaux en costumes d'été qui cherchaient à repérer leur nom sur les petites pancartes brandies par les chauffeurs venus à leur rencontre. La présence de nombreux militaires et policiers en civil rappelait que Karachi était une ville dangereuse, infestée d'espions et d'islamistes extrémistes, aussi bien chiites que sunnites. Quelques semaines plus tôt, sur le conseil de ses gardes du corps qui affirmaient ne pouvoir garantir sa sécurité, le général Pervez Moucharraf, président du pays, avait dû renoncer à débarquer à l'aéroport.

Parmi les derniers passagers à sortir de l'aérogare se

trouvait, enveloppée dans un ample tchador noir, une femme qui portait à la main une petite mallette en cuir. Un jeune homme coiffé d'une calotte délicatement brodée vint à sa rencontre.

— Les croyants combattent..., lui glissa-t-il.

— ... Sur les sentiers d'Allah, répondit l'inconnue.

C'était la phrase convenue mais la voix qui avait répondu n'avait rien de féminin. Sous le voile se cachait Imad Mugnieh, le chef terroriste recherché par toutes les polices occidentales, l'homme auquel Saddam Hussein avait, un an plus tôt, donné les plans permettant de fabriquer une bombe atomique.

Ce voyage au Pakistan était pour lui l'aveu d'une défaite. Les plans que le dictateur irakien lui avait confiés n'étaient jamais sortis de la petite valise. Des mois de recherche en Russie et dans les États de l'ex-URSS ne lui avaient pas permis d'acheter un seul gramme d'uranium enrichi, en dépit des énormes sommes proposées et des efforts de ses associés de la rébellion tchétchène. Mugnieh savait que cette visite au Pakistan était pour lui le voyage de la dernière chance. Dans quelques heures, dans quelques jours, *inch Allah !* il allait retrouver, dans sa cachette des montagnes pakistanaises, le chef islamiste qu'il avait brièvement rencontré à Khartoum en avril 1994.

Acceptant d'être traité avec la prévenance due à une femme, il laissa le jeune Pakistanais s'emparer de son bagage et le suivit jusqu'à sa voiture. Celle-ci prit le chemin du quartier résidentiel de Defence Colony situé au cœur de Karachi. La plupart de ses habitants étaient des officiers retraités de l'armée pakistanaise. Oussama Ben Laden avait mis à profit ses étroites relations avec l'armée du président Moucharraf pour y faire aménager une série de planques, ainsi que le principal centre de commandement d'Al-Qaida pour le sud du Pakistan. Mugnieh était attendu dans l'un de ces refuges.

Deux jours plus tard, ses hôtes l'embarquèrent à bord d'une Toyota 4 î 4, escorté par trois moudjahidin qui dissimulaient leurs mitraillettes AK-47 sous leurs sièges. Le Libanais avait troqué son déguisement féminin pour un turban de couleur crème et un *shalwar kamiz*, le pantalon bouffant et la longue chemise des commerçants pakistanais. Leur destination était la légendaire cité de Peshawar, au pied de la passe de Kyber qui avait naguère vu passer des géants de l'histoire tels Alexandre le Grand, Marco Polo, les empereurs moghols Babur et Akbar, avant de devenir, en 1850, la porte occidentale de l'Empire britannique des Indes. Il fallut deux dures journées de route pour atteindre la ville.

Mugnieh y fit halte dans une nouvelle cache préparée par les agents d'Al-Qaida. Pendant que son escorte organisait la suite de son voyage, il alla se promener dans les quartiers pittoresques où se croisaient des guerriers pathans le torse bardé de cartouchières étincelantes, des nomades baloutches avec leurs dromadaires chargés de tapis, des cavaliers des hauts plateaux du Pamir venus faire provision de thé et d'épices.

Depuis l'invasion soviétique de l'Afghanistan en 1979 et la montée de l'extrémisme islamique qui avait suivi, Peshawar était devenue une base privilégiée pour les espions de tous bords, des trafiquants d'armes et de drogue, des ex-talibans en cavale, des moudjahidin arabes anciens combattants de la guerre contre les Russes, des barbouzes pakistanais. Des agents de la CIA se tenaient aujourd'hui à l'affût dans les bazars jadis envahis de hippies à la recherche de haschich.

Mugnieh s'étonna de découvrir des douzaines d'affichettes placardées sur les murs, montrant la photo de l'homme qu'il se préparait à rencontrer. Elles offraient une récompense colossale de vingt-cinq millions de dollars pour sa capture – mort ou vif. Il enregistra avec satisfaction le peu d'intérêt que cette offre alléchante paraissait susciter.

La dernière partie du voyage allait conduire le chef terroriste libanais au cœur de la province de la Frontière du Nord-Ouest, une région de tribus farouchement indépendantes que les colonisateurs britanniques n'avaient jamais tenté de soumettre à leur pouvoir. Soixante ans après l'accession du Pakistan à l'indépendance, la région restait un *no man's land* où les troupes du président Moucharraf ne s'aventuraient guère en dehors des centres urbains. La venue au pouvoir dans plusieurs districts de fondamentalistes islamiques purs et durs, et la situation géographique quasi inaccessible d'une grande partie de la région offraient à Oussama Ben Laden et aux chefs d'Al-Qaida un refuge irremplaçable.

Le voyage commença de nuit à bord d'une autre Toyota dont le chauffeur, un guerrier pathan, était armé d'une AK-47. À peine la voiture avait-elle quitté la ville que le conducteur s'arrêta pour fouiller sous son siège et en sortir des lunettes de vision nocturne infrarouge avec lesquelles il inspecta le ciel. *Americans ! Americans !* répétait-il en fouillant la nuit. Finalement rassuré par l'absence de toute menace aérienne, il reprit le volant et raconta à son passager la dernière opération héliportée américaine montée dans les environs pour tenter de capturer le chef d'Al-Qaida. Celui-ci avait réussi à s'enfuir grâce au brouillard, fréquent ici en hiver. De toute façon, expliqua-t-il, Ben Laden ne restait jamais plus de quelques nuits au même endroit. Ni lui ni aucun de ses partisans n'utilisaient jamais leurs téléphones portables, ce qui privait les antennes d'espionnage de la National Security Agency de pouvoir localiser leurs cachettes en interceptant leurs conversations. Dans les vallées de l'Hindu Kuch et les montagnes du Waziristan, en ce printemps 2004, c'est sans le concours des moyens modernes de communication mais par des messagers à dos de mulet, qu'Oussama Ben Laden dirigeait sa guerre terroriste mondiale.

Deux jours après son départ de Peshawar, Mugnieh comprit que l'expédition touchait à sa fin. Un moudjahid arabe qui s'était glissé pendant la nuit à travers la frontière afghano-pakistanaise, apporta un paquet pour le chef d'Al-Qaida. Il contenait plusieurs ampoules d'insuline, des seringues et un flacon d'un médicament soignant l'insuffisance rénale.

La nuit suivante, empruntant une piste défoncée, le petit groupe atteignit le village de Mirin Shah, accroché aux flancs de l'Hindu Kuch. Mugnieh et son chauffeur y abandonnèrent leur 4 î 4 pour accomplir à pied les trois kilomètres du sentier abrupt menant jusqu'au repaire d'Oussama Ben Laden. Aucun ronronnement de moteur, aucune vibration mécanique, aucune émanation excessive de transpiration humaine ne devait être repéré par les drones espions et par les détecteurs ultrasensibles dont les Américains avaient truffé la région.

La rencontre entre les deux plus grands chefs du terrorisme islamique mondial eut lieu juste avant l'aube et l'appel à la prière du muezzin de Mirin Shah. Contrairement à ce que l'on voyait sur les photos, Ben Laden ne portait pas à l'épaule sa kalachnikov fétiche, mais plusieurs hommes lourdement armés veillaient dans la pénombre. « Des Arabes », jugea le Libanais à leur aspect. Le visiteur fut surpris par l'apparente dégradation physique de son hôte. Le regard las et le visage émacié trahissaient une grande fatigue. Il s'appuyait sur deux cannes et son bras gauche le faisait visiblement souffrir. Cette blessure récoltée en Afghanistan et les dix années tumultueuses qui s'étaient écoulées depuis leur rencontre à Khartoum avaient levé un lourd tribut sur sa santé.

— Qu'Allah bénisse ta venue ! lança Oussama Ben Laden d'une voix forte qui tranchait avec la fragilité de son aspect.

Il guida le visiteur à l'intérieur de son quartier général provisoire, une vaste grotte naturelle qui s'enfonçait profondément à l'intérieur du flanc de la montagne. Le sol et les parois jusqu'à mi-hauteur étaient tendus de tapis. Sur l'un d'eux s'étalait une banderole blanche portant, en gros caractères arabes de couleur verte, les mots *Allah Akbar* – Dieu est grand. Des livres, des papiers, des pistolets, des mitraillettes, des chargeurs, un ordinateur, jonchaient çà et là les lits de corde et les tapis. Surpris par le désordre, Mugnieh se demanda comment Ben Laden pouvait diriger son organisation, animer son combat mondial pour une renaissance islamique, à partir d'un tel chaos. Avait-il commis une erreur ? S'était-il trompé d'adresse dans ses efforts désespérés pour mener à bien la mission que lui avait confiée Saddam Hussein ?

Il fut vite rassuré. L'homme avait vieilli mais c'était bien lui le chef charismatique d'Al-Qaida, le leader le plus emblématique de l'islam. Aucune cassette vidéo n'ayant été diffusée depuis presque trois ans, beaucoup le croyaient mort ou très affaibli. Ils se trompaient.

L'homme contre lequel le président Bill Clinton n'avait pas hésité à signer une autorisation d'assassinat ; l'homme contre lequel le président George W. Bush avait lancé un ordre suprême de capture « mort ou vif » ; l'homme pour lequel l'US Air Force avait dépensé quatre-vingts millions de dollars en envoyant d'un coup soixante missiles Tomahawk sur le camp d'entraînement d'Afghanistan soupçonné de l'abriter ; cet homme était non seulement vivant mais plus que jamais aux commandes de son jihad mondial destiné à rendre à l'islam toute sa puissance.

Certes, il régnait une atmosphère bizarre dans cette grotte. Mais Ben Laden et ses lieutenants ne devaient-ils pas être prêts en permanence à plier bagage et à s'enfuir en quelques minutes pour une autre cachette ? C'était en tout cas de ce repaire sommaire, gardé par un groupe de Pachtouns fanatiquement dévoués, qu'il avait piloté ces derniers mois les attentats de Bali, du Koweit, de Riyad, de Djerba, de Casablanca, de Jakarta, d'Istanbul, ainsi que les différents massacres à Bagdad, dont celui des représentants de l'ONU. En dépit de la supériorité de leur technologie, malgré les millions de dollars de récompense offerts, les Américains n'avaient rien pu faire pour enrayer ces actes de terrorisme. « Je ne me suis pas trompé, se dit Mugnieh. Oussama est bien le chef que je voulais rencontrer. »

Les deux hommes s'assirent en tailleur face à face tandis qu'un serviteur apportait du thé, des galettes de blé dur, une coupelle de sel et un pot de *labneh*, le fromage blanc de la région.

Mugnieh écouta attentivement les paroles de bienvenue de son hôte. Puis il posa cérémonieusement entre eux sur le tapis la mallette de Saddam Hussein et commença l'exposé qu'il avait préparé pendant son long voyage. Il raconta comment le chef de l'Irak l'avait fait venir à Bagdad pour lui remettre les plans de la bombe atomique que ses savants n'avaient pu construire faute d'uranium enrichi et de temps. À l'heure où les Américains étaient sur le point d'attaquer son pays, le raïs irakien avait offert ces plans à la cause du jihad, pour qu'ils servent à abattre le grand Satan. Ce cadeau avait été son testament, son ultime vengeance avant d'être écrasé puis capturé.

Oussama Ben Laden hocha plusieurs fois la tête pour montrer l'importance qu'il attachait aux paroles de son visiteur. Grâce à son réseau d'agents islamiques, il savait que l'Irak avait depuis quelques années réussi à concevoir un engin nucléaire. Mugnieh décrivit ensuite ses recherches en Russie et dans d'autres pays pour se procurer l'indispensable uranium.

— Hélas, j'ai échoué, reconnut-il.

— Cela n'est nullement surprenant, mon frère, le réconforta Ben Laden. Moi aussi, j'ai essayé d'obtenir le matériau nécessaire à la fabrication d'un engin nucléaire. Il y a une dizaine d'années, notre valeureux frère Jamal al-Fadl, que tu as rencontré à Khartoum, a offert un million et demi de dollars en mon nom pour acquérir de l'uranium, mais ceux qui prétendaient en posséder étaient des imposteurs. Un autre de mes émissaires est tombé dans un piège tendu par la police de Hambourg, en Allemagne, en 1998. Quant aux Tchétchènes, je leur ai fait savoir que j'étais prêt à payer jusqu'à trente millions de dollars pour le précieux métal. Pour quel résultat ?

Oussama Ben Laden leva sa main droite et figura le chiffre zéro avec le pouce et l'index. Puis, redressant le buste, les traits de son visage soudain durcis, il continua :

— Je suis aujourd'hui convaincu que telle n'est pas la voie à suivre pour obtenir ce que nous cherchons. Cette voie ne conduit qu'à des escrocs. Il faut emprunter un autre chemin, un chemin islamique.

Il jeta un regard vers le contenu de la valise que Mugnieh avait ouverte pendant son discours, regard dépourvu de toute curiosité.

— Tu connais sans doute, mon frère, la *fatwa* que j'ai lancée. C'est un devoir sacro-saint pour les musulmans d'obtenir ces engins que les infidèles appellent des armes de destruction massive, seuls moyens de les mettre en échec. Nous devons réunir toutes les forces possibles pour terroriser les ennemis de Dieu. Tuer des juifs et des Américains partout dans le monde est l'un des buts les plus sacrés de tous les musulmans, car il est celui qui a la faveur d'Allah.

Oussama Ben Laden inclina la tête dans un geste de respect avant de poursuivre :

— La création d'Israël est un crime. Tous les responsables de ce crime doivent payer, et payer lourdement, le peuple américain en premier. Le Seigneur des mondes nous autorise à exercer cette vengeance. Ce sont les Américains qui, les premiers, ont fabriqué et utilisé ces armes. Pourquoi l'horreur leur en serait-elle épargnée ?

Oussama s'interrompit à nouveau et leva les yeux comme pour invoquer la bénédiction divine.

— Ce mardi béni du 11 septembre 2001, grâce à notre splendide et courageuse opération, unique dans l'histoire de l'humanité, nous avons roulé l'Amérique et son orgueil dans la boue de l'infamie.

Il leva l'index de sa main droite à la verticale et pinça la base de l'ongle avec le pouce et l'index de sa main gauche.

— Cette première attaque était grande comme ça, déclara-t-il en indiquant son ongle. La prochaine sera grande comme ça, promit-il en montrant toute la longueur de son doigt. Elle tuera des millions d'Américains ! Ce sera notre vengeance pour tout le mal qu'ils ont infligé à nos frères.

Il proféra cette terrifiante menace d'une voix calme et assurée, dépourvue de toute émotion.

— Les flots de sang qui coulent en Palestine doivent entraîner une vengeance de même ampleur, conclut-il.

Un rictus imperceptible plissa la bouche du représentant du Hezbollah à l'évocation des souffrances de la Palestine, cette terre où ses parents étaient nés, ce pays pour lequel il se battait contre Israël depuis vingt-deux ans. Imad Mugnieh savait que les souffrances de ses frères palestiniens n'avaient jamais été au premier plan des préoccupations de Ben Laden, du moins jusqu'à son quatrième appel aux armes lancé le 7 octobre 2001 lorsque les Américains commencèrent leur campagne de bombardement contre les talibans en Afghanistan.

La réflexion un instant silencieuse des deux hommes fut interrompue par l'arrivée d'un membre de la garde du chef d'Al-Qaida qui s'inclina respectueusement avant de lui chuchoter quelques mots à l'oreille.

— Ah ! s'exclama Ben Laden, des soldats infidèles en provenance de l'Afghanistan occupé auraient franchi la frontière et se dirigeraient vers Mirin Shah, le village où tu as laissé ton véhicule avant de venir jusqu'ici. Est-ce qu'ils soupçonnent notre présence ? J'en doute, mais nous devons prendre des précautions.

Il se leva brusquement et, se déplaçant à l'aide de cannes, entraîna son visiteur avec une surprenante agilité vers une plate-forme qui menait à une autre grotte. Derrière lui, ses partisans s'activaient déjà à effacer les signes de toute occupation dans celle qu'ils venaient de quitter.

La seconde grotte n'était éclairée que par une seule bougie. Un gros rocher en dissimulait l'entrée. Le garde qui avait donné l'alerte disposa des tapis sur le sol pour que les deux hommes puissent reprendre leur entretien. Puis il sortit une seringue des plis de sa chemise et administra une dose d'insuline dans l'avant-bras du chef d'Al-Qaida.

— Vous voyez dans quelles conditions ces chiens d'Américains m'obligent à vivre ? – Il sourit et souffla la bougie. – Qu'importe la souffrance, enchaîna-t-il dans l'obscurité devenue totale. Souffrir sur le chemin du jihad est une bénédiction d'Allah. Le jihad est un devoir pour la nation islamique que le péché a détournée de l'enseignement du Livre et entraînée vers les jouissances de la vie. Nous avons laissé les juifs et les chrétiens nous corrompre avec leurs vils plaisirs et leurs sordides valeurs matérialistes.

Sa main droite balaya l'obscurité dans un geste de colère.

— Mais revenons, mon frère, au grand rêve qui t'a amené ici. Nous aurions pu, bien sûr, fabriquer ce que les infidèles appellent une bombe sale en utilisant du césium 137 ou du cobalt 60. Nous avons fait des expériences avec ces matériaux en Afghanistan avant l'invasion américaine. Nous avions des laboratoires à Kaboul, à Jalalabad et à Kandahar, des savants russes travaillaient avec nous. Mais ce genre d'engins n'est pas la réponse à notre problème. Étant donné la domination écrasante de l'Amérique en matière d'armements conventionnels, nous devons nous équiper d'armes de destruction massive comme celles que tu as, en vain, essayé de te procurer. Seulement alors serons-nous en mesure de triompher dans ce combat contre le Mal.

Ben Laden s'interrompit comme s'il voulait que le silence et l'obscurité imprègnent son visiteur du tragique de ses paroles. Puis, d'une voix sépulcrale, il entreprit de résumer sa pensée.

— L'islam est aujourd'hui en position de faiblesse parce que les musulmans ont cessé de marcher sur la voie du Prophète. L'amour de la mort pour servir la cause d'Allah a déserté nos cœurs. Comme je l'ai découvert en Afghanistan, ce n'est pas sur le chemin des infidèles que nous trouverons les armes dont nous avons besoin. Notre voie doit être celle de l'islam. Nous devons faire appel aux vrais disciples du Prophète pour nous accompagner en tête du jihad et obtenir ces armes, des armes islamiques. Je connais deux croyants prêts à nous apporter leur aide. Et je t'assure, mon frère, qu'ils peuvent nous permettre d'atteindre notre but. Si je leur adresse un message aujourd'hui, ils seront ici dans quarante-huit heures. Je t'invite à les attendre. Ensemble, nous trouverons le moyen d'assouvir notre vengeance.

*

Quarante-huit heures plus tard, Imad Mugnieh fut convié à retrouver Oussama Ben Laden dans la grotte de leur première rencontre. Le chef d'Al-Qaida s'était coiffé d'un turban blanc immaculé et s'était fait soigneusement tailler la barbe et teindre en noir chaque poil grisonnant. Le plus dévot des hommes est capable de succomber à la vanité, se dit-il. Les deux hommes guettèrent la venue de leurs visiteurs en prenant soin de se tenir en retrait pour ne pas risquer d'être repérés par les caméras d'un Predator espion. Exactement à l'heure prévue, les deux invités de Ben Laden arrivèrent à dos de mule, escortés par plusieurs guerriers d'une des tribus pathanes généreusement payées pour sa protection. Le premier cavalier à mettre pied à terre était un petit homme maigre d'une cinquantaine d'années, dont la silhouette rigide trahissait l'éducation militaire. Mugnieh ne le connaissait pas. L'autre, un peu plus âgé, avait une moustache grise, des cheveux soigneusement peignés en arrière et un regard mélancolique. Mugnieh connaissait de nom et de réputation Abdul Sharif Ahmad, le brillant physicien nucléaire qui avait participé à la mise au point de la bombe atomique pakistanaise aux côtés du Dr Abdul Qadeer Khan, le père du programme atomique pakistanais, celui que le monde scientifique surnommait l'« Oppenheimer de l'islam ».

Ahmad et Ben Laden se saluèrent avec effusion. À la chaleur de leur étreinte, Mugnieh comprit que les rumeurs sur les rencontres secrètes et régulières des deux hommes en Afghanistan du temps des talibans étaient vraies. Mais il ne savait pas qu'Ahmad était aussi membre du mouvement extrémiste Lashkar e-Toïba – les soldats de la cause, une organisation très proche d'Al-Qaida. Ben Laden présenta Mugnieh aux deux visiteurs. Le petit homme qui accompagnait le savant était le général Habib Bol, ancien commandant de l'Inter Services Intelligence (ISI), le service secret militaire pakistanais, une organisation aux membres triés sur le volet chargés, entre autres responsabilités, de la protection des installations nucléaires pakistanaises. Le nom de ce personnage, à défaut de son visage, était familier au terroriste libanais.

Ce que Mugnieh ignorait, c'est que la CIA considérait le général Bol comme l'homme le plus dangereux du Pakistan. Pourtant, pendant dix ans, celui-ci s'était battu avec courage et détermination aux côtés des agents américains durant leur guerre contre les Russes en Afghanistan. Ils l'avaient surnommé « BLG », *the Brave Little General* – le brave petit général, tant à cause de sa taille que de son courage.

Les anciens alliés du petit général étaient devenus à ses yeux les pires des traîtres depuis que, en octobre 1990, après la défaite de l'Armée rouge, le gouvernement de Washington avait imposé des sanctions économiques et militaires contre son pays en raison de son programme nucléaire. Un programme sur lequel les Américains avaient fermé les yeux tant qu'ils jugeaient essentielle la coopération du Pakistan sur le front afghan.

La haine de Bol envers les Américains était devenue féroce. Il s'empressa de retirer son fils de l'université texane où il était entré grâce à l'appui de la CIA. Aucun membre de sa famille n'étudierait chez le grand Satan. Il quitta ensuite la direction de l'ISI pour rejoindre les rangs du mouvement islamiste extrémiste UTN, la Umma Tameer e-Nun – la Reconstruction de la communauté musulmane. Derrière ce paravent, il avait mis en place une série de cellules clandestines composées d'officiers de l'ISI, dont certains avaient pour tâche la sécurité des armes nucléaires du pays.

Le chef d'Al-Qaida entraîna ses invités à l'intérieur de la grotte où avait été préparé un frugal mais chaleureux repas de bienvenue. Mugnieh réprima un sourire en constatant avec quel soin le désordre qu'il avait trouvé à son arrivée avait été effacé. Les papiers, les pistolets, les chargeurs, les disquettes d'ordinateur, tout avait été rangé et des lampes à huile éclairaient à présent les lieux. Se comportant en hôte attentionné, Ben Laden attendit que ses invités aient terminé leur repas et que le thé ait été servi, pour aborder l'objet de leur rencontre.

— Mes frères, déclara-t-il alors de sa petite voix égale, je vous ai priés de vous joindre à nous aujourd'hui parce que je crois que le temps est venu pour notre jihad de s'élever au-dessus des tactiques de guérilla auxquelles nous avons eu recours jusqu'ici. Envoyer d'héroïques martyrs faire exploser leurs camions dans les casernes et les ambassades des infidèles, ou sur les marchés des juifs, poser des bombes dans les discothèques d'une jeunesse décadente, lancer des avions bourrés de passagers sur les gratte-ciel du grand Satan, tous ces actes de courage et d'abnégation doivent aujourd'hui laisser la place à un combat élargi.

« Désormais, continua-t-il, le jihad doit utiliser les mêmes armes que celles mises au point par les infidèles pour imposer leur domination sur notre univers. Les Américains, le grand Satan, se sont lancés dans une guerre d'extermination contre les peuples de notre Umma, notre bien-aimée communauté islamique. Regardez ce qu'ils ont fait à l'Irak ? Regardez comment ils ont aidé les juifs à réduire en esclavage nos frères de Palestine ? Et qu'ont fait nos dirigeants ? Rien !

Il soupira comme pour souligner le poids de cet échec.

— Le Coran nous commande de donner aux musulmans toutes les forces nécessaires pour se défendre. C'est pourquoi je dis : Que Bush subisse l'horrible châtiment de Dieu pour ce qu'il a commis ! Nous sommes capables de lui infliger notre vengeance.

Il s'interrompit, but une gorgée de thé et conclut :

— Grâce aux travaux inspirés de notre éminent frère, le très respecté Dr Abdul Qadeer Khan, le sabre de Dieu se trouve à présent dans nos mains vengeresses. Les bombes entreposées dans les arsenaux de ce pays ne sont pas des bombes pakistanaises. Ce sont des bombes *islamiques*. Elles appartiennent à la communauté des croyants, à notre Umma. Elles doivent nous permettre de nous venger des tyrans qui veulent nous détruire. N'est-ce pas, cher Abdul Sharif Ahmad ?

Ahmad acquiesça avec solennité.

— Oussama Bey, intervint alors le général Bol, nos fusées perfectionnées avec l'aide de nos amis nord-coréens peuvent expédier une charge nucléaire sur Madras ou sur Bombay, mais pas sur Washington. Nous ne possédons pas de missiles ni d'avions qui puissent menacer l'Amérique.

— Mais, protesta Ben Laden, nos armes nucléaires peuvent à coup sûr détruire son grand allié Israël, n'est-ce pas ?

— Certes, confirma Bol. Nos nouvelles fusées peuvent désormais frapper Israël sans aucun problème.

Ahmad prit alors la parole.

— Mes frères, déclara-t-il avec autorité, je suis d'accord avec Oussama quand il dit que nos bombes atomiques sont des bombes islamiques et non pakistanaises. Quand le Premier ministre Bhutto m'a pour la première fois demandé de travailler avec notre frère, le grand Dr Abdul Qadeer Khan, à la fabrication d'une bombe atomique en décembre 1974, j'ai immédiatement considéré qu'elle devait être une arme islamique, et pas seulement une arme pour défendre le Pakistan contre une agression indienne. Je me suis dit : « Les Américains ont la bombe. Les Israéliens ont la bombe. Les Indiens vont l'avoir. Pourquoi nous, les musulmans, ne l'aurions-nous pas ? » Aujourd'hui, grâce à nos efforts, nous possédons quarante-sept projectiles nucléaires dans nos arsenaux. Nous serions certainement capables d'en expédier six sur Israël avec la garantie que trois au moins atteindraient leur objectif. Géographiquement, Israël est un tout petit pays. Trois bombes suffiraient à l'anéantir, et nous garderions tout notre potentiel nucléaire pour nous défendre contre nos voisins indiens.

Les paroles d'Ahmad firent naître un sourire sur le visage ascétique du chef d'Al-Qaida.

— Voilà, mes frères, quelle doit être notre réponse.

— Pas exactement, cher Oussama, objecta Ahmad, navré de contredire son hôte. La force nucléaire d'Israël est plus importante que la nôtre, plus importante même que celle de grands pays comme la Grande-Bretagne et la France. La plupart des bombes israéliennes sont déjà en place sur leurs missiles Jéricho enterrés dans des silos fortifiés au cœur des collines de Judée. Elles auront survécu à notre attaque. Nos bombes auront peut-être tué trois millions d'Israéliens, mais il y aura bien quelques survivants pour tirer contre nous assez de fusées et effacer notre pays de la carte en exterminant quarante millions de nos compatriotes. J'ai voué mon existence à l'armement nucléaire de mon pays pour le protéger, pas pour le détruire.

Un silence respectueux accueillit ces paroles. Personne n'était plus qualifié pour discuter de l'emploi de l'arme nucléaire pakistanaise qu'Abdul Sharif Ahmad.

Né à Jullundur, au Pendjab, il s'était enfui d'Inde avec sa famille durant le sanglant été de 1947 qui avait suivi la partition du sous-continent pour rejoindre le nouvel État du Pakistan. Traumatisé par cette expérience, il avait juré de consacrer sa vie à donner à sa nouvelle patrie les moyens militaires les plus modernes pour se défendre contre ses ennemis. Ne trouvant pas dans le nouvel État islamique la possibilité d'approfondir ses dons pour les sciences, il était parti en Angleterre étudier la métallurgie. Puis, en 1972, il avait gagné la Hollande pour entrer chez Urenco, une firme multinationale spécialisée dans le développement des centrifugeuses à haute vitesse destinées à l'enrichissement de l'uranium.

Piqué au vif par l'humiliante défaite qui vit, en 1971, le Pakistan oriental devenir, avec l'aide de l'Inde, le Bangladesh indépendant, le Premier ministre Zulfikar Ali Bhutto décida de doter son pays d'armes atomiques pour répondre à la supériorité de l'Inde en armements conventionnels. Peu après, en 1974, le chef du Pakistan avait demandé à Abdul Sharif Ahmad de se lancer aux côtés du Dr Abdul Qadeer Khan dans l'aventure nucléaire, « le Pakistan dût-il se trouver contraint de manger de l'herbe pour en payer le coût ». Ahmad accepta et repartit en Hollande où, pendant un an, il perfectionna ses connaissances sur les centrifugeuses et traduisit de l'allemand nombre de dossiers classés « secrets ». En janvier 1976, ses valises bourrées de documents patiemment amassés durant son séjour, il rentra à Karachi. Six mois plus tard, il démarrait un programme d'enrichissement d'uranium dans la petite ville de Kahuta proche d'Islamabad.

Parfaitement au courant de ces événements, la CIA avait mis Washington en garde. Mais l'administration

Reagan décida de fermer les yeux en échange de la coopération du général Zia ul-Haq, le successeur d'Ali Bhutto, dans la guerre contre les Soviétiques en Afghanistan. Dès 1981, les premières centrifugeuses d'Ahmad commencèrent à produire de l'uranium enrichi. Trois ans plus tard, plus d'un millier d'appareils fonctionnaient sous sa direction tandis que son équipe procédait à des tests « à froid » sur ordinateurs pour la mise au point d'une bombe à implosion.

Lorsque le premier président Bush décida d'imposer des sanctions contre le Pakistan après le départ des Russes d'Afghanistan en 1990, il était trop tard. Avec une douzaine de bombes d'une puissance comparable à celle lâchée sur Hiroshima, le « pays des Purs » avait déjà fait son entrée dans le club des nations possédant l'arme nucléaire.

— Personne dans cette grotte ne hait les Américains plus que moi, déclara le général Bol, l'ancien officier des services secrets militaires pakistanais. Mais, en ma qualité de soldat, je comprends et j'accepte la position d'Abdul Sharif Ahmad. Ce n'est pas de cette façon que nous devons utiliser l'arme suprême que lui et ses collègues physiciens ont mise à notre disposition.

— Comment, alors ? s'enquit Ben Laden avec un soupçon d'impatience.

— Tu sais, mon frère, répondit Bol, que j'ai créé une organisation clandestine parmi les officiers de l'ISI. Elle s'appelle « les Combattants pour l'islam ». Ses membres partagent tous nos idéaux et comprennent, comme toi, la nécessité de lancer un jihad.

Ben Laden inclina la tête.

— Quand les Américains entreprirent d'anéantir les talibans, poursuivit Bol, ce traître de Moucharraf leur vendit notre pays pour les aider dans leur guerre. Il accepta le démantèlement partiel de notre force nucléaire et vida l'arsenal de Kahuta pour le disperser dans une demi-douzaine d'abris différents. L'un d'eux est situé à Tikrim Mir, pas très loin d'ici. L'officier de l'ISI qui en est responsable est un combattant pour l'islam. Comme l'est également l'officier responsable du centre de Chasma où se trouvent entreposés les détonateurs.

Bol s'interrompit pour réfléchir aux précisions importantes qu'il voulait à présent donner.

— Peut-être pourrais-je convaincre l'officier en charge de Tikrim Mir de nous laisser subtiliser, de nuit, l'un des engins entreposés dans son silo. Grâce à la neutralisation préalable des systèmes de sécurité et de la banque de données des stocks dont je possède les codes, les bureaucrates d'Islamabad ne seront pas alertés. Nous emporterons la bombe à Chasma où, avec la complicité d'un autre combattant pour l'islam, et selon les mêmes procédures de neutralisation des systèmes de sécurité, nous l'équiperons secrètement de son système de mise à feu.

Ben Laden avait écouté le « brave petit général » les yeux fermés. Une expression de béatitude absolue illuminait son visage.

— Grâce à tes réseaux, tu trouveras certainement le moyen d'introduire cette bombe sur le territoire du grand Satan et nous la ferons sauter au cœur même de ce qui lui est le plus cher, poursuivit le général Bol. Les Américains ignoreront sa provenance et ne pourront donc exercer de représailles puisqu'ils ne sauront pas où et contre qui frapper.

Un éclair de complicité traversa le visage de Ben Laden tandis qu'il se tournait vers Abdul Sharif

Ahmad. Le savant ne montrait aucune émotion. Ben Laden connaissait son amour pour la nature et la poésie, mais aussi sa haine des Américains, une haine si vive que la perspective d'en voir plusieurs millions disparaître dans un holocauste nucléaire ne pouvait susciter chez lui le moindre remords. Il se tourna ensuite vers Mugnieh.

— Je suis certain, mon frère, que parmi tes partisans se trouvent de jeunes hommes courageux prêts à mourir en martyrs pour bénéficier de la vie éternelle, déclara-t-il. Des hommes qui, avec l'aide des spécialistes de mon organisation, pourraient introduire cette bombe dans le pays du grand Satan.

Ces mots éveillèrent dans la mémoire du chef terroriste des images pénibles de jeunes gens entassés dans le camp de réfugiés palestiniens d'Ain el-Halweh, au sud de Beyrouth. Un camp parmi les plus sinistres du Proche-Orient, un dépotoir de haine et de détresse.

— Oui, mon frère, je connais des hommes et des femmes qui parlent assez bien l'anglais pour s'infiltrer sans problème au milieu des Américains, des croyants qui ont consacré leur existence à étudier et à se préparer pour l'occasion que Dieu leur donne aujourd'hui. Puis-je savoir quelle sera la taille de cette bombe ?

— Disons qu'elle sera facilement transportable, répondit Abdul Sharif Ahmad après un moment de réflexion. Après l'avoir équipée de son système de mise à feu, nous brancherons sur celui-ci un téléphone portable dont tu seras, mon frère Oussama, le seul à connaître le numéro. Je réglerai le détonateur de telle sorte qu'il n'active la bombe qu'après avoir reçu ton appel. Ainsi, quoi qu'il arrive lors de son transport, elle n'explosera que si elle reçoit ton appel codé, Oussama. Pour le cas où tu serais dans l'incapacité de transmettre cet appel, je te propose que nous communiquions également le numéro à notre frère Mugnieh.

Ben Laden approuva de la tête.

— Avec ses accessoires, la bombe pèsera une centaine de kilos, conclut-il. Elle tiendra dans une caisse de la taille des cartons utilisés pour les postes de télévision. Vous pourrez la charger sans difficulté sur le dos d'un chameau.

Jusque-là, Ben Laden et Mugnieh n'avaient cessé de montrer leur approbation aux explications du savant. L'idée que la bombe serait acheminée « à dos de chameau » les intrigua. Devançant leur question, le général Bol intervint :

— Apporter cette bombe directement à Karachi pour l'embarquer ensuite sur un bateau à destination des États-Unis représenterait, mes frères, un double risque. D'abord, le risque qu'elle soit interceptée entre Chasma et Karachi par des agents de la CIA ou par des policiers pakistanais à leur solde. Ensuite, en cas de problème, les Américains pourraient identifier l'origine pakistanaise de l'engin. Ce serait catastrophique. Voilà pourquoi la bombe doit transiter par l'Inde, avant son embarquement final pour l'Amérique. Les points de passage entre nos deux pays étant officiellement fermés, il faudra la faire transporter par une de ces caravanes de contrebandiers qui traversent régulièrement la frontière indienne dans le désert du Rajasthan. Ce voyage est plus long et plus lent, mais il a le mérite de ne présenter aucun danger. Les trafiquants sont de mèche avec les policiers des deux côtés. Il suffira qu'une équipe d'Al-Qaida attende la caravane à Jaisalmer pour prendre livraison du « paquet ».

— Et après Jaisalmer ? demanda Mugnieh qui n'était guère familier avec la géographie de l'Inde.

— À partir de Jaisalmer, il sera facile à nos hommes de transporter la bombe par la route jusqu'à Bombay, expliqua Ben Laden. Il nous faudra ensuite trouver un bateau pour l'expédier aux États-Unis. Si les Américains parvenaient à mettre la main dessus, ils incrimineraient les Indiens, pas nous !

La remarque déclencha un petit ricanement sardonique sur les lèvres des quatre convives. Puis Ahmad demanda :

— Oussama, mon frère, où as-tu l'intention de faire exploser cette bombe ?

— C'est une question que je dois étudier soigneusement avec nos gens installés aux États-Unis, répondit Ben Laden. À Washington ?... À Chicago ?... À New York ?... Personnellement, je pencherais plutôt pour New York car, après tout, il y a autant de juifs à New York qu'il y en a dans tout l'État d'Israël.

L'importance de la remarque n'échappa à personne.

— En abattant ses tours le 11 septembre, nous avons frappé des symboles, enchaîna Ben Laden. Aujourd'hui, c'est la capitale du mal et du péché tout entière que nos héros doivent enflammer au nom de l'amour de Dieu.

Une intense lueur de joie illumina soudain le visage du chef d'Al-Qaida comme si New York brûlait déjà devant ses yeux.

— Mes frères...

Avec timidité, Mugnieh demandait la parole. Il se sentait soudain investi d'un rôle infiniment plus important que celui qu'il avait envisagé au départ.

— Puis-je poser une question ? demanda-t-il avec respect.

— Bien sûr, s'empressa Ben Laden.

— Selon vous, que gagnera notre cause avec l'explosion de cette bombe dans une grande ville américaine ?

Ben Laden tenait la réponse toute prête.

— Elle fera comprendre aux Américains que ce qui les a frappés jusqu'ici n'était qu'un prélude, que la vraie guerre commence désormais.

Une expression de doute s'inscrivit sur le visage de Mugnieh.

— Je crains, mes frères, que cette action n'incite les Américains à exercer une vengeance brutale et aveugle contre les musulmans. La haine qu'ont inspirée les attentats du 11 septembre ne sera rien en comparaison. Car il y a une chose que j'ai apprise au cours des opérations que j'ai menées dans ma vie, à commencer par la destruction de la caserne des marines américains au Liban, c'est que, pour être efficace, une opération doit avoir un objectif précis. À Beyrouth, mon ambition était de chasser les Américains du Liban. Ça a marché. Quand Reagan a vu combien de ses chers marines étaient morts, il a pris la poudre d'escampette.

— Alors, que proposes-tu ? demanda Ben Laden. Que nous demandions aux Américains de forcer leurs alliés d'Israël à quitter notre Dar el-Islam – notre terre d'islam ?

— Non, mon frère. Ce serait inutile. Israël ne se sabordera pas pour faire plaisir à George Bush. Il faut choisir un objectif que nous pouvons espérer atteindre. Supposons, par exemple, que nous disions aux Américains : « Notre bombe atomique explosera à New York, ou à Washington, ou à Chicago, dans cinq jours, à moins que, d'ici là, vous ayez pu contraindre vos alliés israéliens à s'engager devant le monde entier à se retirer des implantations illégales qu'ils ont installées sur la terre arrachée à nos frères palestiniens en 1967. »

Mugnieh se redressa pour tenter de déchiffrer dans les regards une première réaction.

— C'est là un objectif que nous pouvons raisonnablement atteindre, continua-t-il. Le monde entier, y compris le peuple américain, est conscient de la terrible injustice que représentent ces colonies. Le monde entier, sauf une poignée de fanatiques en Israël, soutiendra notre revendication. Et si cinq ou six millions d'Américains viennent à périr, ce sera la faute des Israéliens, et non la nôtre.

— C'est en effet une très bonne idée, convint Abdul Sharif Ahmad, heureux d'entrevoir pour sa bombe une autre perspective que la mort de plusieurs millions d'innocents.

Comme chaque fois qu'il était sur le point de lancer une action terroriste, Oussama Ben Laden avait besoin d'être rassuré. Il se tourna vers le général Bol.

— Crois-tu vraiment, mon frère, que nous allons pouvoir nous procurer une de ces bombes ? demanda-t-il en insistant sur chaque mot.

Bol ferma les yeux pendant quelques secondes. Puis il répondit :

— Je le crois, mon frère. Il nous faudra du temps car l'opération devra se dérouler dans le plus grand secret. Mais je connais mes combattants de l'islam. Je sais que je peux compter sur eux.

Devant un tel consensus, Oussama Ben Laden n'avait plus qu'à conclure.

— Magnifique ! déclara-t-il. Notre bombe atomique islamique va enfin apporter la justice à nos frères de Palestine. D'une manière que le monde entier pourra accepter et comprendre. Même le peuple d'Amérique !

*

Six semaines plus tard, une 4 x 4 Toyota noire portant les insignes de l'ISI quitta la grand-route reliant Islamabad à Hyderabad à la hauteur de la petite ville de Rahimyar Khan, pour prendre à gauche la piste de sable qui s'enfonçait dans le désert du Rajasthan. Sa destination était les quelques huttes de boue séchée du village de Quadr, à douze kilomètres du territoire indien.

Le chauffeur était un lieutenant-colonel en uniforme de l'ISI, tenue qui commandait le respect dans cette zone frontalière. À côté de lui, en civil, se trouvait le général à la retraite Habib Bol. Sur la banquette arrière avaient pris place Oussama Ben Laden et Imad Mugnieh. Comme impressionnés par la portée de leur projet, les quatre hommes gardaient le silence.

Les plans du général Bol s'étaient déroulés exactement comme prévu. Le chauffeur de la voiture était membre du réseau des combattants de l'islam implanté au sein de l'ISI. Il était responsable de l'installation nucléaire secrète de Tikrim Mir, une petite ville du Pendjab pakistanais où huit bombes étaient entreposées. À la faveur de la nuit et grâce à la complicité de l'un de ses camarades, il s'était emparé de l'un des projectiles confiés à sa garde. L'opération fut délicate. Les ingénieurs chargés de la protection des armements nucléaires avaient installé un système informatique de sécurité sur chacun des huit engins stockés dans l'arsenal. Le moindre déplacement de n'importe lequel de ces engins était automatiquement signalé au quartier général du commandement nucléaire à Islamabad. Mais le général Bol avait soigneusement choisi ses complices. Le lieutenant-colonel était l'un des deux officiers dépositaires du code permettant de manipuler le système de sécurité. Il avait mis le système en position d'attente, le temps d'extraire l'ogive nucléaire de son logement et de la sortir du silo. Quelques minutes avaient suffi. Il avait ensuite modifié les paramètres du système de sécurité pour qu'il reprenne ses fonctions comme si la bombe était toujours à sa place. Seule une inspection matérielle de l'arsenal pouvait révéler la disparition de l'engin. Par chance, les militaires de l'ISI qui gardaient les arsenaux nucléaires du pays faisaient une confiance aveugle à leurs systèmes informatiques de sécurité. La vérification des stocks ne faisait pas partie de leurs priorités. Le complice du général Bol avait appris qu'aucune inspection n'était prévue à Tikrim Mir jusqu'au début du ramadan de l'année 2004. Les hommes de Ben Laden auraient le temps de prendre le large avec leur précieuse ogive.

Le général Bol et le lieutenant-colonel emportèrent immédiatement la bombe à Chasma où Abdul Sharif Ahmad installa un système de mise à feu relié à un téléphone cellulaire. L'appareil était équipé d'un scanner miniature de fabrication américaine interdisant la réception éventuelle de faux numéros qui pourraient déclencher l'explosion par erreur. Comme Ahmad l'avait promis, Oussama Ben Laden serait le seul maître de l'opération. En cas d'incapacité, Mugnieh prendrait le relais.

Après quelques kilomètres de piste dans le désert du Rajasthan, Bol aperçut derrière un bouquet d'épineux quelques dromadaires qui s'abreuvaient à l'eau d'un puits.

— C'est là ! indiqua-t-il au chauffeur qui stoppa son véhicule.

Trois hommes coiffés de turbans écarlates sortirent

alors de l'abri d'une toile tendue entre quatre perches, derrière les chameaux.

— Ce sont mes hommes, Imad, précisa Bol en se tournant vers Mugnieh. Ils connaissent parfaitement ce désert. N'aie aucune crainte, ils te feront passer en Inde en toute sécurité.

Bol, Mugnieh et le chauffeur descendirent de la Toyota. Ben Laden resta à l'intérieur du véhicule, protégé des regards par les rideaux baissés. Mieux valait éviter que le célèbre visage fût reconnu, même par d'inoffensifs chameliers. Le chauffeur ouvrit le coffre et fit signe à deux caravaniers d'en retirer la caisse et de la porter jusqu'au bât de l'un des animaux. Une fois solidement arrimée avec des cordes, la caisse fut recouverte d'un double tapis de prière afghan, comme l'étaient les autres marchandises transportées par cette caravane. Évidemment, ni les chameliers ni les officiers de l'ISI chargés de les escorter n'avaient la moindre idée de ce que contenait cette caisse.

Mugnieh remonta dans la voiture pour dire adieu à Oussama. Les deux hommes s'étreignirent, puis le chef d'Al-Qaida glissa une enveloppe dans la main du voyageur.

— Mon frère, mes hommes t'attendront à Jaisalmer, de l'autre côté de la frontière, chuchota-t-il. Ils te conduiront à ta destination. Tu trouveras dans cette enveloppe tout ce que tu as besoin de savoir pour la suite de ton voyage.

La nuit tombait sur le désert. Dès que l'obscurité fut complète, le général Bol vint discrètement chercher Ben Laden pour qu'il puisse, à la faveur des ténèbres, bénir la bombe qu'une bête allait emporter. « Pour la gloire d'Allah, puisse cet instrument de notre vengeance terroriser les ennemis de Dieu », murmura le chef d'Al-Qaida d'une voix si basse que personne ne put l'entendre.

Puis il se tourna vers Mugnieh avec un regard intense.

— Avec leurs hélicoptères, leurs satellites espions et les traîtres pakistanais à leur solde, les Américains tentent désespérément de me capturer. Ils y parviendront sans doute un jour. Mais qu'importe ! Car toi, mon frère, tu pourras te substituer à moi et mener à son terme l'opération que nous avons préparée ensemble pour obliger le Grand Satan à rendre justice à nos frères de Palestine, sous peine de voir New York anéantie dans un océan de feu. Qu'Allah te donne la force d'accomplir cette mission sacrée si je venais à disparaître.

Oussama Ben Laden étreignit le chef du Hezbollah avec une force qui étonna ce dernier.

— Tu peux compter sur moi, mon frère.

Mugnieh rejoignit alors la caravane. L'un des chameliers l'aida à prendre place sur sa monture. Puis le chef de la caravane donna un coup de baguette sur l'encolure de son animal. Aussitôt, roulant et tanguant de leur déhanchement immémorial, les vaisseaux du désert se mirent en route, chargés de l'arme diabolique conçue par l'imagination destructrice des hommes.

Bol, Ben Laden et le lieutenant-colonel, tous trois murés dans un silence complice, suivirent du regard le départ de la caravane. Quand le dernier chameau eut disparu de leur vue au détour d'une dune, Oussama Ben Laden prononça une sorte d'invocation :

— À nous, enfin, la vengeance des Justes ! lança-t-il triomphalement.

*

Le transport de la bombe et sa réception à Bombay par les hommes d'Al-Qaida ne rencontrèrent aucun obstacle. À son arrivée à Bombay, Imad Mugnieh reprit son déguisement préféré – l'ample tchador sous lequel il avait débarqué à Karachi sept semaines plus tôt – pour monter dans l'avion d'Air India à destination de Téhéran. Là, ses contacts organisèrent discrètement son retour jusqu'à Beyrouth.

Une mission d'une extrême importance l'y attendait : recruter, comme il l'avait promis à Ben Laden, les volontaires qui partiraient au pays du grand Satan pour y réceptionner l'arme de la vengeance, organiser sa mise en place et superviser le déclenchement de l'apocalypse programmée par Abdul Sharif Ahmad. L'état-major du chef terroriste réunit une liste de volontaires palestiniens qui parlaient assez bien l'anglais pour remplir cette mission. Le Liban était constellé de camps de réfugiés où des milliers de Palestiniens attendaient fébrilement de rejoindre les rangs du jihad.

Mugnieh connaissait particulièrement la situation terrible de l'un de ces camps situé dans les faubourgs du port libanais de Sidon, le camp d'Ain el-Halweh. Véritable pourrissoir, il détenait le triste record de la plus forte concentration humaine de tous les camps de réfugiés du Proche-Orient. Quarante mille cinq cents personnes s'y entassaient. Les enfants n'avaient jamais vu un jardin, une forêt, un étang, ni même la mer qui longeait pourtant toute la face ouest du camp mais qui était noire, à cause des excréments et des égouts qui s'y déversaient. L'air y était si pollué qu'il en était devenu mortel pour beaucoup. Pendant les trois mois d'été, la fournaise pétrifiait hommes et bêtes ; les pluies transformaient les ruelles en ruisseaux pestilentiels ; la tuberculose, le paludisme, les dysenteries et toutes les maladies de carence y réduisaient l'espérance de vie à l'un des niveaux les plus bas du monde.

En dépit des secours alimentaires distribués par les Nations unies, Ain el-Halweh connaissait la plus extrême misère. Le taux de chômage y atteignait des sommets. Redoutant que les Palestiniens ne s'infiltrent dans les rouages de leur économie, les Libanais avaient soumis l'exercice de plus de soixante-dix professions à la possession d'un permis de travail. En cinquante-cinq ans, ils en avaient distribué moins de deux mille cinq cents. À Ain el-Halweh, neuf réfugiés sur dix avaient moins d'un dollar par jour pour survivre.

Plus poignant encore était le sentiment de désespoir qui écrasait la population. Il durait depuis l'exode de 1948 qui avait vu six cent mille Arabes palestiniens s'enfuir de chez eux au lendemain de la création de l'État d'Israël, pour aller s'entasser dans des camps qu'ils n'avaient plus jamais quittés. Jusqu'à ce jour, trois générations avaient vécu dans ces ghettos devenus la honte du monde civilisé. Là, dans ces lambeaux d'enfer pétris de misère, de haine et de violence, étaient nées les *intifadas* palestiniennes et la vocation pour le martyr de ceux qu'on appelait fedayins, avant de leur donner le nom de kamikazes. Bien que situé en territoire libanais, à plusieurs dizaines de kilomètres de la frontière israélienne, Ain el-Halweh était une mine de volontaires pour les actions armées contre l'État hébreu. Dans chaque logement, ou presque, on trouvait la photo d'un homme coiffé d'un keffieh qui avait donné sa vie pour la libération de la Palestine. Depuis quelque temps, on voyait des portraits d'adolescents, le front ceint d'un bandeau noir. Les jeunes d'Ain el-Halweh, comme ceux d'autres camps palestiniens du Liban, s'engageaient maintenant dans les cellules terroristes du Hamas et des martyrs d'Al-Aqsa implantés dans les Territoires. Ils offraient leur vie en faisant sauter en Israël leurs ceintures bourrées d'explosifs.

Ain el-Halweh n'était pas seulement un lieu de désespoir où la violence était la seule issue. C'était aussi une école de courage et de volonté pour la reconquête d'une dignité perdue. La traditionnelle soif d'éducation et de savoir des Palestiniens avait poussé de nombreux réfugiés à tenter de faire des études, mais les diplômes qu'ils avaient obtenus ne leur avaient servi à rien. La frustration et la rancœur de ces hommes et de ces femmes condamnés à n'exercer que des emplois subalternes avaient fourni aux responsables des organisations terroristes un vivier de rêve où puiser les combattants dont ils avaient besoin.

Imad Mugnieh était sûr d'y trouver les volontaires qu'il avait promis de fournir à Oussama Ben Laden. Ses émissaires avaient organisé une réunion avec trois d'entre eux dans une masure de parpaings sans crépi. C'était la demeure d'une femme dont le mari avait été tué par l'aviation israélienne au cours d'une action au Sud-Liban. Nahed Jihari, trente-quatre ans, avait de grands yeux noirs ourlés de khôl dont l'intensité contrastait avec son apparente fragilité. Sur le mur, à côté d'une grande photo de son mari en tenue de fedayin, elle avait accroché deux petits cadres. L'un contenait le certificat de propriété de trois *dunums* de terre sur la côte au sud de Jaffa, octroyé au grand-père de son mari par l'administration du mandat britannique. L'autre était son diplôme de langue anglaise obtenu à l'université américaine de Beyrouth.

La visite du légendaire responsable du Hezbollah transportait de joie la jeune femme. Elle avait préparé du thé et une assiette de friandises. Ils ne s'étaient pas revus depuis qu'il était venu la voir chez elle après les funérailles tumultueuses de son mari pour lui promettre que sa mémoire serait vengée.

Aux côtés de Nahed se trouvaient les deux autres volontaires que les contacts de Mugnieh souhaitaient lui proposer. Omar Tahiri était un barbu de trente-six ans au visage doux et mélancolique. Il était arrivé à Ain al-Halweh dans les bras de sa mère au lendemain de la guerre de juin 1967. Il y avait vécu toute son enfance et son adolescence, bercé par la promesse de son père qu'il irait « bientôt à Jaffa manger les meilleures oranges du monde ». Bien sûr, il n'était jamais retourné en Palestine. La première orange de Jaffa qu'il avait dégustée, il l'avait achetée chez Fortnum & Mason, à Londres, en route pour Montréal où l'université de MacGill lui avait accordé une bourse d'études. Ambitieux et travailleur, Omar avait réussi à échapper durant quelques années à son sinistre destin de réfugié, d'abord grâce à une bourse à l'université américaine de Beyrouth, puis à cette autre au Canada où il avait obtenu un diplôme d'architecte. Mais, à son retour, faute de pouvoir obtenir le sacro-saint permis de travail libanais, il n'avait pu utiliser ses connaissances qu'à la construction des latrines d'Ain el-Halweh.

De rage, il avait offert ses services aux combattants du Hezbollah engagés contre les forces israéliennes occupant le sud du Liban. Son courage, son sang-froid sous le feu des mitrailleuses de Tsahal, avaient attiré l'attention des chefs de l'organisation. Après un bref stage d'artificier, Omar Tahiri avait été nommé responsable de la préparation des charges explosives utilisées par les combattants du Hezbollah. En 1996, une explosion prématurée lui avait déchiqueté la main gauche. Aujourd'hui, huit ans après, il se réjouissait de la visite du chef qu'il admirait tant. « Qu'importe que je sois manchot, il me rappelle au combat », pensa-t-il.

Le troisième invité de la réunion, Khalid Ben Amr, était le plus jeune. À vingt-six ans, ce grand gaillard jouissait d'une solide popularité parmi les jeunes filles du camp. Aucune université ne lui avait offert le cadeau de sa connaissance de l'anglais. L'américain qu'il parlait à la perfection était celui des séries de télévision dont il s'était drogué toute son adolescence. À dix-huit ans, Khalid avait rejoint les rangs des combattants du Hezbollah engagés au sud du Liban. Trois périlleuses missions de sabotage à l'intérieur des frontières d'Israël et la destruction d'un hélicoptère avec une fusée Stinger l'avaient auréolé d'une réputation de courage et d'audace, qualités dont Mugnieh avait aujourd'hui un besoin particulier.

Les trois Palestiniens embrassèrent le visiteur avec effusion, puis tous quatre s'installèrent autour du plateau de thé. Mugnieh ne tarda pas à prendre la parole. Il savait que sa tâche serait facile, qu'il n'aurait aucun mal à mobiliser son auditoire, mais il lui paraissait important de dramatiser la situation.

— Mes amis, commença-t-il avec ferveur, nous vivons des événements d'une extrême gravité. Sous l'impulsion du grand Satan, une vaste partie du monde s'est solidarisée contre la nation musulmane pour éliminer les combattants de notre saint jihad. L'heure est venue de nous venger, en utilisant les armes les plus terribles que nous possédons. Sans doute serons-nous qualifiés d'« ennemis de l'humanité » et de « terroristes sanguinaires », mais nous devons mépriser ces insultes. Notre prophète Mahomet a été affublé de qualificatifs pires encore. Cela ne l'a pas empêché de poursuivre son combat.

« Pour exécuter notre vengeance, nous avons besoin de trois combattants prêts au martyre. Je ne peux pas vous révéler leur mission aujourd'hui. Tout ce que je peux vous dire, c'est qu'elle se déroulera loin d'ici. Outre du courage, il vous faudra de l'habileté et de la détermination, qualités que vous possédez tous les trois, je le sais. Le moment venu, vous recevrez les papiers et l'argent, ainsi que les instructions nécessaires au succès de votre mission.

Mugnieh fixa tour à tour chacun de ses interlocuteurs.

— Vous voulez savoir si cette mission sera dangereuse ? demanda-t-il. Oui, elle le sera. Il est possible que vous y perdiez tous trois la vie. Mais si vous réussissez, vos noms s'inscriront à jamais au palmarès des plus grands héros de l'islam.

Un long silence s'ensuivit, que Mugnieh interpréta comme la volonté de chacun de s'imprégner de son message. Puis les trois Palestiniens se levèrent d'un même élan. Omar, le plus âgé, se fit l'interprète de tous.

— Nous remercions Dieu, mon frère, de nous avoir choisis pour cette mission suprême.

3

Port Elizabeth, New Jersey
Un conteneur de riz basmati

« *Jewel of India*, en provenance de Bombay, sollicite autorisation de venir à quai ! »

Le lieutenant des gardes-côtes américains Bob Farrelly repéra sur l'écran de son radar un petit point blanc indiquant l'entrée d'un navire dans les Narrows, le chenal d'accès au port de New York. Un coup d'œil à son ordinateur lui confirma que le *Jewel of India* était bien attendu ce jeudi matin et que sa destination était Port Elizabeth, l'une des deux installations portuaires réservées au transport des marchandises par conteneurs construite en face de la presqu'île de Manhattan.

— *Jewel of India !* répondit Farrelly dans le micro placé devant lui. Vous avez le numéro d'identification X 49472. Nous examinons votre dossier. Stoppez vos machines et attendez nos instructions !

Cette injonction était conforme aux nouvelles procédures qui réglementent l'accès du port de New York depuis les attentats terroristes du 11 septembre 2001.

Plusieurs officiers en uniforme s'activaient dans le PC du lieutenant Farrelly, aménagé dans le vieux Fort Wadsworth. Édifié à l'entrée des Narrows lors de la guerre d'Indépendance pour défendre New York contre les Britanniques, le bâtiment servait aujourd'hui de poste de surveillance du trafic maritime. Des caméras fixées sur des bouées filmaient vingt-quatre heures sur vingt-quatre l'incessant va-et-vient.

Farrelly interrogea sa banque de données. Le *Jewel of India* était le 6 448e navire qui se présentait à l'entrée du port de New York depuis le début de l'année, et le septième en ce pluvieux matin d'automne. À son bord se trouvait une fraction des vingt et un mille conteneurs qui pénètrent chaque jour dans les ports américains. Sur l'écran apparurent toutes les informations concernant le navire. La moindre infraction qui aurait pu être relevée au cours de son histoire – la découverte d'un sachet d'héroïne, une bagarre entre deux marins ivres, un trafic illicite, ou une quelconque tentative de violer les lois maritimes – aurait automatiquement figuré dans ce dossier.

L'examen de ces données ne dura que quelques instants. Ce cargo de vingt mille tonnes faisait escale à New York et à La Nouvelle-Orléans quatre ou cinq fois par an, et il avait toujours scrupuleusement respecté les règlements maritimes et douaniers américains. Les cent soixante-quinze conteneurs entassés aujourd'hui dans ses cales et sur ses ponts transportaient les dernières créations de l'artisanat indien – soieries, chemises brodées, pantalons, blousons de cuir, chaussures... commandés par les acheteurs des grandes marques américaines de prêt-à-porter. D'autres conteneurs étaient remplis de meubles, de tapis, de tissus, de vaisselle et d'argenterie destinés aux magasins les plus prestigieux, comme Macy's et Bloomingdale's. Il y avait aussi des conteneurs chargés de sacs de riz basmati du Pendjab, de thé de Darjeeling, de café du Kerala, de chutney de Goa, de boîtes de crevettes et de crabe du Bengale, et de toute une variété de ces épices pour lesquelles les nations d'Europe s'étaient autrefois livrées à de sauvages guerres coloniales.

L'autorisation de passage fut une simple formalité transmise par ordinateur. Puis Farrelly brancha son micro :

— *Jewel of India* ! Vous êtes autorisé à venir à quai.

Le capitaine remit les machines en marche et invita le pilote américain monté à bord à prendre la barre de son navire pour le conduire dans les Narrows. Il ignorait que le long du chenal plusieurs bouées étaient équipées de détecteurs de rayons gamma capables de repérer le passage de toute substance nucléaire.

L'attention de l'officier indien fut alors attirée par le prodigieux spectacle qui le frappait à chaque voyage : l'arrivée à New York. Il aperçut la grande roue de Coney Island, plantée au milieu d'un quartier habité aujourd'hui par des milliers d'immigrants russes. Il s'émerveilla devant la gracieuse dentelle du pont de Verrazano et découvrit enfin, sur sa gauche, la statue de la Liberté brandissant son flambeau, jadis symbole d'espoir pour les millions d'hommes qui atteignaient la terre promise. Puis, à travers la brume du petit matin, pointèrent les gratte-ciel de Manhattan, hallucinante forêt de verre et d'acier montant à l'assaut du ciel.

Depuis trois ans, chaque fois qu'il arrivait à New York, les yeux du capitaine se fixaient sur l'espace béant qui défigurait le grandiose panorama, l'emplacement où se dressaient autrefois les tours jumelles du World Trade Center. Quel spectacle désolant offrait désormais la pointe de New York sans ses majestueuses tours ! songeait-il à chaque voyage.

Le bateau vira le long des rives de Staten Island pour s'engager dans la baie de Newark, juste en face de Manhattan.

— Allô, *Jewel of India* ! appela une voix par radio. Ici, la capitainerie de Port Elizabeth. Vous accosterez à l'emplacement n° 17 du terminal n° 4. Bienvenue à New York !

*

Le terminal maritime de Port Elizabeth et son jumeau de Port Newark s'étendaient depuis les pistes de l'aéroport international de Newark jusqu'à la baie faisant face à Manhattan. C'était là le plus vaste et le plus moderne domaine portuaire du monde et le mieux équipé pour l'expédition et la réception des marchandises en conteneurs. Ses aménagements avaient depuis les années 1960 relégué aux oubliettes de l'histoire le légendaire Waterfront de Brooklyn d'où les milliers de GI des deux guerres mondiales étaient partis combattre en Europe.

Les ports jumeaux de New York représentaient ce qu'il y avait de plus nouveau et de plus dynamique dans l'industrie du transport maritime américain. Mais, depuis le 11 septembre, ces installations faisaient craindre qu'elles soient une voie à travers laquelle des terroristes pouvaient, sans être repérés, introduire facilement n'importe quel engin de destruction massive sur le territoire américain. Le risque défiait l'imagination.

Les centres scientifiques du pays, tel le laboratoire Lawrence Livermore de Californie, travaillaient sans relâche à perfectionner de nouvelles techniques de détection. Fin 2002, le port de New York reçut trois exemplaires d'une nouvelle invention sur laquelle on fondait de grands espoirs. Il s'agissait de véhicules équipés de longs bras métalliques pouvant se déplacer le long des parois d'un conteneur ou d'un camion. Leurs puissants détecteurs de rayons gamma étaient capables, en théorie, de constater toute présence de matériau nucléaire. Ils transmettaient sur un écran une radiographie comparable à celle des scanners qui contrôlent les bagages dans les aéroports. Baptisés VACIS pour Vehicle and Cargo Inspection System, ces camions coûtaient un million de dollars chacun. Malheureusement, en vingt-quatre heures, les Vacis de Port Elizabeth ne pouvaient inspecter qu'une centaine de conteneurs, c'est-à-dire moins de deux pour cent du trafic quotidien.

Les opérations de déchargement du *Jewel* commencèrent le lendemain selon une routine bien rodée. D'abord, deux énormes grues vinrent se placer le long du navire pour mettre à quai quatre-vingt-dix-sept des cent soixante-quinze conteneurs destinés à la région de New York. Chaque conteneur portait, peintes sur son flanc, les initiales de son propriétaire, INOS pour Indian Ocean Shipping, et une série de quatre chiffres correspondant aux marchandises figurant sur le manifeste que le capitaine avait fait parvenir aux gardes-côtes quatre jours avant son arrivée. Les douaniers s'approchèrent, munis de petits appareils semblables à des téléphones portables, qu'ils promenèrent sur les différentes faces de chaque conteneur. C'était nouveau. « Ils croient peut-être que mes crevettes crachent des radiations atomiques ! » se dit le capitaine du *Jewel*. À la fin de chaque inspection, un douanier apposait un cachet sur la porte du conteneur. Aussitôt, le représentant de l'agent maritime chargé de réceptionner la cargaison faisait venir un camion pour en prendre livraison. Le chauffeur se rendait ensuite avec le manifeste au bureau des douanes pour acquitter les droits et taxes, et faire tamponner son document du timbre officiel l'autorisant à sortir la marchandise du port.

Le déchargement du *Jewel* et la procédure d'importation s'achevèrent en fin d'après-midi. C'est alors que deux officiers du service de l'Immigration montèrent à bord. Le capitaine rassembla son équipage dans le carré afin de permettre aux inspecteurs de procéder à une formalité nouvelle en vigueur depuis le 11 septembre. Chaque marin devait présenter son passeport mentionnant un visa américain. Quand ils eurent vérifié que tous les documents étaient en règle, les officiers délivrèrent à ceux qui en firent la demande un formulaire I-95 leur permettant de descendre à terre pendant l'escale du navire.

— Pas de passagers ? demanda l'un des officiers avant de se retirer.

Le capitaine indien éclata de rire. Il montra les photos de pin-up qui bariolaient le carré sentant l'huile rance.

— Holà ! Vous prenez ma coque de noix pour le *Queen Mary II* ?

*

Deux heures plus tard, trois marins quittèrent le *Jewel* pour prendre l'autobus à destination de Manhattan. Les sex-shops, les peep-shows, les cohortes de prostituées qui accueillaient jadis les visiteurs sur la 42ᵉ Rue et la 7ᵉ Avenue, avaient depuis longtemps disparu. Le plus âgé des marins prit à témoin ses jeunes compagnons :

— Vous auriez dû voir cette ville il y a dix ans ! Avant que ce dingue de maire Giuliani ait fait d'une virée à New York une expérience aussi excitante que la traversée du désert de Gobi !

Le trio fit quelques pas sur la 8e Avenue et s'engouffra dans une brasserie pour y déguster des grillades saignantes, comme on n'en mangeait pas à la cantine du *Jewel*.

— Et pour boire ? leur demanda le serveur.

— Des bières pour tous ! annonça le plus âgé.

— Non ! rectifia l'un des marins. Pour moi, ce sera une limonade.

Laissant ses amis savourer leurs canettes moussantes, ce dernier s'éclipsa discrètement vers les toilettes. Il entra au passage dans la cabine téléphonique et composa un numéro.

— Allô, dit-il à la messagerie qui prit son appel. Je suis arrivé à New York. Tout s'est bien passé. Nous levons l'ancre demain à l'aube. Avant de raccrocher, il ajouta : *Inch Allah...* – Si Dieu le veut...

*

Aux yeux de nombreux touristes, la meilleure affaire de New York était l'ascension express de l'Empire State Building pour neuf dollars. La destruction des tours jumelles du World Trade Center avait rendu au vénérable édifice son standing de gratte-ciel le plus haut de New York.

Construit en 1931 sur la 5e Avenue entre les 34e et 35e Rues par deux financiers qu'on disait alors fous, ce gratte-ciel de cent trois étages avait longtemps incarné la puissance américaine et la volonté de surmonter la Grande Dépression. Ancré dans l'imagination populaire par les prouesses cinématographiques du gorille King Kong s'agrippant à son sommet, l'Empire State était l'une des attractions touristiques les plus populaires de New York. Chaque jour, ses soixante-quatorze ascenseurs déversaient de trente à quarante mille visiteurs sur son observatoire du quatre-vingt-sixième étage.

Depuis le 11 septembre, ce flot de visiteurs était soumis à des contrôles rigoureux effectués par des portiques détecteurs de métaux, par des scanners aux rayons X ainsi que des fouilles au corps pratiquées par des vigiles. De l'immense sous-sol de style Arts déco jusqu'à l'étage le plus élevé, le bâtiment était aujourd'hui l'un des édifices les mieux sécurisés des États-Unis.

Ce jour-là, une foule impatiente s'était massée de bonne heure devant les ascenseurs. Rien de surprenant à cela car un panneau lumineux annonçait une journée d'une « visibilité dépassant soixante kilomètres à la ronde ».

Dès son arrivée au quatre-vingt-sixième étage, le premier groupe de visiteurs fut accueilli par un guide qui l'entraîna vers l'angle sud-est de la plate-forme. Désormais, toutes les visites commençaient par la contemplation de « Ground Zero », le trou béant où s'étaient élevées les tours jumelles, et par un moment de silence en hommage aux victimes de la tragédie. Puis la promenade se poursuivait.

Frederico Gonzalez, l'agent de sécurité de garde ce matin-là sur la plate-forme, s'étonnait toujours de l'enthousiasme des visiteurs qui découvraient du haut de ce perchoir le spectacle de l'immense métropole, les avenues rectilignes charriant un flot incessant et bruyant de taxis jaunes, les groupes d'immeubles agglutinés autour de l'Empire State, les trottoirs grouillant d'une foule multicolore, le ballet aquatique des ferry-boats sur l'Hudson et l'East River.

Mais, ce matin, son regard fut attiré par trois visiteurs qui s'étaient isolés du groupe. Au lieu de contempler le panorama qui s'étendait jusqu'à l'horizon, leur curiosité semblait se concentrer vers les abords immédiats du gratte-ciel. « Probablement des cinéastes venus repérer des angles de prises de vues pour un documentaire ou un film », se dit Gonzalez. À la couleur mate de leur peau, il pensa qu'ils étaient, comme lui, d'origine hispanique. La première était une jeune femme en pantalon, les cheveux cachés par un foulard, les yeux dissimulés derrière d'énormes lunettes de soleil. Le deuxième, le plus jeune, arborait l'uniforme du parfait dragueur new-yorkais, mocassins, jeans moulants et blouson de cuir. Le troisième était un homme d'une quarantaine d'années, vêtu d'un costume sombre, d'une chemise blanche et d'une cravate. Un collier de barbe soigneusement taillé donnait un air strict à son visage un peu rond. Les trois visiteurs restaient silencieux, absorbés par la prodigieuse vision.

L'attention de Gonzalez fut alors attirée par l'apparition rafraîchissante d'une bande d'écolières françaises en minijupes et T-shirts ajustés qui faisaient le tour de la plate-forme. Quand son regard revint sur les trois visiteurs qu'il avait pris pour des cinéastes, ils étaient accoudés à la balustrade et regardaient vers la pointe sud de Manhattan. Il assista alors à une scène surprenante. Le plus âgé des trois sortit de sa poche un petit sac de cellophane, et Gonzalez s'aperçut alors qu'il avait été amputé de la main gauche. En dépit de son handicap, il réussit à ouvrir le sachet et à répandre dans le vide ce qui ressemblait à des grains de poussière ou à des cendres. Tandis que la brise matinale les emportait au loin, les mains des trois visiteurs s'unirent en une prière commune. La jeune femme serrait le moignon de son compagnon avec ferveur.

« Ah ! se dit Gonzalez. Ce ne sont pas des cinéastes mais des fidèles venus accomplir un pèlerinage. Peut-être veulent-ils commémorer la destruction des tours avec les cendres d'un parent disparu. »

4

Washington DC
Une lettre signée *Les Guerriers du Jihad*

Les fonctionnaires de la Maison-Blanche affectés à l'immense centre de communication situé dans les sous-sols du bâtiment administratif de la présidence lui avaient donné un surnom facétieux : « *the cyberspace soup kitchen* –la cantine cybernétique ». On y trouvait une batterie d'imprimantes HPL pour la réception du courrier électronique présidentiel envoyé à la Maison-Blanche à l'adresse <presidentBwhitehouse.gov> ainsi que sur son site internet <whitehouse.gov.webmail>. Le président des États-Unis disposait évidemment de plusieurs autres adresses électroniques réservées aux affaires de l'État, connues de ses seuls ministres et membres de son cabinet. Leur courrier arrivait dans un autre centre de réception situé à l'intérieur même de la Maison-Blanche.

En temps normal, les imprimantes de la *soup kitchen* crachaient une moyenne quotidienne de quinze mille messages. Leur provenance et leur objet défiaient l'imagination, depuis l'éleveur de porcs de l'Iowa annonçant l'envoi d'un cochon pour l'anniversaire du Président jusqu'à la mère de famille de Baton Rouge, en Louisiane, déclarant qu'elle baptisait son dernier-né George en hommage au chef de l'État. Et aussi, bien sûr, le flot des diatribes venant des ennemis du Président, adversaires politiques ou autres.

Depuis que la campagne pour la réélection présidentielle était entrée dans sa phase active, le nombre des messages avait doublé. Ils donnaient le pouls du pays. L'équipe de la *soup kitchen* les classait en catégories, chacune exprimant les réactions populaires sur différents problèmes majeurs de la campagne : les réductions d'impôts, le déficit budgétaire, l'accroissement du chômage, la protection médicale, les suites préoccupantes du conflit irakien, la lutte contre le terrorisme... L'origine géographique de chaque message était répertoriée, ce qui permettait aux conseillers du Président de mesurer l'impact de ses déclarations dans les différentes régions du pays.

Ce dimanche matin, c'était Ann McCormick, une charmante jeune femme brune de vingt-neuf ans, diplômée de l'université de Vassar, qui était chargée de traiter cette masse de courrier. Ann et son équipe avaient la réputation de travailler avec une méticulosité d'archivistes. Alors qu'elle triait une pile de réactions au discours musclé sur la protection sociale prononcé la veille par le Président, une de ses collègues s'approcha d'elle.

— Ann ! Tu devrais jeter un coup d'œil là-dessus. Ça vient de tomber sur l'imprimante n° 4.

— Oh ! mon Dieu ! grimaça la jeune femme dès la lecture des premières lignes.

Les messages fantaisistes faisaient partie de la routine de la *soup kitchen*, mais celui-ci avait l'air sérieux.

— Il faut avertir l'officier de permanence au Secret Service, ordonna-t-elle, et lui dire de venir immédiatement.

Le Secret Service est l'organisme présidentiel chargé de la sécurité du chef de l'État et du gouvernement des États-Unis.

En dépit de sa corpulence, il ne fallut que cinq minutes au quinquagénaire Bill Malley pour arriver de son bureau situé dans l'aile ouest de la Maison-Blanche.

— Que se passe-t-il ? demanda-t-il, un peu essoufflé.

— Lisez cela, répondit Ann en lui tendant la feuille. Cela vient d'arriver. Cette fois, c'est peut-être sérieux.

Au serviteur du grand Satan, George W. Bush. Allah, le Seigneur du monde, proclame que, puisque nos ennemis détruisent nos villages et nos cités, il est de notre devoir de leur rendre la pareille. Vous avez anéanti les cités et les villages de nos frères en Irak. Avec vos alliés israéliens, vous détruisez chaque jour les villages et les cités volés à nos frères de Palestine en 1967. Nous avons donc décidé de placer dans votre grande ville de New York la plus terrible des armes, une bombe atomique. Dans cinq jours exactement, à midi, heure de New York, nous la ferons exploser si vous n'avez pas, d'ici là, obligé vos vassaux israéliens à s'engager devant le monde entier à évacuer chaque colonie juive construite sur la terre dérobée à nos frères et sœurs de Palestine. L'existence de ces colonies constitue un crime que vous devez réparer, faute de quoi vous et vos concitoyens risquez de payer très cher votre complicité. Au cas où vous tenteriez de sauver les habitants de New York en ordonnant leur évacuation, nous ferions immédiatement exploser la bombe. Sachant que dans votre immense orgueil vous refuserez de croire que nous sommes capables de vous châtier, nous vous fournissons une preuve de la réalité de cette menace. Vous la trouverez dans une valise marron déposée à la consigne de la gare de Pennsylvanie de New York, sous l'étiquette n° 102475/04.

Le texte était signé *Les Guerriers du Jihad*. Il avait été envoyé de la boîte électronique <tombald@Baustraliaonline.com>.

L'officier plia la feuille en quatre et considéra tranquillement les visages inquiets qui l'entouraient.

— Écoutez, dit-il, il s'agit certainement d'une nouvelle tentative de chantage comme celles que nous recevons régulièrement. Des piqués de l'islam en Australie ? Bah ! Il secoua la tête puis colla son index devant ses lèvres : Attention ! pas un mot à quiconque avant que j'aie éclairci la situation. OK ?

Canular ou pas, Malley savait qu'il devait immédiatement communiquer le message au Counter-Terrorism Control Center situé au quartier général de la CIA à Langley, en Virginie. Renonçant à son téléphone cellulaire, il regagna en hâte son bureau pour appeler sur sa ligne protégée. En entrant dans la pièce, il jeta un coup d'œil sur le *threat board,* le tableau des menaces accroché au mur. Grâce à Dieu, ce matin il était vierge. La vie du Président et la sécurité de la Maison-Blanche ne couraient pas de risque particulier. « Bordel ! grinça-t-il en décrochant son téléphone, ça va peut-être changer. »

Bill Bernhart, le fonctionnaire de permanence à Langley, aurait sûrement préféré passer son dimanche à disputer le tournoi de tennis organisé par son club du Washington Hilton. À trente-deux ans seulement, ce gringalet aux cheveux roux était déjà un ancien de la CIA, avec plus de dix années d'expérience dont quatre à Jakarta, en Indonésie. Le texte que lui lut Malley le glaça. Avant même de recevoir la télécopie du message, il pianota « guerriers du jihad » sur l'ordinateur qui stockait toutes les informations relatives au terrorisme. Sa recherche se révéla infructueuse.

Il appela alors le fonctionnaire de service à la NSA, l'Agence de sécurité nationale et lui transmit le texte afin qu'il fasse immédiatement identifier le propriétaire australien de l'adresse électronique. Ensuite, il alerta l'antenne de la CIA à Melbourne, pour qu'elle soit prête à intervenir au domicile de l'intéressé dès qu'il serait localisé.

Puis il s'occupa de la valise laissée à la consigne de la gare de New York. Ce genre d'urgence relevant de la compétence de la Sûreté fédérale, il demanda à son homologue du FBI à Washington d'envoyer une équipe à la gare de Pennsylvanie de New York.

Enfin, respectant la marche à suivre en pareil cas, il alerta le centre des urgences nucléaires au département de l'Énergie. Si la menace était de nature nucléaire, cet organisme aurait la charge, sous l'autorité du nouveau département de la Sécurité intérieure, de prendre les mesures nécessaires.

Avant même que Bernhart ait raccroché, deux agents du FBI appartenant à la brigade des explosifs, casqués et vêtus de combinaisons ignifugées, sortaient en trombe du quartier général du FBI à Manhattan et fonçaient vers la Penn Station. Dépêchée d'urgence, une escouade de policiers s'était déjà précipitée sur place pour éloigner les voyageurs des abords de la consigne.

Leur débarquement inopiné glaça d'effroi le préposé haïtien aux bagages. « Les flics de l'immigration ! » se dit-il, terrifié. Quand il apprit la raison de cette descente musclée, il en fut tellement soulagé qu'il faillit prendre par la main les deux feds casqués pour les mener à la valise recherchée. Mais ces derniers s'avancèrent prudemment en scrutant les rangées de bagages avec des compteurs Geiger.

— Vous faites pas de mouron, dit le Haïtien, y a pas d'explosifs dans mes bagages. Chaque matin et chaque soir, des collègues à vous les font renifler par un clébard pour voir si y a pas des bombes ou de la came cachées là-dedans...

Déjà, l'un des deux agents avait appelé le centre des urgences nucléaires du département de l'Énergie à Washington pour signaler la découverte de la valise. Le fait que le chien policier n'ait senti aucune présence d'explosifs incita Washington à ordonner aux artificiers new-yorkais de fouiller la valise. Avec la précaution de chirurgiens ouvrant un cœur humain, les deux hommes découpèrent la petite serrure du bagage et soulevèrent prudemment son couvercle. Ils furent stupéfaits par son contenu.

— Il y a tout un paquet de plans du genre dessins industriels, expliqua le premier artificier à son interlocuteur. Il y a des disquettes d'ordinateur. Ah oui, il y a aussi une boule deux fois grosse comme une balle de base-ball. On dirait qu'elle est enveloppée dans une gaine en plomb. Pas l'ombre de radiations : nos compteurs Geiger affichent négatif. Attendez !... il y a une étiquette collée dessus avec une inscription. Je vous la lis : « À l'intention du président des États-Unis. Ceci est un échantillon de l'UHE que nous avons utilisé pour la fabrication de notre bombe. » Bigre ! Qu'est-ce que c'est que l'UHE ?

— De l'uranium hautement enrichi, répondit l'un des spécialistes de Washington, agacé par l'ignorance des agents fédéraux new-yorkais. Prenez la boule dans vos mains et décrivez-la.

— Bon sang ! jura le fed. Elle pèse une tonne ! On dirait du métal... Du métal gris.

À Washington, les spécialistes se regardèrent avec perplexité.

— Qu'en penses-tu ? Se pourrait-il que ce soit de l'uranium hautement enrichi ? interrogea l'un d'eux.

— En tout cas, on n'a pas le droit de prendre de risques, déclara son chef qui avait repris contact avec les deux feds à la gare. Les gars ! Vous apportez dare-dare cette valise et tout ce qu'elle contient au Marine Air Terminal de l'aéroport La Guardia. Nous alertons la base de McGuire pour qu'un jet vienne la chercher et la transporte à notre labo de Livermore en Californie.

— Mon Dieu ! grommela le spécialiste de Washington après avoir raccroché, c'est peut-être le gros coup qu'on craignait tous de nous voir tomber dessus un de ces quatre !

— Peut-être, acquiesça son collègue, mais je ne crois pas qu'il faille déclencher la sirène d'alarme tout de suite. Attendons que Livermore nous envoie ses premières observations sur les schémas et la boule de métal. D'ici à cinq heures de l'après-midi, ils auront eu le temps de la passer aux rayons gamma ainsi que tout le bordel contenu dans cette valise. On saura alors s'il s'agit vraiment d'uranium hautement enrichi. Comme il faut toujours s'attendre au pire, nous allons convoquer l'équipe des réponses d'urgence ici même, à cinq heures ce soir. Entre-temps, on va essayer de savoir si on a signalé quelque part dans le monde la disparition d'UHE. J'informe immédiatement Andrew Card, le secrétaire général de la Maison-Blanche, pour le mettre au parfum.

— Et *quid* de New York ? Du maire ? Du gouverneur ?

— Ce sera l'affaire du Président. Je le connais : il souhaitera prendre son temps. Il voudra attendre que nous ayons une évaluation précise de la situation. Grouille-toi, préviens tout le monde. On se retrouve tous ici à cinq heures.

*

À cinq heures moins cinq, tout était prêt dans la pièce B 26 de la direction des réponses d'urgence du département de l'Énergie. Des liaisons de vidéoconférence en circuit fermé avaient été établies avec les laboratoires de Livermore, de Los Alamos et de Sandia au Nouveau-Mexique, de Brookhaven à Long Island, ainsi qu'avec les directions de la CIA, du FBI et de la NSA, et avec Andrew Card, le secrétaire général de la Maison-Blanche. Deux physiciens nucléaires attachés à l'équipe des réponses d'urgence avaient été arrachés à leur dimanche en famille, ainsi que Dick Hawkins, le représentant à Washington de NEST[1] [1], l'organisme spécialisé dans la recherche des sources criminelles de radioactivité nucléaire dans les villes américaines.
La réunion se déroulerait sous la direction de Paul Anscom, l'athlétique quinquagénaire qui était responsable

---

1. *Nuclear Emergency Search Team* – Équipe de recherche pour les urgences nucléaires.

des urgences nucléaires au nouveau département de la Sécurité intérieure. Docteur en physique de l'université de Carnegie Tech, Anscom aurait pu gagner, dans le privé, quatre ou cinq fois son salaire de fonctionnaire. Il avait fait toute sa carrière aux départements de l'Énergie et de la Défense, préférant aux ponts d'or qu'on lui offrait une vie au cœur du pouvoir.

— Salut, tout le monde ! lança-t-il à la ronde avec son sourire habituel. Pendant que nous attendons le rapport préliminaire de Livermore sur la boule de métal, j'aimerais savoir si notre collègue de la CIA a trouvé quelque chose sur ces soi-disant guerriers du jihad.

— Hélas, non ! déplora Bill Bernhart. Nous avons recherché ce nom dans toutes nos banques de données informatiques, sans résultat. Je pense, cependant, qu'il ne faut pas en tirer de conclusions particulières. Ces islamistes ont la manie de s'inventer de nouvelles dénominations pour couvrir leurs opérations. Comme cette IIe armée de Mahomet qui a revendiqué l'attentat contre le QG de l'ONU à Bagdad. Ou le Hezbollah quand il attaquait les institutions juives de Buenos Aires en utilisant des appellations dont personne n'avait jamais entendu parler et dont nous n'avons eu aucun écho depuis.

— Est-ce que cela pointe un doigt vers le Hezbollah ? interrogea Anscom.

— Possible. À moins qu'Al-Qaida ne s'inspire à son tour de cette tactique.

— Messieurs !

Le directeur du laboratoire national de Livermore venait d'apparaître sur l'écran. À côté de lui se tenait un homme d'une quarantaine d'années, en manches de chemise, les cheveux noués en catogan, qu'il présenta :

— Le Dr Paul Mott est prêt à vous communiquer ses premières constatations.

— La boule de métal envoyée à notre laboratoire pour analyse est effectivement de l'uranium hautement enrichi, déclara le scientifique. L'examen spectrographique a révélé un taux d'enrichissement d'au moins quatre-vingt-dix pour cent, mais je pense que nos prochaines analyses nous donneront un taux de pureté de quatre-vingt-douze, quatre-vingt-treize pour cent.

— En d'autres termes, de l'uranium de qualité militaire, souligna Anscom.

— Aucun doute là-dessus. Si ces terroristes possèdent vingt-trois kilogrammes de cette matière fissile, ils ont de quoi faire une bombe atomique.

— Et qu'a donné l'examen des plans qui étaient joints à l'échantillon de métal ? demanda Anscom.

— Il s'agit apparemment d'une copie conforme de plans irakiens pour la fabrication d'un engin nucléaire, découverts en 1995 près de Bagdad par les inspecteurs en désarmement de l'ONU. Autrement dit, des plans parfaitement crédibles.

— Un moment, s'il vous plaît ! interrompit avec autorité le secrétaire général Andrew Card, qui parlait en duplex depuis la Maison-Blanche. Il me semble que l'affaire devient bigrement sérieuse. Le Président doit absolument être informé. Je suis sûr qu'il voudra participer à cette discussion.

— Où est-il ? s'inquiéta Anscom.

— Il vient de revenir de l'Alabama et se repose dans ses appartements privés où il regarde un match de baseball à la télévision.

— Parfait ! dit Anscom. Suspendons notre réunion pendant une demi-heure pour permettre au chef de l'État de se joindre à nous.

— Je propose que nous nous retrouvions dans la salle de conférences du Conseil national de sécurité, au sous-sol de l'aile ouest de la Maison-Blanche, précisa Andrew Card, soucieux de limiter les déplacements du Président.

*

Dans sa main gauche George W. Bush serrait le téléphone portable qui le reliait à son père en villégiature dans sa propriété de Kennebunk Port, dans le Maine. Dans la droite, il tenait la télécommande de son poste de télévision. Le visage hilare, saluant chaque prouesse des Astros d'un cri de joie, il regardait l'un de ces matchs qu'il adorait. C'est alors que la haute silhouette distinguée d'Andrew Card apparut dans l'embrasure de la porte.

— Pardonnez-moi de vous interrompre, monsieur le Président, mais il y a quelque chose d'important, déclara le secrétaire général de la Maison-Blanche.

— Important ? s'esclaffa le Président. Mais que peut-il y avoir de plus important qu'un joli coup au but des Astros ?

— Ceci, répondit Card en lui tendant le message des terroristes, ainsi que le rapport préliminaire du laboratoire de Livermore sur la nature du métal trouvé dans leur valise.

— Seigneur Dieu ! sursauta George W. Bush dès le début de sa lecture. Il appuya sur une touche de son téléphone. Allô, Dad ? Ou c'est un cauchemar, ou c'est un diabolique canular. Écoute !

Lentement, il lut le texte à son père. Il y eut un long silence. Le père du Président cherchait à évaluer la gravité de la situation.

— Cela n'est peut-être qu'une vulgaire tentative de chantage, finit-il par dire pour essayer de rassurer son fils. Joue les choses en douceur, tant que tu n'as pas la preuve qu'il y a vraiment un engin nucléaire caché dans New York. Je suis là si tu as besoin de moi.

La seule personne capable de réconforter le président des États-Unis était son père. Lors de leurs fréquentes discussions, il lui prodiguait toujours des conseils prudents et des analyses politiques judicieuses. Ses compatriotes ignoraient ces échanges qui n'en constituaient pas moins un pilier fondamental de l'exercice du pouvoir pour George W. Bush.

— Monsieur le Président, interrompit le secrétaire général, j'ai prévu la réunion d'un comité de crise avec vos principaux collaborateurs dans la salle du Conseil de sécurité. Les mêmes personnes que vous avez réunies lors des conflits avec l'Afghanistan et l'Irak, plus nos experts nucléaires des départements de l'Énergie et de la Sécurité intérieure. Le début de la conférence est prévu dans... Il regarda sa montre... dans vingt minutes.

— Très bien, acquiesça le chef de l'État en éteignant son téléphone et la télécommande de son poste de télévision. Cela me laisse quelques instants de réflexion.

Le Président avait une confiance totale en son secrétaire général. Il le savait toujours prêt à prendre la bonne décision, à la prendre vite, à la prendre en faisant un minimum de vagues. Dès que la porte du salon se fut refermée derrière lui, George W. Bush s'enfonça dans son fauteuil et ferma les yeux. « Seigneur, se murmura-t-il à lui-même, protège-nous ! Je t'en supplie, fais que tout ceci ne soit qu'un canular. »

Cette façon de se tourner vers la prière reflétait un aspect profond et significatif de la personnalité du président des États-Unis. Depuis le jour où, cédant aux supplications de son épouse Laura, il avait renoncé à l'alcool, sa faiblesse majeure depuis ses années de collège à Yale, il n'avait cessé de chercher dans la religion une source de force et d'apaisement. Ses détracteurs avaient eu beau se moquer de sa conversion – « Adieu whisky, salut Jésus ! » –, celle-ci était bien réelle. « Je ne serais pas aujourd'hui le président des États-Unis si je n'avais pas cessé de boire, confiait souvent George W. Bush à ses intimes, et je n'ai pu y parvenir qu'avec l'aide de Dieu. »

Si le message des guerriers du jihad à la Maison-Blanche n'était pas une odieuse plaisanterie, il était sûr qu'il aurait besoin d'une bonne dose de soutien spirituel. Les neuf premiers mois de sa présidence s'étaient révélés d'une extrême banalité. Beaucoup d'Américains qui avaient été privés de leurs votes par des machines électorales défaillantes commençaient à reprocher aux juges de la Cour suprême de l'avoir porté au pouvoir. Toute sa politique étrangère pendant ces premiers mois s'était résumée à une brève visite au Mexique et à une indifférence obstinée pour les problèmes du Moyen-Orient. À une économie nationale qui connaissait quelques ratés, il n'avait su offrir qu'une réduction d'impôts favorisant les plus fortunés. Puis, tout comme Pearl Harbor avait marqué d'un sceau indélébile le troisième mandat de Franklin Roosevelt, les attaques terroristes du 11 septembre 2001 l'avaient hissé malgré lui au rang de chef d'un État en guerre, aux commandes d'une croisade contre les Forces du Mal. Alors que sa carrière militaire personnelle s'était illustrée par son insignifiance, il n'avait pas hésité à engager son pays dans deux guerres, l'une contre les talibans en Afghanistan, l'autre contre Saddam Hussein en Irak. Deux fois, il avait remporté une victoire militaire, même si ces deux conflits n'étaient pas vraiment terminés. En revanche, sa guerre contre le terrorisme était loin d'être gagnée.

George W. Bush se leva, ajusta sa cravate, enfila sa veste et fit quelques pas vers la fenêtre. Il ouvrit le double battant et respira profondément l'odeur des feuilles mortes qui emplissait l'air humide de cette soirée d'automne. Au-delà des grilles de la pelouse, il aperçut les phares des rares voitures qui remontaient Pennsylvania Avenue. À cet instant, une certitude s'imposait : si cette menace était réelle, ce serait la crise la plus grave que sa présidence aurait à affronter. Il n'était certes pas le premier président des États-Unis à faire face à une telle situation. Gerald Ford avait eu ce triste privilège en 1974, et déjà à propos du conflit du Proche-Orient. Des Palestiniens l'avaient menacé de faire exploser une bombe atomique en plein cœur de la ville de Boston si onze de leurs camarades n'étaient pas libérés des prisons israéliennes. Comme la plupart des cinquante affaires similaires qui avaient suivi, ce chantage s'était révélé une mystification. Mais pendant plusieurs heures, un président des États-Unis avait dû envisager un holocauste nucléaire dans une ville américaine. Les habitants de Boston n'en surent jamais rien.

— Monsieur le Président !

George W. Bush se retourna et vit le visage rassurant d'Andrew Card.

— Tout le monde vous attend dans la salle du Conseil de sécurité.

*

Jusqu'à présent, même aux heures les plus cruciales des combats en Afghanistan et en Irak, George W. Bush avait toujours commencé ses réunions avec un sourire, des mots d'encouragement, ou une plaisanterie ironique inspirée par les titres des journaux du jour. Rien de tel aujourd'hui. Le visage tendu, le dos légèrement voûté, il se dirigea d'un pas rapide vers son fauteuil au centre de la table de conférence sans le moindre regard pour ceux qui avaient partagé avec lui les heures intenses des derniers mois.

Bien que chargée d'histoire, la salle de conférences du Conseil national de sécurité restait d'une apparence banale. Beaucoup de ceux qui la fréquentaient la comparaient à la salle de conférences d'une banque de province. C'était pourtant entre ses murs peints en vert pâle que Kennedy avait envisagé le déclenchement de la troisième guerre mondiale pendant la crise des missiles de Cuba ; que Johnson avait ordonné l'envoi d'un demi-million d'Américains au Vietnam ; que Nixon avait projeté la chute de Salvador Allende et la reconnaissance de la Chine ; que Carter avait appris l'échec de l'opération de sauvetage des otages américains aux mains de l'ayatollah Khomeini ; que le premier président Bush avait lancé l'opération Tempête du désert dans le golfe Arabique ; que son fils et successeur avait décidé de lancer ses forces contre Saddam Hussein.

L'apparente banalité de la pièce était en fait trompeuse. Derrière les boiseries, un système de communications ultrasophistiqué permettait au chef de l'exécutif et à ses collaborateurs d'entrer instantanément en contact avec tous les rouages de la puissance américaine à travers le monde.

À peine assis, George W. Bush inclina la tête pour une prière silencieuse, geste que les membres de l'assemblée jugèrent particulièrement approprié en ce dimanche d'automne. Habitués au rituel, tous baissèrent la tête. Puis le Président prit la parole :

— Nous voici peut-être confrontés au cauchemar qui me hante depuis le début de ma présidence, une arme de destruction massive entre les mains de terroristes !

Sous d'épais sourcils, ses petits yeux se tournèrent vers le représentant du département de la Sécurité intérieure :

— Anscom ! demanda-t-il en brandissant le rapport que lui avait apporté son secrétaire général, y a-t-il quelque chose de nouveau dont nous devrions prendre connaissance avant de commencer ?

— Absolument, monsieur le Président. Les scientifiques du laboratoire de Livermore confirment que les plans trouvés dans la valise sont la réplique exacte des plans d'une bombe à l'uranium enrichi découverts en 1995 en Irak par les inspecteurs de l'ONU.

— Comment sont-ils arrivés à cette conclusion ?

— Grâce à deux observations. Les chercheurs irakiens savaient qu'ils ne pourraient procéder à un essai nucléaire pour vérifier leurs calculs. Ils ont donc décidé d'augmenter le volume de matériau fissile jusqu'à vingt-trois kilos au lieu des vingt kilos habituels. Une façon pour eux de s'assurer que leur engin exploserait à coup sûr. Ensuite, nos gens de Livermore ont constaté que les codes informatiques destinés à synchroniser les mises à feu de la bombe irakienne étaient les mêmes sur les plans trouvés en Irak que sur ceux récupérés dans la valise laissée à la Penn Station de New York.

— Ces guerriers du jihad sont donc probablement irakiens.

— Monsieur le Président ! intervint une voix.

L'éclairage au néon accentuait la morosité habituelle

du visage de Milt Anderson, le spécialiste des affaires arabes récemment nommé par le Président à la tête de la CIA.

— Je ne me précipiterais pas sur une telle conclusion, déclara Anderson. Le monde islamiste regorge d'extrémistes qui vous haïssent, qui haïssent notre pays et toutes les valeurs qu'il représente.

De ses vingt-cinq années de carrière au Proche et au Moyen-Orient, Anderson avait rapporté un ulcère à l'estomac et une méfiance tenace à l'égard des Arabes. Personne dans cette salle ne connaissait le monde arabe comme lui. Né au Liban, où son père enseignait à l'université américaine de Beyrouth, il avait appris l'arabe sur les genoux de sa nounou. Recruté par la CIA dès sa sortie de l'université, il avait servi au Soudan, en Irak, à Bahreïn et, plus récemment, en Afghanistan en qualité de directeur des opérations de la CIA pendant la guerre contre les Soviétiques.

George W. Bush croisa les mains sur la table comme il le faisait dans les moments solennels.

— Le 4 juillet de l'année dernière à l'occasion de la fête nationale, j'ai juré que je m'attaquerai à tout groupe terroriste qui menacera les États-Unis, déclara-t-il. Mais comment pourrais-je tenir ce serment si je ne sais pas qui nous menace ? Si nous n'avons pas affaire à des Irakiens, est-ce que Ben Laden pourrait être derrière ce chantage ?

— C'est une possibilité, concéda Anderson en redressant ses larges épaules qui avaient jadis fait les beaux jours de son équipe de football à l'université d'Oklahoma. Je trouve dans le texte du message un ton très similaire à certains de ses écrits. La possession de bombes atomiques islamiques représenterait certainement à ses yeux le moyen de renverser l'équilibre des forces entre l'Islam et l'Occident. En septembre 1998, à Munich, les Allemands ont arrêté l'un de ses principaux lieutenants avec une valise pleine de dollars qui devaient lui permettre d'acheter de l'uranium hautement enrichi en Ukraine. Par ailleurs, nous avons de bonnes raisons de croire que Ben Laden était prêt à verser trente millions de dollars aux Tchétchènes pour se procurer les matériaux nécessaires à la confection de deux ou trois bombes sales.

Anderson consulta furtivement son carnet de notes.

— Mais il y a quelque chose de plus préoccupant, continua-t-il. Nous savons Ben Laden très lié avec Abdul Sharif Ahmad, l'un des principaux physiciens nucléaires responsables de la mise au point de la bombe atomique pakistanaise. Ils se sont secrètement rencontrés au moins deux fois à Kandahar juste avant le début de la guerre en Afghanistan. Malheureusement, rien n'a transpiré de ce qui s'est dit pendant ces rencontres, mais vous pouvez être sûr qu'ils n'ont pas parlé de *Sex and the city*.

La remarque détendit brièvement l'atmosphère. Le Président se tourna alors vers le jeune fonctionnaire qui représentait la National Security Agency, l'organisme chargé d'intercepter et de décoder les millions de messages et de communications transitant chaque jour à travers l'espace.

— Monsieur Putnam, vos gens ont-ils pu apprendre qui se trouve derrière l'adresse électronique australienne figurant sur le message que nous avons reçu ? demanda-t-il.

— Certes, répondit le jeune fonctionnaire. Nous avons envoyé l'un de nos agents chez le propriétaire de cette adresse. C'est un garçon de treize ans résidant à Adelaïde.

— Un garçon de treize ans ! s'exclama le Président, le visage soudain traversé par l'incrédulité. Dans ce cas, expliquez-moi : cela pourrait-il être un canular ?

— Je crains que cela ne soit pas du tout le cas, répliqua timidement Putnam.

Son costume trop grand pour ses frêles épaules et sa petite taille ne correspondaient pas à l'idée que l'on se fait habituellement d'un agent fédéral. À sa sortie de l'université de Cal Tech où ses camarades l'avaient surnommé « la mauviette », le jeune Putnam était devenu un *computer hacker*, un pirate informatique, ce qui n'avait pas tardé à lui valoir quelques ennuis avec la justice. Il s'était sorti de ce faux pas en acceptant de mettre ses talents au service du pays.

— Ce jeune Australien a été victime d'une arnaque informatique, expliqua-t-il. Le véritable auteur du message a utilisé toute une chaîne de relais pour dissimuler sa provenance. C'est une technique bien connue des pirates informatiques, ainsi que des terroristes avertis et des criminels sachant manipuler l'Internet. Ils se sont introduits dans l'ordinateur de ce garçon pour expédier leur message à la Maison-Blanche. Puis ils ont détruit la mémoire de son disque dur afin qu'il ne reste trace ni du message ni de sa provenance. Heureusement, le serveur Australia on line a pu retrouver le message introduit dans l'ordinateur juste avant qu'il soit effacé. Nous avons réussi à le traquer jusque chez une institutrice vivant dans le Dorset, en Angleterre, qui avait été victime de la même manipulation. Grâce à l'assistance des serveurs AOL aux États-Unis et Wanadoo en France, nous sommes alors remontés jusqu'à des ordinateurs en France, en Pologne, en Allemagne et même jusqu'à un cybercafé de Sanaa, la capitale du Yémen. La piste s'est arrêtée là. L'un de nos agents vient juste de rendre visite à ce café. Compte tenu du décalage horaire, il est plus de minuit là-bas. Le propriétaire a répondu qu'il ignorait l'identité de ceux qui avaient utilisé ses ordinateurs à l'heure à laquelle nous pensons que le message a été expédié.

Le Président avait blêmi. N'étant pas un expert en cyberinformatique, il s'inquiéta :

— Vous êtes donc en train de me dire qu'on ne pourra jamais identifier le salaud qui a expédié le message ?

— J'en ai peur, répondit l'ancien pirate informatique repenti.

— Une chose est claire, fit alors observer le directeur de la CIA, c'est la complexité de moyens déployée par ces terroristes pour dissimuler la provenance de leur menace. Ce sont de vrais pros.

— De vrais pros comme vous tous dans cette pièce devez l'être, commenta vivement le chef de l'État. Je veux savoir qui sont les auteurs de ce chantage ! Je commence toutes mes journées, à l'aube, par la lecture des rapports et des évaluations des menaces terroristes rédigés par nos différentes agences de renseignements. Y avait-il dans les rapports de la dernière semaine le moindre indice de cette menace ? La réponse est non.

George W. Bush présidait aux destinées de la plus puissante nation du monde, le dernier super-État du globe, un pays dont le pouvoir surpassait largement ceux des empires de Rome et de Babylone, de la France de Louis XIV et de Napoléon, de l'Orient des califes, de la Chine des Ming, de la Russie des tsars. Il disposait d'une puissance militaire sans aucune mesure avec celles de tous les César de l'histoire, les Gengis Khan, les Grands Moghols, les rois et les kaisers. Mais il était désarmé devant cet adversaire fantôme. Il savait bien que le terrorisme était l'instrument privilégié de tous ceux qui voulaient s'attaquer à son pays. « Mais, en se cachant derrière l'anonymat, ils font de nous un géant impuissant privé de sa capacité de rendre les coups », déplorait-il.

Depuis sa « conversion », George W. Bush observait une remarquable discipline de vie – pas d'alcool, une heure quotidienne d'exercice physique intensif, coucher à vingt-deux heures. Contrairement à son prédécesseur, aucun coup de canif dans le contrat conjugal. Comme nombre de ses collaborateurs avaient pu s'en apercevoir, cette apparence de sagesse et de tempérance n'en cachait pas moins un être hyperactif, gouverné par son instinct plus que par sa raison. Ce soir, l'instinct de George W. Bush lui disait que cette affaire des guerriers du jihad n'était probablement pas un canular.

Il inclina la tête avec un sourire amical vers Condoleezza Rice, sa conseillère pour la Sécurité nationale, puis se tourna vers l'ensemble des participants.

— Madame, messieurs, j'ai quatre questions à vous poser. Premièrement, quelles sont les chances pour que ces terroristes aient réussi à obtenir l'uranium hautement enrichi dont ils ont besoin pour confectionner leur bombe ? Deuxièmement, en supposant qu'ils y soient parvenus, auraient-ils pu introduire cette bombe sur le territoire américain sans qu'elle soit détectée ? Troisièmement, quelle attitude devons-nous adopter vis-à-vis de la ville de New York ? Qui devons-nous avertir ? Le maire Bloomberg ? Le gouverneur Pataki ? La police ? Le sénateur Schumer ? Hillary Clinton ?... à Dieu ne plaise ! Enfin, quatrièmement, si cette bombe existe réellement et qu'elle ait été placée dans New York, quelles sortes de destructions risque-t-elle de provoquer si elle explose ?

« Comme vous le savez, je ne crois qu'à la réalité des faits. Attaquons ces questions l'une après l'autre. Anscom, la première est pour vous. »

Le représentant du département de la Sécurité intérieure se redressa sur son siège. Son ton était grave, presque solennel.

— Monsieur le Président, durant les quatre dernières années, nos efforts ont visé à endiguer la prolifération nucléaire afin d'empêcher les pays de l'axe du Mal tels que l'Irak, l'Iran, la Libye et la Corée du Nord, de devenir des puissances nucléaires. Pour être qualifiée de puissance nucléaire, il ne suffit pas de posséder une bombe. Il faut en avoir au moins une douzaine et surtout, le plus important, il faut disposer d'une source de matières fissiles. En revanche, pour être des terroristes nucléaires comme le revendiquent ces guerriers du jihad, il suffit de se procurer ici ou là les éléments nécessaires à la confection d'une seule bombe.

— Où ont-ils pu se procurer ces éléments ?

— En Russie et en Ukraine. Malgré la différence d'heures, nous avons pu joindre nos contacts dans ces deux pays. Il semble que quelques centaines de grammes de matériau de qualité militaire aient disparu au cours de ces dernières années. Nous savons qu'il y a eu sept tentatives de faire sortir clandestinement de l'uranium enrichi de ces deux pays. Mais, chaque fois, en quantités très inférieures à celles nécessaires à la fabrication d'une bombe. Nos contacts nous ont assuré que, jusqu'à hier soir, aucun rapport n'avait signalé une disparition significative de matériau de qualité militaire.

— Pouvons-nous avoir confiance dans ces informations ?

— Pas vraiment, monsieur le Président. Nous entretenons pourtant les meilleures relations possible avec les services du président Poutine. Juste avant qu'ils s'emparent du théâtre de Moscou en octobre 2002, les Tchétchènes avaient essayé de cambrioler une ancienne installation nucléaire soviétique. Ils n'y sont pas parvenus. Il semblerait donc que les terroristes aient du mal à trouver en Russie l'uranium dont ils ont besoin.

Anscom fit une pause. Il savait que le Président n'apprécierait pas ce qu'il allait ajouter.

— Il existe malheureusement, ici même en Amérique, des installations nucléaires insuffisamment protégées et par conséquent vulnérables à des tentatives de vol. Par exemple, plusieurs tonnes d'uranium hautement enrichi sont stockées dans un vieil entrepôt quasi abandonné d'Oakridge dans le Tennessee. Il ne faudrait pas grand-chose pour...

— Comment ! s'insurgea le chef de l'État. Pourquoi ces installations ne sont-elles pas correctement défendues ?

Anscom leva les bras dans un geste d'impuissance.

— Toujours la même vieille histoire. De belles promesses de la part de nos amis du Congrès, mais pas beaucoup de crédits pour les honorer.

— Et la Chine ? pressa le Président.

— Nos informations sur son programme nucléaire sont très limitées. Les Chinois protègent avec une telle paranoïa tout ce qui concerne leurs activités nucléaires qu'il paraît peu probable que des terroristes aient pu violer l'une de leurs installations. En outre, n'oublions pas que les Chinois ont des problèmes avec leurs propres séparatistes islamiques.

— La Corée du Nord ?
— Leur programme utilise du plutonium et non de l'uranium.
— L'Inde ?
— Même réponse, monsieur le Président.
— Le Pakistan ?
Anscom hocha plusieurs fois la tête.
— En dépit des bonnes relations que vous entretenez avec le général Moucharraf depuis le 11 septembre, le Pakistan est notre principal souci. Vous avez entendu ce que nous a dit Milt Anderson à propos des savants qui ont mis au point la bombe atomique pakistanaise. Le chef d'état-major de l'armée, le général Mohammed Aziz Khan, a récemment déclaré publiquement que « l'Amérique est l'ennemi numéro un du monde musulman ». Nombre de militaires et de responsables de la communauté scientifique du Pakistan considèrent que leur bombe est une arme « islamique », ce qui suggère qu'elle pourrait être utilisée dans des conflits autres que ceux qui opposent le Pakistan à l'Inde.
George W. Bush essuya d'un coup de mouchoir les gouttes de transpiration qui perlaient sur ses tempes.
— Si je comprends bien, nous n'avons pas la moindre indication sur la provenance possible de cette satanée bombe – à supposer bien sûr qu'elle existe.
— Pas encore, monsieur le Président, mais, avec un peu de chance, nous aurons peut-être des informations d'ici peu.
— Comment ça ?
— Nos scientifiques de Livermore sont en train d'analyser la boule d'uranium hautement enrichi trouvée dans la valise. Il existe dans le monde très peu d'installations capables d'enrichir l'uranium. En étudiant les signatures radioactives contenues dans ce morceau de

métal et en décomptant le nombre d'isotopes qui s'y trouvent, nos spécialistes devraient pouvoir se faire une bonne idée de la technique utilisée et de l'endroit où cet uranium a été traité.

— Cela leur prendra combien de temps ?

— Pas très longtemps.

— Bien ! trancha le chef de l'État en esquissant un bref sourire. Deuxième question : si cette bombe existe vraiment, est-il pensable que ces guerriers du jihad aient réussi à l'introduire dans New York ?

Le directeur adjoint de l'administration des douanes fit signe qu'il était prêt à répondre. Larry Schorr faisait oublier la banalité de son apparence par une florissante moustache au milieu d'un visage tout en rondeur. Pas une paire de lunettes italiennes, une automobile japonaise, un camembert de Normandie ou une bible imprimée au Bangladesh ne pénétraient en principe sur le territoire des États-Unis sans avoir satisfait aux exigences de son administration. Depuis le 11 septembre et la création d'un département de la Sécurité intérieure, les douanes faisaient partie intégrante de la planification antiterroriste.

— Monsieur le Président, déclara-t-il, comme vous le savez, la plus haute priorité des douanes américaines est aujourd'hui d'empêcher l'introduction d'engins nucléaires ou de substances radioactives dans ce pays. Nous exigeons maintenant de recevoir les manifestes de tous les navires faisant escale dans nos ports quatre jours avant leur arrivée. En outre, nous avons posté des agents dans une trentaine de ports étrangers avec mission de surveiller toutes les marchandises embarquant pour les États-Unis.

— De la foutaise, tout ça !

L'interjection d'un colosse au visage buriné surprit

l'assistance. Andy Mears dirigeait le bureau du contre-terrorisme à la Maison-Blanche. Après trente ans de bons et loyaux services au Conseil national de sécurité sous cinq présidents, Mears était toujours membre du parti démocrate et aimait à dire en plaisantant qu'il était le « libéral de service » au sein de l'administration républicaine de George W. Bush.

— La quantité de marchandises en conteneurs entrant chez nous sans le moindre contrôle est vertigineuse, s'empressa-t-il d'expliquer. Nous fouillons les bagages de n'importe quel péquenaud arrivant par avion, mais nous laissons entrer des milliers de conteneurs dans nos ports sans les gratifier du moindre coup d'œil. Les douanes prétendent qu'elles inspectent deux pour cent de ces conteneurs. Le véritable pourcentage, monsieur le Président, est plus proche d'un demi pour cent.

— Que répondez-vous, monsieur Schorr ? interrogea aussitôt George W. Bush.

— Monsieur le Président, commenta avec embarras le fonctionnaire, les industriels et les commerçants de ce pays, depuis General Motors jusqu'au plus petit fabricant d'articles de sport, dépendent pour leur activité des marchandises importées de l'étranger. Si nous commencions à passer au peigne fin chacun des vingt et un mille conteneurs qui débarquent quotidiennement dans nos ports, nous provoquerions un chaos économique. General Motors arrêterait ses chaînes de production. Quant à la grande distribution et aux petits commerces, ils licencieraient des millions de salariés.

— Mais je croyais que nous avions mis en place de nouvelles technologies capables de détecter toute intrusion d'engins nucléaires ? s'étonna le chef de l'État.

Andy Mears n'allait pas rater l'occasion de saisir la

question au vol. Il s'acharnait sur le sujet depuis des semaines, avec de piètres résultats.

— Monsieur le Président, ne vous y trompez pas. Un engin nucléaire enveloppé d'une protection adéquate a toutes les chances de passer sans être repéré devant les détecteurs les plus sophistiqués que nous pouvons actuellement mettre en place.

— Ma question concernait les *nouveaux* systèmes sur lesquels nous sommes censés travailler, précisa le chef de l'État.

Andy Mears savait qu'il s'exposait dangereusement, mais la situation lui paraissait suffisamment sérieuse pour ne pas se taire.

— Nous nous berçons d'illusions, monsieur le Président. Ce pays gaspille huit milliards de dollars par an pour un système de défense contre des missiles russes, qui n'existent peut-être même pas, et à peine six cents millions pour la sécurité de ses ports. Dans cette guerre que nous avons à mener contre le terrorisme, nos promesses n'ont jamais été suivies d'actes concrets. Nous trompons régulièrement nos compatriotes quand nous leur affirmons que nous faisons tout ce qu'il faut pour les protéger contre le terrorisme.

Un silence gêné s'abattit sur l'assistance.

C'est alors que l'officier des marines chargé des transmissions leva la main, du fond de la salle.

— *Gentlemen !* Le laboratoire de Livermore réclame une liaison vidéo immédiate, annonça-t-il.

Aussitôt, un écran descendit du plafond. Quelques secondes plus tard apparurent les visages du directeur et de son assistant aux cheveux ramassés sur la nuque.

— Le Dr Mott a terminé l'analyse de la boule d'uranium hautement enrichi trouvée dans la valise de New York, annonça le directeur. Bob, c'est à vous !

— Notre analyse isotopique a révélé que l'échantillon d'UHE en question a été enrichi grâce à une technique mise au point au milieu des années 1970 par le laboratoire d'enrichissement d'uranium d'Urenco, à Anselm, en Hollande, révéla le Dr Mott.

— En Hollande ! s'étonna George W. Bush.

— Oui, monsieur le Président, confirma le scientifique. N'oubliez pas qu'Abdul Sharif Ahmad, l'un des principaux physiciens nucléaires responsables de la bombe pakistanaise, a travaillé pendant plusieurs années en Europe. Il est revenu au Pakistan en 1976, avec dans ses bagages une collection de plans destinés à la construction d'une usine d'enrichissement d'uranium. Nos analyses préliminaires démontrent que les techniques d'enrichissement pratiquées en Hollande et celle utilisée pour l'échantillon examiné sont identiques. Nous en concluons que ce morceau d'uranium enrichi provient de l'arsenal nucléaire pakistanais.

Paul Anscom s'empressa d'intervenir.

— Monsieur le Président, pour préoccupante qu'elle soit, cette constatation ne doit pas nous entraîner à tirer des conclusions hâtives. Le fait que ces terroristes aient pu se procurer les plans d'une bombe et quelques kilos d'uranium ne suffit pas à nous convaincre qu'ils aient fabriqué un engin capable de produire une explosion nucléaire. L'assemblage d'un tel engin exige des connaissances scientifiques et une sophistication qui paraissent hors de portée des gens à qui nous avons à faire.

— Je ne partage pas du tout votre optimisme, objecta vivement Milt Anderson, le chef de la CIA. Pour moi, ce rapport de Livermore ouvre tout un champ de nouvelles inquiétudes. Supposons que ces terroristes disposent de complicités auprès de militaires pakistanais qui les ont aidés à subtiliser une ou deux bombes de l'arsenal nucléaire national...

— Est-ce une hypothèse plausible ? coupa le Président.

— Suffisamment pour me donner des sueurs froides, assura fermement Anderson. N'est-ce pas avec la complicité de compatriotes militaires que le père de la bombe atomique pakistanaise, le Dr Abdul Qadeer Khan, a pu vendre pendant dix ans des secrets nucléaires à l'Iran, à la Libye et à la Corée du Nord ? Souvenez-vous de l'émoi international qu'a provoqué, au début de l'année, la révélation de cette prolifération nucléaire ! Nous estimons que les Pakistanais possèdent aujourd'hui entre trente-cinq et cinquante bombes. Pour des raisons de sécurité, ils stockent les matières fissiles de leurs engins et les systèmes de mise à feu dans des endroits distincts : les bombes près de la petite ville de Kahuta, au sud de Rawalpindi, et les détonateurs à Chasma, près d'Islamabad. Nous savons très peu de choses sur ces sites et sur la sécurité dont ils bénéficient. Les Pakistanais sont aussi paranoïaques que les Chinois quand il s'agit de laisser des étrangers s'approcher de leurs installations. Nous savons, en tout cas, que leurs bombes ne sont pas équipées de codes secrets de mise à feu.

Le Président consulta sa montre.

— Il doit être presque sept heures du matin à Islamabad. Comme tous les vieux soldats, le général Moucharraf est un lève-tôt. J'ai envie de l'appeler sur-le-champ pour solliciter son avis et, au besoin, son assistance. Je vous recommande d'aller dîner rapidement. Nous nous retrouverons ici, dans une heure exactement.

*

George W. Bush entraîna quelques-uns de ses plus proches conseillers vers la salle à manger de ses appartements privés avant d'aller s'enfermer dans le Bureau ovale pour appeler le président du Pakistan. Les autres profitèrent de ce répit pour descendre à la cafétéria de la Maison-Blanche. Paul Anscom s'installa seul à une table. Après avoir grignoté quelques feuilles de salade et un peu de fromage, il ouvrit son portefeuille et en sortit une photo qu'il contempla avec tendresse avant d'y déposer un baiser. C'était le portrait de Jane, sa fille aînée de dix-neuf ans, étudiante en troisième année au Hunter College de New York.

Comme l'avait souhaité le chef de l'État, les membres du comité de crise se retrouvèrent à neuf heures précises dans la salle de conférences.

— Le président Moucharraf est consterné, annonça George W. Bush. Il m'a assuré de sa totale coopération. Il fait procéder à une inspection immédiate des différents arsenaux du pays pour recenser une à une leurs bombes. Nous devrions avoir des nouvelles très rapidement. En attendant, j'aimerais que nous examinions la situation à New York.

— Monsieur le Président, annonça Anscom, j'ai fait mettre en alerte toutes nos équipes NEST de recherche d'explosifs nucléaires et ordonné qu'un premier détachement se tienne tout de suite à la disposition du quartier général du FBI à New York. À cause de la menace contenue dans le message des terroristes, je n'ai parlé que d'un simple exercice de sécurité.

Anscom était sur le point de fournir d'autres explications quand l'officier des marines responsable des transmissions vint se glisser derrière le chef de l'exécutif.

— *Sir,* le président Moucharraf vous rappelle sur votre ligne sécurisée du Bureau ovale.

George W. Bush s'excusa et sortit rapidement.

Trois minutes plus tard, il était de retour, le visage livide.

— Le président Moucharraf vient de m'informer qu'une bombe atomique a disparu de l'arsenal nucléaire pakistanais.

— Oh ! mon Dieu ! gémit Condoleezza Rice, la conseillère du Président pour la Sécurité nationale. Cette menace n'est donc pas un canular...

Un silence horrifié pétrifia l'assistance. Pour la première fois, chacun imaginait la réalité de l'effroyable cauchemar. Le Président reprit la parole.

— C'est bien la crise la plus grave que notre pays ait jamais connue, déclara-t-il. Je suggère que nous observions quelques instants de silence pour demander au Seigneur qu'Il inspire notre réponse à cet acte de barbarie.

Les têtes se baissèrent toutes ensemble. Puis George W. Bush reprit la parole pour s'adresser à Anscom.

— Paul, demanda-t-il, si ces soi-disant guerriers du jihad ont réussi à introduire leur saloperie de bombe dans New York, quelles seront les conséquences s'ils la font exploser ?

— Une hécatombe inimaginable, répondit Anscom. Nos calculs, fondés sur les plans de la valise récupérée à la gare, nous permettent de prévoir une explosion d'une puissance de dix à douze kilotonnes, soit à peu près la puissance des bombes d'Hiroshima et de Nagasaki. Comme j'étais sûr que vous poseriez cette question, monsieur le Président, j'ai demandé à deux de nos experts de se tenir prêts à vous répondre.

Anscom fit un signe de la tête et deux hommes assis au fond de la pièce s'approchèrent de la table de conférence.

Tandis que le plus âgé prenait place à côté d'Anscom et posait devant lui un ordinateur portable, son collègue déployait une immense carte de New York sur un praticable au bout de la table. Avec leurs joues bien roses, leurs petites lunettes cerclées de fer et leurs nœuds papillons strictement identiques, Jerry McPherson et Tom Fraser avaient l'air de jumeaux. Tous deux avaient consacré la majeure partie de leur vie professionnelle à l'étude des effets apocalyptiques qu'aurait l'explosion de bombes nucléaires et thermonucléaires dans les villes américaines. Ces statistiques terrifiantes leur étaient aussi familières que les colonnes anodines d'un quelconque bilan à un expert-comptable. C'était leur première intervention devant le président de leur pays, un honneur qui consacrait le travail de toute leur existence.

McPherson alluma son ordinateur. L'appareil contenait les réponses à toutes les questions qui pouvaient lui être posées : pression au centimètre carré nécessaire pour briser une vitre, faire éclater une artère pulmonaire, tordre une barre de fer ; degré des brûlures de la peau causées par une bombe de dix kilotonnes explosant à deux, quatre ou huit kilomètres ; nature et intensité des radiations enregistrées à cinquante kilomètres de l'épicentre...

— Nous avons été invités à décrire les effets de l'explosion d'un engin nucléaire de dix à douze kilotonnes sur la presqu'île de Manhattan, commença McPherson sur le ton sentencieux d'un archéologue s'apprêtant à décrire les vestiges d'une civilisation disparue. Il n'y a aucun doute : ils seraient dévastateurs. Nous avons supposé que l'engin a été placé quelque part dans le centre de Manhattan.

Il fit signe à son assistant de diriger son pointeur lumineux sur la carte.

— Nous pouvons déjà affirmer que les premiers effets de l'explosion seront cataclysmiques dans un premier cercle d'environ deux mille mètres de diamètre.

L'assistant désigna le premier des quatre cercles qui avait Times Square pour centre. Il s'agissait d'une zone qui, transposée dans l'agglomération parisienne, représenterait l'espace compris entre l'Arc de triomphe, la tour Eiffel, la Concorde et le Sacré-Cœur de Montmartre.

— Virtuellement, rien à l'intérieur de ce premier cercle ne subsistera autrement que sous forme de vestige calciné, expliqua McPherson. La chaleur de l'explosion enflammera le moindre élément combustible, ce qui déclenchera très probablement un ouragan de feu analogue à ceux qui ont embrasé Hambourg, Dresde et Tokyo à la fin de la Seconde Guerre mondiale.

— Seigneur Dieu ! murmura le secrétaire d'État Colin Powell, assis à la droite du Président. Le chef de la diplomatie américaine survolait régulièrement la ville à bord de l'hélicoptère qui le conduisait à ses réunions au siège des Nations unies. Comment imaginer que ces remparts étincelants de verre et d'acier qui s'étendaient de Wall Street à l'Empire State Building pourraient disparaître comme des fétus de paille ? Mais il savait, lui, que ce cauchemar n'était pas une élucubration sortie du cerveau d'un bureaucrate rendu fou par ses calculs. Powell avait passé une grande partie de sa carrière de militaire à étudier de tels scénarios.

— Les victimes ? demanda George W. Bush.

McPherson avait réponse à tout :

— La population résidentielle de Manhattan est d'environ cinquante mille habitants par kilomètre carré, mais, dans la journée, à cause de l'afflux des travailleurs venus de l'extérieur et des touristes, ce chiffre peut être multiplié par dix. Il faut donc s'attendre à un million de victimes immédiates, expliqua-t-il.

— Un million ! s'étrangla Condoleezza Rice.

L'oncle et la tante qui avaient élevé la conseillère du Président après la mort de ses parents venaient d'arriver à New York pour participer au congrès des Missionnaires baptistes unifiés qui se tiendrait toute la semaine dans Greenwich Village, à l'intérieur de la ligne rouge du premier cercle.

— Nous estimons que l'explosion fera entre deux cents et deux cent cinquante mille victimes de plus audelà du premier cercle, continua l'expert sur sa lancée. Il n'y aura plus un lit d'hôpital disponible dans un rayon de cent cinquante kilomètres autour de la ville. Le centre financier du pays aura cessé d'exister. Les dommages se compteront en trillions de dollars.

— Et les radiations ? s'inquiéta Condoleezza Rice.

— Que Dieu nous protège ! madame. Mais si par malheur le vent soufflait de la mer au moment de l'explosion, le nuage radioactif pourrait recouvrir l'agglomération new-yorkaise tout entière, avant d'être poussé vers l'intérieur du pays. Des millions de gens risqueraient alors d'être atteints et des dizaines de milliers de kilomètres carrés contaminés. Personne ne pourrait plus y vivre pendant des années, peut-être des générations.

À ces mots, McPherson sortit de son porte-documents un volumineux dossier à couverture de carton noir rigide marqué « Top secret ». Il contenait l'inséparable viatique d'un bureaucrate moderne, un document informatique. Il s'agissait d'une sorte de Bottin de l'inconcevable, une projection, quartier par quartier, de la mort et de la destruction, jusqu'au nombre exact d'infirmières, de pédiatres, d'ostéopathes, de plombiers, de pompes à incendie, de pistes d'aéroports et, naturellement, d'archives officielles qui subsisteraient dans chacune des zones touchées.

Le gouvernement américain avait dépensé des millions de dollars pour rassembler ces informations et les faire traiter par les ordinateurs géants d'Olney, dans le Maryland. Et voici qu'était venu le moment de résumer toute l'horreur impliquée dans ces colonnes de chiffres, de statistiques, de pourcentages.

— L'Amérique aura cessé d'être l'Amérique que nous connaissons, conclut McPherson en refermant son dossier.

Un silence pesant tomba sur la salle, figée par cette tragique perspective. Le Président s'était tassé dans son fauteuil. Certains se cachaient le visage dans les mains. D'autres secouaient la tête avec incrédulité, ou semblaient assommés par la stupeur.

Ce fut Andrew Card, le secrétaire général de la Maison-Blanche, qui réagit le premier.

— Monsieur le Président, pour vous permettre de rester aux commandes de cette cellule de crise pendant les jours qui viennent, nous devons réaménager votre emploi du temps sans éveiller le moindre soupçon. Sans doute faut-il faire comme Kennedy au moment de la crise des missiles de Cuba. Se trouvant en campagne électorale à Chicago, il a prétexté une angine pour rentrer à Washington. Nous devons demander au Dr Marcuso qu'il vous diagnostique une sévère infection intestinale justifiant l'annulation de vos engagements en dehors de Washington. Ainsi personne ne s'étonnera que vous ne quittiez pas la Maison-Blanche.

— Excellente idée, approuva George W. Bush. Arrangez ça avec Marcuso. D'ailleurs, pas besoin de lui mentir, ajouta-t-il en retrouvant un peu d'humour, cette affaire m'a déjà flanqué une sacrée colique...

— Autre question, continua Card. Quelle attitude adopter envers le maire de New York et le gouverneur ?

— Appelez-les immédiatement et dites-leur que je souhaite les recevoir demain matin. Dites-leur que la raison de cette convocation est « Top secret – Sécurité nationale ». Encore une question très importante, enchaîna aussitôt le Président. Comment faire pour empêcher la presse de fourrer son nez dans cette affaire ?

C'était une préoccupation vitale. Dans ce pays qui a érigé en principe sacré le droit à l'information, rien ne peut échapper à la curiosité de la presse la plus puissante et la mieux organisée du monde. Deux mille journalistes sont accrédités auprès de la Maison-Blanche. Quarante à cinquante correspondants montent la garde sur place pratiquement jour et nuit. La plupart se lèvent chaque matin persuadés que le gouvernement va leur mentir au moins une fois avant que s'achève la journée. La récolte des fuites est un sport favori à Washington où les « secrets » gouvernementaux fournissent les principaux sujets de conversation dans les cocktails, les dîners diplomatiques, ou les alcôves des restaurants, à commencer par l'établissement français La Maison blanche qui, malgré le froid entre l'Amérique et la France depuis l'invasion de l'Irak, restait le plus en vogue à Washington.

— Il faut tout de suite alerter Gerry, suggéra Card.

Gerry Thomas occupait l'un des postes les plus délicats de l'entourage présidentiel. Il était le porte-parole de la Maison-Blanche, la vraie celle-ci. Deux fois par jour, à onze heures et à seize heures, il descendait dans l'arène de la salle de presse pour informer les correspondants, répondre à leurs questions et recevoir leurs banderilles.

— Il devra construire un rempart de mensonges susceptibles de résister à tous les assauts, recommanda la voix fluette de Condoleezza Rice.

— Monsieur le Président, comment comptez-vous aborder la situation avec Ariel Sharon et les Israéliens ? s'inquiéta à son tour Colin Powell. Quand pensez-vous qu'il convienne de les mettre au courant ?

George W. Bush toussota pour se donner le temps de réfléchir. Il se tourna vers Condoleezza Rice.

— Attendons un peu, suggéra-t-elle. De toute façon, c'est le milieu de la nuit, là-bas.

— Croyez-vous que l'on puisse leur faire confiance, qu'ils vont garder le secret ? s'inquiéta le Président.

— Je pense que vous pouvez faire confiance à Sharon, répondit-elle. En revanche, je n'en dirais pas autant de la bande d'extrémistes du Likoud qui l'entourent. Ces implantations en Cisjordanie sont la justification même de leur existence. Leur démantèlement représenterait pour eux une sorte de suicide.

— Peut-être, coupa vivement Milt Anderson, le chef de la CIA, mais vous imaginez-vous quel ouragan de haine et de colère submergerait notre pays si un million d'Américains périssaient à cause de ces colonies ? Des colonies auxquelles tous les présidents américains depuis Lyndon Johnson – il se tourna vers George W. Bush – et tout particulièrement votre père, se sont opposés ?

Le chef de l'État secoua la tête d'un air résigné. Puis il reprit la parole.

— Comment pouvons-nous localiser ces guerriers du jihad ? Comment pouvons-nous établir avec eux un contact pour essayer de les raisonner ?

— Le danger, c'est que ces types sont certainement imperméables à toute raison et à toute logique, observa Anderson. L'homme clé de cette affaire, c'est Moucharraf. L'enquête qu'il a déclenchée pour savoir comment cette bombe a disparu de ses arsenaux nous fournira peut-être les indices dont nous avons besoin.

— Et nos alliés ? s'enquit Colin Powell. Que leur dit-on ?

— Pour l'instant, rien, répondit fermement le Président.

— Même à Tony Blair ?

George W. Bush se frotta le menton.

— Rien non plus. Je pense que cette crise ne doit pas sortir de cette pièce.

— Sans doute, concéda le vice-président Dick Cheney de sa voix basse, mais si nos compatriotes apprenaient que les habitants de New York sont menacés de mort à cause de quelques milliers de colons israéliens, ils risqueraient de se déchaîner dans la minute. Et nous n'aurions alors d'autre issue que de contraindre Israël à accepter les exigences de ces terroristes.

— Vous avez raison, Dick, approuva le chef de l'État, et c'est pourquoi nous devons prendre ces « guerriers » de je ne sais quoi au sérieux quand ils menacent de faire sauter leur bombe si nous prévenons la population. Mais c'est probablement un service qu'ils nous rendent là.

En parlant, son expression s'était durcie. Il promena un regard solennel autour de la table puis vers ceux qui se trouvaient à l'extérieur du premier cercle.

— Je crois donc essentiel de vous rappeler à tous les obligations morales infrangibles que crée cette situation. Certains d'entre vous ont sans doute des êtres chers que ce drame risque de concerner directement. Pourtant, nous devons tous nous souvenir que la vie de centaines de milliers de nos compatriotes dépend pour l'instant de notre capacité à garder cette menace absolument secrète. Pour ma part, j'ai l'intention de m'entretenir de cette tragédie avec mon père, évidemment, et aussi avec Laura dont vous savez combien j'estime le jugement. Je laisse libres d'en faire autant ceux d'entre vous qui partagent un même sentiment envers leur épouse. Mais rappelez-vous qu'elle doit être tenue au même impératif de secret.

« Nous n'avons que quatre jours pour empêcher une catastrophe nucléaire sans précédent. Retrouvons-nous ici demain matin à neuf heures. Si vous le pouvez, essayez de prendre un peu de repos. J'ai besoin de toutes vos forces. »

5

New York, Washington
Jour J moins quatre

Avec sa barbichette grise, ses longs cheveux en désordre et son grand tablier de toile brune, Charles Birbaki faisait davantage penser à un moine du mont Athos qu'à un roi du commerce de l'alimentation. Il était né aux États-Unis, cinquante-quatre ans plus tôt, de parents turcs venus visiter la Foire internationale de New York. Aujourd'hui, il était l'un des plus grands marchands de produits gastronomiques orientaux de tout l'est des États-Unis. Son catalogue envoyé à trente mille clients, du Maine jusqu'en Floride, comptait plus de trois mille spécialités. De la petite cabine vitrée qui lui servait de bureau, à l'entrée de son entrepôt de Brooklyn, il surveillait le va-et-vient incessant des camions chargés de toutes les denrées exotiques du monde : riz, cafés, thés, épices, condiments, et même, depuis peu, une sélection des meilleures spécialités françaises, comme le foie gras et le cassoulet. « Birbaki Oriental Food » était une véritable caverne d'Ali Baba, dont les travées portaient le nom des produits qui s'y entassaient du sol au plafond, dans une odeur entêtante d'épices et d'amandes grillées.

Les marchandises importées par Charles Birbaki provenaient de tous les pays d'Orient. À Port Elizabeth, un agent maritime surveillait leur débarquement ainsi que les opérations de dédouanement. Le système fonctionnait à merveille. Il fallait à Birbaki moins de trois jours pour réceptionner ses marchandises. Ce matin, il attendait quatre conteneurs, dont deux transportaient du riz basmati en provenance de Bombay.

C'est avec un intérêt tout particulier qu'il guettait l'arrivée de cette livraison. En effet, six mois plus tôt, un inconnu arborant un T-shirt à l'effigie de l'équipe de base-ball des Yankees, s'était présenté à l'entrée de son bureau pour lui faire une proposition de père Noël. « Voici vingt mille dollars, avait-il déclaré en faisant discrètement sortir de sa poche un paquet de billets de cent dollars serrés par un élastique. En échange, vous demanderez aux gars de Bombay qui vous expédient le riz de glisser entre leurs sacs un colis qu'on leur apportera au départ de chaque bateau. À l'arrivée, il y aura *ceci* pour vous, avait conclu le visiteur en tapotant la liasse de billets qu'il avait remise dans sa poche. Il n'y a aucun risque. Vous ignorez d'où viennent ces colis, où ils vont, ce qu'ils contiennent. C'est tout bénéfice, mon frère. »

Birbaki avait eu un bref moment de surprise. Il ne se faisait pas d'illusion sur la nature de la marchandise, mais, came ou pas, vingt mille dollars ne se refusent pas. Trois fois, au cours des six derniers mois, l'inconnu au T-shirt des Yankees était venu chercher le colis de Bombay arrivé dans son entrepôt avec les sacs de riz.

La cargaison de ce matin fut livrée ponctuellement. Le Turc fit déballer par ses employés les marchandises des trois premiers conteneurs et se chargea de vider lui-même le quatrième dont le numéro d'identification lui avait été signalé. À la place du colis habituel glissé entre les sacs de riz, il trouva une caisse qui pesait au moins cent kilos. « Tiens, cette fois, ils ont forcé sur la marchandise », se dit-il sans trop d'étonnement.

Au même instant, une fourgonnette blanche de la société de location Easy Rent conduite par une jeune femme blonde vêtue d'un manteau de tweed s'arrêta devant l'entrée de l'entrepôt. Un homme barbu d'une quarantaine d'années, en costume gris, l'accompagnait. Birbaki ne les avait jamais vus.

— Nous venons chercher le paquet que vous avez reçu de Bombay, déclara la jeune femme. Ne vous faites pas de souci. Tout est en règle.

Birbaki conduisit les visiteurs jusqu'au conteneur et sortit plusieurs sacs pour dégager la caisse.

La jeune femme sourit. « À gros paquet, gros cadeau », murmura-t-elle en tendant au Turc une épaisse enveloppe kraft. En la tâtant, celui-ci estima qu'elle contenait au moins le double des gratifications précédentes. Tandis que le barbu essayait de sortir la caisse du conteneur, Birbaki vit qu'il était amputé de la main gauche.

— Hé ! cria-t-il à l'un de ses employés, donne-moi un coup de main pour porter cette caisse jusqu'à la camionnette de ces messieurs-dames.

Quelques minutes plus tard, après avoir adressé un éclatant sourire au propriétaire de « Birbaki Oriental Food », la jeune femme et son compagnon disparaissaient en direction de Flatbush Avenue.

— Easy Rent ? s'étonna le Turc en les regardant

s'éloigner. Les autres fois, le gars venait toujours avec un véhicule Hertz...

*

Les yeux cernés par le manque de sommeil, Paul Anscom découvrait avec étonnement la banlieue miteuse qu'il traversait en voiture. Les ornières de la chaussée, la crasse des fumées industrielles, les ordures qui jonchaient les trottoirs, les piliers du pont de Brooklyn surplombant les eaux glauques de l'East River, constituaient un décor inattendu pour le QG de l'organisation antiterroriste la plus sophistiquée du monde. La voiture s'arrêta devant le 11 Water Street. C'était l'adresse de l'OEM, *Office of Emergency Management*, c'est-à-dire la cellule new-yorkaise des urgences.

La compétence de cette organisation concernait à la fois la gestion des catastrophes naturelles ou accidentelles pouvant survenir à New York (ouragans, chutes d'avion, déraillements, ruptures de canalisations...) et celles des actes de terrorisme susceptibles de frapper la ville. Ses responsabilités s'étendaient à tous les secteurs d'activité, qu'il s'agisse des transports (aéroports, gares, métro, ferries, héliports, gares routières...) ; des bâtiments gouvernementaux (Poste, tribunaux, FBI, impôts, centres de recrutement de l'armée...) ; des monuments historiques (Empire State Building, Radio City, statue de la Liberté...) ; des secteurs financiers (Wall Street, Federal Reserve Bank, banques locales...) ; des commerces de détail (grands magasins, centres commerciaux, rues spécialisées dans certains commerces, telle la 47e Rue, la rue des diamantaires...) ; les services publics (centraux téléphoniques, centrales électriques, stations de télévision et de radio, réseaux des câbles souterrains...) ; les lieux de culte et de loisirs (églises, mosquées, synagogues, temples ; musées, parcs d'attractions, théâtres, stades...).

Ray Kelly, le préfet de police de New York, un ancien colonel des marines vif et sec, le cheveu coupé ras, grâce auquel les New-Yorkais pouvaient désormais se promener la nuit sans peur de se faire détrousser, attendait l'envoyé de Washington à l'entrée de ce qui, de l'extérieur, ressemblait à un banal entrepôt.

Chaque fois, Paul Anscom était saisi par le spectacle qu'offrait l'intérieur de cet immense bâtiment. Au centre, sur une estrade rectangulaire, se trouvait le cœur proprement dit de la cellule de crise. Les rangées de consoles informatiques qui l'équipaient étaient directement reliées aux différentes instances du pouvoir : le département de la Sécurité intérieure, le FBI, la police de New York, les directions des douanes et des hôpitaux, le quartier général des pompiers. L'une des consoles était branchée sur la salle du Conseil de sécurité de la Maison-Blanche. Au centre de ce dispositif de haute technologie trônait le pupitre de commandement du maire de New York.

Autour de ce noyau central se déployaient cinq zones spécifiques, toutes également équipées de consoles informatiques. La première, appelée *Intelligence Center*, fournissait des images satellites provenant des principaux points névralgiques du globe, tels Jérusalem, Tel-Aviv, Bagdad, Kaboul, Islamabad, Moscou et Londres. La deuxième, nommée *Global Intelligence Room*, diffusait jour et nuit les émissions en direct d'Al-Jazira, d'Al-Arabia et de toutes les chaînes de télévision émanant des lieux sensibles de la planète. Des interprètes parlant l'arabe, l'ourdou, le farsi et le pachtou se relayaient pour traduire simultanément les commentaires. Le préfet Kelly était particulièrement fier de ce progrès dont il était responsable. En effet, le 11 septembre 2001, la police de New York ne comptait dans ses rangs qu'un seul fonctionnaire parlant arabe, un Israélien originaire de Jérusalem.

Plus loin, des unités de travail regroupaient des équipes spécialisées dans la recherche de renseignements. Leurs ordinateurs avaient accès à des banques de données fournissant les informations les plus récentes sur les principaux terroristes recherchés dans le monde. Ils étaient également reliés à des caméras transmettant des images-satellites des quartiers de New York, dans leurs moindres détails. On pouvait zoomer aussi bien sur deux amoureux s'embrassant au coin d'Amsterdam Avenue et de la 75e Rue que sur un clochard chapardant une orange à l'étalage d'une épicerie de Queens.

Ce quartier général *high tech* faisait naturellement la fierté du préfet de police. Persuadé que New York avait besoin d'une structure intégrée capable de faire face aux nouvelles menaces qui se profilaient à l'horizon, il en avait conçu tous les éléments et arraché un à un les trente millions de dollars qu'il avait coûté. Kelly aimait se vanter qu'aucune autre ville d'Amérique, ou même du monde, ne pouvait offrir à ses citoyens une telle garantie de sécurité. Les guerriers du jihad allaient peut-être lui donner l'occasion d'en faire la démonstration.

Le préfet présenta ses principaux collaborateurs à l'envoyé de la Maison-Blanche. Il y avait là une douzaine d'officiers supérieurs de la police de New York, ainsi que le directeur new-yorkais du FBI et son adjoint. Ces hommes avaient sous leurs ordres quarante mille policiers et près de deux mille agents fédéraux.

Il allait peut-être dépendre d'eux que New York échappe à une tragédie nucléaire.

Le petit groupe prit place sur l'estrade. Anscom s'assit dans le fauteuil du maire et prit la parole. En quelques phrases, il exposa la situation, ponctuant chacune de ses explications d'une courte pause pour que chacun s'imprègne de la gravité des faits. Puis il déclara :

— Avant que le préfet Kelly, avec lequel je me suis entretenu cette nuit, nous révèle les premières mesures de son plan d'action, il faut que nous décidions d'un point capital. Devons-nous dire la vérité à nos hommes ?

— Si vous annoncez qu'il y a une bombe atomique cachée à Manhattan, mais que personne ne doit quitter la ville parce que les terroristes ont menacé de la faire exploser au premier signe d'évacuation, vous provoquerez une panique immédiate, répondit vivement Michael Sheehan, le fonctionnaire à lunettes qui occupait le poste de préfet de police adjoint chargé du contre-terrorisme. Nos hommes sont des hommes... Ils appelleront leurs femmes, ils leur diront d'aller chercher les gosses à l'école et de filer dare-dare à la campagne. Le bruit se répandra, et la ville entière commencera à s'enfuir, comme ça s'est partiellement passé le 11 septembre après l'attentat contre les tours. Les terroristes n'auront plus qu'à mettre leur menace à exécution et à faire sauter leur bombe.

— Mon cher Sheehan, vous n'avez pas l'air d'avoir une confiance aveugle en vos hommes, s'étonna le directeur du FBI.

Les petits yeux du préfet Kelly fusillèrent l'austère représentant de la Sûreté fédérale en costume et cravate.

— Nous avons une confiance absolue dans nos hommes, monsieur Donovan. Mais, eux, ne viennent pas du Montana, du Dakota du Sud ou de l'Oregon comme les vôtres. Ils viennent de Brooklyn, du Bronx, de Queens. Ils ont leur femme, leurs enfants, leur mère, leurs oncles, leurs tantes, leurs copains, leurs petites amies, leurs chiens, leurs chats, leurs canaris pris au piège dans cette ville. Ce sont des hommes. Pas des supermen comme vos feds ! C'est pourquoi il va falloir inventer quelque chose pour leur dissimuler la vérité.

— Cette question préoccupe particulièrement le Président, intervint Anscom, soucieux de mettre un terme à l'affrontement. Il va recevoir d'un moment à l'autre le gouverneur Pataki et le maire Bloomberg. Compte tenu de la menace précise dont les guerriers du jihad ont assorti leur chantage, il va leur proposer d'accepter un scénario du genre : « Des terroristes non identifiés ont caché quelque part dans Manhattan un baril plein de chlore mortel qu'ils menacent de faire exploser. »

— Ça peut marcher au début, fit observer le directeur du FBI, mais qu'allons-nous dire aux journalistes quand ils verront nos hommes se balader avec des compteurs Geiger ? Qu'ils cherchent un petit nuage de chlore ? Combien de temps croyez-vous pouvoir faire tenir votre scénario ?

— C'est une question critique, reconnut Anscom. Sans doute faudra-t-il la gérer au coup par coup. Pour le moment, nous n'avons pas le choix. Puis, après avoir fixé tour à tour chacun de ses interlocuteurs, il déclara : Messieurs, j'attends à présent que vous apportiez des réponses concrètes au problème qui nous réunit ce matin : comment empêcher cet attentat nucléaire ?

La réponse était évidente : il fallait trouver puis

désamorcer la bombe avant qu'elle ne saute. Mais comment y parvenir ? Toute la nuit, le préfet Kelly avait été torturé par cette question et n'avait cessé de réfléchir aux solutions qu'il pourrait lui apporter.

— Je propose d'envoyer immédiatement des équipes mixtes de policiers et de feds à Port Elizabeth – Port Newark, déclara-t-il. Elles devront examiner les manifestes de tous les bateaux qui y ont fait escale au cours des trente derniers jours. Elles devront vérifier toutes les indications portées sur ces manifestes : je veux savoir ce que transportaient tous les conteneurs, et où et à qui ils ont été livrés. Elles devront rechercher la moindre anomalie, la plus petite bizarrerie qui pourrait nous mettre sur la piste d'un engin nucléaire introduit clandestinement.

« Ensuite, nous devons mobiliser toutes nos brigades d'inspecteurs. Ce qui nous attend est d'abord un travail de policier, le genre de travail de terrain que nos gars font tous les jours – contacter leurs informateurs, rechercher des pistes, les suivre. Bref, rassembler de façon massive toutes les informations susceptibles de nous conduire jusqu'aux auteurs du chantage.

— Êtes-vous bien infiltrés dans la communauté islamique ? s'enquit Anscom.

— Assez bien, répondit Kelly. Après le 11 septembre, cela a été l'une de nos priorités. Nous avons notamment tout un réseau d'informateurs à l'intérieur de la grande mosquée de la 96e Rue, qui a été construite avec de l'argent saoudien. C'est un centre névralgique de l'activité islamique à New York et dans l'est du pays.

— Je suggère que nous fassions intervenir dès maintenant l'unité antiterroriste FBI – Police de New York que nous avons mise sur pied après le 11 septembre, intervint Kevin Donovan, le directeur du FBI pour New York. Ses deux cent cinquante membres apporteront un précieux soutien aux forces lancées dans la bataille par le préfet.

— Parfait ! acquiesça Anscom, satisfait de constater que tous ses interlocuteurs collaboraient sans réticence à la mobilisation générale. J'ajoute que les équipes NEST seront à pied d'œuvre d'une heure à l'autre – si ce n'est déjà le cas – avec leur équipement de haute technologie et leur savoir-faire.

— Dans un sens, nous avons de la chance, commenta avec humour le petit homme au crâne lisse qui dirigeait le service de renseignements de la police de New York. En général, les terroristes ne précisent pas l'endroit où ils vont frapper. Cette fois, il semble qu'ils aient voulu nous faciliter la tâche !

Bien que l'heure ne soit pas à la plaisanterie, la remarque fit sourire l'auditoire. Anscom conclut sur une note de fermeté.

— OK, messieurs ! Nous établissons notre QG ici même. Et maintenant, au travail ! Le sort de New York et de ses habitants est entre nos mains.

*

À quelques kilomètres de là, dans la coquette banlieue de Glendale, l'institution Notre-Dame-de-la-Passion se préparait à présenter ce matin-là un petit spectacle aux parents de ses pensionnaires. Avec douceur et tendresse, sœur Mary-Francis Auchelle guidait un groupe d'enfants vers l'estrade de l'auditorium de l'école. Leur démarche mal assurée, leurs yeux bridés trahissaient la maladie génétique dont ils étaient atteints. Ils étaient des enfants trisomiques. Pour tenter de stimuler leur intelligence, la religieuse leur avait enseigné des chansons et des poésies qu'ils avaient apprises par cœur pendant les vacances d'été. Ils allaient montrer fièrement à leurs parents l'étendue de leurs progrès.

Sœur Mary-Francis s'avança pour s'adresser à l'assistance.

— C'est Katy O'Neill qui ouvre notre fête, déclara-t-elle. Elle va nous réciter quelques vers du grand poème épique de Walt Whitman sur la guerre civile, *Capitaine, ô mon capitaine*.

Elle alla prendre par la main une fillette d'une dizaine d'années, aux longues nattes brunes, qu'elle mena doucement jusqu'au centre de l'estrade, avant de s'écarter sur le côté pour la laisser seule devant le public.

Paralysée par la peur, l'enfant restait figée. Elle émit une sorte de plainte rauque et, prise d'un violent tremblement, se mit à taper des pieds. Tout son petit corps était secoué comme sous l'effet de décharges électriques.

Assis au premier rang des spectateurs, un homme à la carrure imposante vêtu d'un strict costume gris, s'épongeait le front. Chaque convulsion de la petite fille, chaque son incohérent s'échappant de ses lèvres le frappait douloureusement. Le lieutenant inspecteur T. F. O'Neill de la police new-yorkaise était son père. Depuis la mort de sa femme dans un accident de voiture, trois ans plus tôt, le lieutenant O'Neill avait confié son enfant aux sœurs de Notre-Dame-de-la-Passion. Aujourd'hui, il fixait sa fille d'un regard si chargé d'amour qu'elle finit par se calmer. Un premier mot, puis un autre, et encore un autre se firent enfin entendre.

Ô capitaine, ô mon capitaine,
Notre angoissant voyage touche à sa fin.
Le navire a échappé aux écueils,
Nous approchons du port.
J'entends les cloches
Et la joie exultante de ceux qui nous attendent...

Une énorme bouffée d'orgueil submergeait le policier tandis que la voix frêle prononçait la dernière invocation :

Ô mon capitaine, te voilà gisant sur la glèbe,
Emporté par le froid du trépas.

Il voulait monter sur l'estrade pour serrer son enfant dans ses bras quand il entendit l'air de la marche d'*Aïda* jaillir du fond de sa poche. C'était son téléphone portable. Sur l'écran, il vit qu'il s'agissait d'un appel urgent. O'Neill commandait la brigade des inspecteurs du commissariat de Manhattan Sud, et le numéro qu'il devait rappeler était celui du chef des inspecteurs à l'état-major de la police. « Ça doit être grave », se dit-il. Il envoya un baiser à sa fille et sortit à pas de loup de l'auditorium. Il ignorait qu'au même moment, à travers toute la ville, des centaines de téléphones portables sonnaient dans un concert ininterrompu.

— Le chef vous attend immédiatement au PC de Police Plaza, annonça un secrétaire. Mais, en rentrant à Manhattan, il vous demande de passer par le pont de Williamsburg pour vérifier à tout hasard si les détecteurs de radiations que nous avons installés il y a quelques mois à l'entrée et à la sortie du pont fonctionnent ou non.

*

George W. Bush commençait chacune de ses journées par la lecture attentive du rapport quotidien que lui préparait la CIA. Son père lui avait maintes fois répété que ce rapport était le document le plus important de ceux qu'il trouverait chaque jour sur son bureau. Ce matin-là, il ne contenait rien qu'il ne sût déjà. « Au moins, se dit-il, la presse ne semble pas nourrir le moindre soupçon sur la crise qui menace le pays. » Quant à son « embarras gastrique », la nouvelle n'avait pas été commentée. « Nos chers amis journalistes sont probablement enchantés que le Président ait chopé la cliche », ironisa-t-il à l'oreille de Colin Powell, l'austère général assis à ses côtés.

Il était neuf heures dix. La première conférence du comité de crise réuni dans la salle du Conseil de sécurité venait de commencer. Andrew Card, le secrétaire général de la Présidence, avait averti l'assistance que le gouverneur de l'État de New York et le maire de la ville étaient attendus d'un moment à l'autre, et que Paul Anscom viendrait rendre compte dans la matinée de sa réunion avec les responsables new-yorkais de la Sécurité.

— Pour l'instant, annonça Andrew Card, la nouvelle la plus importante est que le président Moucharraf vient d'appeler d'Islamabad pour dire que l'enquête au sujet de la bombe disparue a avancé et qu'il souhaite s'en entretenir avec le chef de l'État.

— Rappelez-le immédiatement, ordonna George W. Bush, et branchez le haut-parleur afin que nous puissions tous prendre connaissance de ce qu'il a à dire.

Il y eut un déclic suivi d'une série de grésillements. Et, soudain, la voix parfaitement claire du chef du Pakistan se fit entendre. Après un bref échange d'amabilités, George W. Bush exprima sa reconnaissance à son interlocuteur pour l'aide qu'il voulait bien apporter à la solution de la crise.

À son tour, Moucharraf prononça quelques mots de courtoisie puis il entra dans le vif du sujet.

— Nous avons arrêté l'officier de l'ISI en charge du dépôt nucléaire où se trouvait le projectile disparu, déclara-t-il. Il a avoué avoir subtilisé l'ogive au nom de son appartenance à une organisation islamique secrète dirigée par l'ancien chef de l'ISI, le général Habib Bol.

À l'évocation du nom de Bol, les sourcils d'Anderson, le chef de la CIA, se soulevèrent comme pour dire au Président et à son entourage : « Vous voyez, je vous l'avais bien dit ! »

— Nous avons lancé une opération de recherche contre Bol, continua Moucharraf, mais il est resté introuvable jusqu'à maintenant. Nous avons également appris que l'un de nos éminents physiciens nucléaires, le Dr Abdul Sharif Ahmad, a été vu à Chasma la nuit du vol de la bombe. C'est là que nous entreposons nos systèmes de mise à feu.

— Savez-vous où se trouve le Dr Ahmad en ce moment ? demanda le Président.

— Oui. En vacances en Syrie.

— En Syrie ! s'étouffa presque George W. Bush. Sans doute des « vacances » pour apporter aux Syriens des informations intéressant leurs projets nucléaires...

— Je ne pense pas, monsieur le Président, protesta vivement le général Moucharraf encore traumatisé par le scandale international qu'avaient provoqué en février les trafics du père de la bombe atomique pakistanaise. Le Dr Abdul Sharif Ahmad a de la famille à Damas. De toute façon, il rentre demain à Karachi.

George W. Bush poussa un soupir de soulagement.

— Pourriez-vous « accueillir » le Dr Ahmad à son arrivée et le garder quelques heures afin de nous permettre de lui parler ? Il représente peut-être notre seule chance de remonter jusqu'à ceux qui sont derrière toute cette affaire.

— Soyez tranquille, monsieur le Président, j'ai chargé une équipe de ma garde personnelle de le placer en lieu sûr.

Les deux chefs d'État se promirent de rester en contact étroit pendant les heures cruciales à venir.

— Milt, demanda alors George W. Bush, fait-on toujours à la CIA des études sur la personnalité de tous les gens importants de la planète ? Auriez-vous dans vos tiroirs un profil de ce Dr Ahmad ?

— Hélas non, monsieur le Président, le service chargé de ces études a été supprimé au début de la présidence Clinton. Faute de crédits.

Le Président eut un geste d'impatience.

— Débrouillez-vous pour réunir immédiatement un maximum d'informations sur lui. Je veux tout savoir sur cet homme, depuis le jour de sa naissance. Toutes les facettes de son caractère, sa carrière scientifique, sa vie privée, ses goûts, ses aversions, bref, tout ce qui pourra nous aider à établir un contact personnel avec lui. Surtout, je veux évaluer le rôle exact de la religion dans sa vie. Est-il fanatique ou seulement croyant ? Qui sont ses proches, qui sont ceux qui le soutiennent ? Vraisemblablement des extrémistes islamiques, mais nous devons chercher à comprendre leur psychologie, leurs motifs, leurs modes d'action.

Le Dr Lisa Holingren prit la parole. Cette jeune

femme brune aux cheveux coupés court, à l'allure décidée, occupait depuis huit ans les fonctions d'expert en terrorisme nucléaire au Conseil national de sécurité.

— C'est une tâche très délicate que vous nous demandez d'accomplir, monsieur le Président. Jusqu'ici, nos études sur l'utilisation d'une arme nucléaire à des fins terroristes nous conduisaient à penser que cette arme ne serait choisie que dans l'hypothèse d'une vengeance immédiate. Si des fanatiques introduisaient une bombe atomique aux États-Unis pour la faire exploser aussitôt, on peut imaginer que la haine et la vengeance seraient alors leurs seules motivations. Comme la haine et la vengeance sont les seules motivations des kamikazes qui se font sauter avec leurs ceintures d'explosifs sur les marchés, dans les autobus et les restaurants de Jérusalem ou de Tel-Aviv.

— Comme ce fut le cas pour le 11 septembre, intervint le Dr Clint Hartwell du département de la Sécurité, qui remplaçait Paul Anscom en mission à New York. Ben Laden a lancé ses avions contre les tours du World Trade Center sans avoir présenté la moindre requête. Un acte de terreur à l'état pur.

— Dans le cas présent, reprit la jeune femme, nous avons affaire à un groupe qui formule des revendications. Ceci nous ramène à l'époque des détournements d'avions, des prises d'otages, des enlèvements qui ont empoisonné les années 1960 et 1970.

— Lisa a raison, renchérit le Dr Hartwell, mais cela ne doit pas nous faire oublier un instant que nous avons affaire à des fous de Dieu prêts à mourir. J'ignore si leurs mullahs leur ont promis le paradis et ses soixante-douze vierges, mais je sais que nos terroristes vont faire du baby-sitting auprès de leur bombe, et qu'ils n'hésiteront pas à appuyer sur le bouton s'ils se sentent découverts. C'est ce qui va rendre tellement dangereuse la recherche de leur engin avant l'expiration du délai.

Le chef de l'État montrait des signes de nervosité. Il mordillait la pointe d'un crayon. Il se tourna vers le représentant de la NSA, l'Agence de la sécurité nationale.

— Par quels moyens peuvent-ils faire sauter leur bombe ? demanda-t-il. Par un signal radio, un appel téléphonique ? Depuis un téléphone portable ? Avec une minuterie ?

— Par n'importe quel moyen, répondit le fonctionnaire. Il existe mille façons d'activer un tel engin.

— Est-il possible d'envelopper New York dans une sorte de bouclier électronique pour empêcher l'arrivée de tout signal radio, de tout appel téléphonique ?

— Non, monsieur le Président, c'est impossible. Si nous y parvenions, nous couperions du même coup tous nos réseaux de communication. La police, le FBI, l'armée, les pompiers, les hôpitaux, toutes les liaisons indispensables en cas d'urgence seraient paralysées.

L'air catastrophé de George W. Bush n'échappa à personne. L'entrée d'un officier des marines rompit un silence pesant.

— *Sir,* annonça-t-il, le gouverneur de l'État de New York, M. George Pataki, et le maire de New York, M. Michael Bloomberg, sont arrivés.

— Très bien, répondit le chef de l'État en se levant, je les recevrai dans le Bureau ovale.

Il fit signe à Colin Powell et à Condoleezza Rice de l'accompagner. Puis, pointant un doigt vers son vice-président Dick Cheney, il s'adressa à l'ensemble de l'assistance :

— Avec Dick, tâchez de trouver quelques bonnes idées pour nous sortir de ce merdier ! À tout à l'heure !

*

Les deux hommes qui venaient de pénétrer dans le Bureau ovale avaient un point commun avec le président des États-Unis. Ils appartenaient au parti républicain. Les ressemblances s'arrêtaient là. Michael Bloomberg venait d'atterrir à Washington, à bord de son luxueux Falcon 900-X. Son visage bronzé et son costume estival de lin bleu marine révélaient qu'il n'arrivait pas de New York, la ville dont il était le premier magistrat, mais de Kingston, aux Bermudes, où il passait régulièrement les fins de semaine dans son immense propriété au bord de la mer.

À cinquante-deux ans, Bloomberg incarnait le rêve américain du *self-made man*. Né dans une modeste famille de la banlieue de Boston, il avait obtenu, grâce à des bourses, les diplômes des écoles de commerce de John Hopkins et de Harvard. À vingt-cinq ans, il était entré chez Salomon Brothers, la célèbre firme d'investissements new-yorkaise, et en était rapidement devenu un associé à part entière. Profitant d'un changement de direction, il avait fondé sa propre affaire, une société d'informations financières. Le prodigieux succès de Bloomberg Inc. avait fait de lui un multimilliardaire en dollars. Il avait couronné cette réussite par un succès politique éclatant. Après avoir investi quarante millions de dollars de sa fortune personnelle, il s'était littéralement payé la mairie de New York. Pour ce super *golden boy* plus habitué à guetter les cours du Dow Jones que les humeurs imprévisibles d'une des plus grandes métropoles du monde, le défi était colossal. À l'exception de la présidence des États-Unis, la tâche de maire de New York est la charge la plus lourde et la plus complexe qu'un homme puisse occuper.

Du jour au lendemain, Michael Bloomberg s'était retrouvé à la tête d'une armée de trois cent mille fonctionnaires, dont quarante mille policiers chargés d'assurer la sécurité de dix millions de New-Yorkais. L'étendue et la variété de ses responsabilités dépassaient l'imagination. Elles concernaient aussi bien le fonctionnement de neuf cent cinquante écoles publiques et d'une université fréquentée par un million deux cent cinquante mille élèves, que l'entretien de neuf mille kilomètres de rues et de sept mille wagons roulant sur les trois cent cinquante kilomètres du métro ; la marche de seize hôpitaux municipaux ; le ramassage quotidien de vingt mille tonnes d'ordures, y compris cinq cent mille livres de crottes laissées par un million cent mille citoyens à quatre pattes. Enfin, il devait subvenir à l'existence de près d'un million de chômeurs et de cent mille personnes sans domicile fixe.

Michael Bloomberg exerçait son mandat avec méthode et rigueur, tout en restant le maire le plus atypique que New York ait jamais élu. De son salaire, il ne gardait qu'un dollar symbolique pour distribuer le reste à des œuvres caritatives, mais refusait de se mêler aux parades dominicales de la 5e Avenue, véritables mosaïques ethniques de la population new-yorkaise. Il détestait les bruyants meetings politiques et n'avait jamais emménagé dans sa résidence officielle de Gracie Mansion, lui préférant l'intimité de sa superbe maison de la 73e Rue décorée de dessins de Fragonard.

George Pataki, le gouverneur de l'État de New York, était, lui, né dans une ferme de la vallée de l'Hudson. Comme Bloomberg, il avait bataillé dur pour faire des études supérieures, d'abord à Yale, puis à la faculté de droit de Colombia. Après un court passage dans un cabinet d'avocats, il avait attrapé le virus de la politique et s'était fait élire maire de son village natal, puis député à l'assemblée de l'État de New York dont il était maintenant gouverneur. Il se targuait d'avoir fait voter les lois antiterroristes les plus draconiennes du pays.

Aucun des deux hommes n'avait la moindre idée des raisons qui avaient poussé le Président à les convoquer à Washington. Celui-ci leur transmit le texte de la menace des terroristes, puis leur résuma tout ce qu'il avait appris depuis l'arrivée du message, ainsi que les mesures prises par son gouvernement pour affronter la crise.

— Cela devait arriver à coup sûr, monsieur le Président ! aboya Bloomberg en se levant d'un bond. Cela fait des mois que Ben Laden, Al-Qaida et tous les tueurs islamiques de la terre nous promettent un nouveau 11 septembre, encore plus terrifiant et dévastateur. Depuis des mois, je me bats pour arracher à votre administration les deux milliards de dollars nécessaires pour la mise en œuvre d'une vraie défense contre le terrorisme dans la ville de New York. La réponse ? Du vent ! Rien que du vent !

Le maire desserra sa cravate pour reprendre son souffle. La violence de sa réaction surprit le chef de l'État. Condoleezza Rice et le général Powell baissèrent la tête sous l'orage.

— Monsieur le Président, reprit le maire de New York, votre gouvernement envoie chaque année au Wyoming vingt dollars par habitant pour financer les mesures antiterroristes. Pour quoi faire ? Est-ce que

Ben Laden a menacé les vaches du Wyoming ? En revanche, que donne votre gouvernement pour chaque New-Yorkais ? Trois misérables dollars, monsieur le Président ! Quand j'ai pris mes fonctions de maire au lendemain du 11 septembre, Washington et l'Amérique entière juraient leurs grands dieux qu'elles allaient venir au secours de New York. Qu'ai-je reçu ? Rien, sinon des caisses vides laissées par mon prédécesseur Giuliani. Pour sauver la ville de la faillite, j'ai dû matraquer les New-Yorkais de nouveaux impôts ; j'ai dû licencier des milliers de fonctionnaires ; j'ai même dû, monsieur le Président, fermer plusieurs casernes de nos pompiers héroïques ! Et, aujourd'hui, un million de New-Yorkais, peut-être davantage, sont menacés d'extermination !...

Bloomberg se laissa tomber dans son fauteuil et s'épongea le front. Pataki prit aussitôt le relais, avec la même virulence.

— Mike a raison, monsieur le Président ! Vous avez forcé le Congrès à engloutir quatre-vingt-sept milliards de dollars pour réparer les dégâts de votre désastreuse guerre en Irak. Qu'avez-vous donné pour financer votre soi-disant guerre contre le terrorisme ? Des clopinettes ! Vos promesses sont toujours restées des promesses !

Le chef de l'État était livide. Visiblement, la véhémence des deux hommes le bouleversait. Il s'était attendu à une réaction de solidarité, de patriotes se serrant les coudes autour de leur président. Il chercha à calmer ses visiteurs.

— Écoutez, déclara-t-il, vos critiques sont peut-être justifiées, mais ce n'est pas le moment de nous déchirer. Nous avons une crise sur les bras. Comment allons-nous y faire face ?

Bloomberg avait resserré sa cravate, ravalé sa fureur et retrouvé un peu de calme.

— Première chose : y a-t-il vraiment une bombe atomique cachée quelque part dans New York ? Est-ce une certitude ? demanda-t-il.

— Non. Mais nous devons faire comme si. D'abord, à cause de la menace exprimée dans le message et, ensuite, à cause de la disparition d'une bombe dans l'arsenal nucléaire pakistanais. Agir autrement serait de la folie.

— Quelles sont nos chances de trouver cette bombe avant que n'expire le délai fixé par les terroristes ? s'inquiéta Pataki.

— Nous avons mobilisé toutes nos ressources scientifiques et technologiques, et fait appel à toutes les forces de police disponibles, répondit le Président, d'un ton qui se voulait rassurant. Nous avons activé le bureau de gestion des crises de votre municipalité, monsieur le Maire, pour qu'il devienne le quartier général de toutes les opérations de recherche. Et puis nous avons pris une décision capitale, messieurs. Afin de mieux garantir le secret et d'empêcher que certains de nos policiers soient tentés de se précipiter chez eux pour évacuer leurs familles, nous avons décidé de parler à nos forces de police d'un baril de chlore caché dans la ville par des terroristes, et non d'un engin nucléaire. Je pense que vous serez d'accord.

— Absolument, monsieur le Président, déclarèrent ensemble les deux visiteurs.

Puis, Bloomberg demanda :

— Croyez-vous vraiment que les terroristes feraient sauter leur engin si nous avertissions la population et commencions à évacuer la ville ?

Le Président fit signe à Condoleezza Rice de répondre au maire.

— Si nous faisons évacuer la ville et que la bombe saute, il y a de grandes chances que nous ayons la mort d'un million de New-Yorkais sur la conscience, répondit la jeune femme d'un ton sévère.

— Et si nous ne trouvons pas la bombe à temps et qu'elle saute, nous aurons aussi un million de morts sur la conscience, fit observer le maire de New York.

— Messieurs, reprit le chef de l'État, je crois qu'il faut, avant tout, gagner du temps, garder le secret et gérer la crise jour après jour, heure par heure, minute par minute. – Il se tourna vers le général Powell et sa conseillère pour la Sécurité nationale. – Le secrétaire d'État et Mlle Rice sont d'accord avec moi, n'est-ce pas ?

Sans attendre leur réponse, le maire de New York demanda vivement :

— Avez-vous parlé à Ariel Sharon ? Les Israéliens sont-ils au courant ?

— Pas encore. Mais cela ne saurait tarder.

— Toute ma vie, j'ai été un sioniste convaincu, reprit le maire. Mais j'ai toujours été hostile à ces colonies. Hélas, je ne vois pas Sharon se déculotter devant ce chantage.

— Même si l'enjeu est la vie ou la mort d'un million d'Américains ?

— Sharon est un fanatique, monsieur le Président. Aussi fanatique que ceux qui disent avoir caché cette bombe dans New York. Peut-être fera-t-il semblant de démanteler une ou deux implantations. Mais en espérer davantage serait croire au Père Noël.

Le gouverneur Pataki approuva tristement de la tête.

— En tout cas, monsieur le Président, c'est à vous

et à votre gouvernement qu'incombe la responsabilité de gérer et de résoudre cette crise, déclara-t-il. Sachez bien que Michael et moi-même ferons l'impossible pour vous soutenir. Et d'abord, pour garder l'affaire secrète aussi longtemps que possible.

— Absolument ! confirma Bloomberg en se levant. Je rentre immédiatement à New York afin de prendre le commandement de notre quartier général de crise. Si un million de mes concitoyens doivent périr à cause de ce monstrueux chantage, je mourrai avec eux. Bonne chance, monsieur le Président !

*

Le grand gaillard qui venait d'atterrir sur la base militaire de McGuire, près de New York, faisait penser au cowboy des publicités Marlboro : visage hâlé sous son Stetson, chemise à carreaux, jean et santiags. Pourtant, à quarante-huit ans, David Graham dirigeait une organisation unique au monde. L'organisation NEST offrait la seule possibilité scientifique de faire échec à une menace terroriste nucléaire comme celle que venait de recevoir le président des États-Unis. Elle se composait d'un millier d'ingénieurs et de techniciens équipés de détecteurs de radiations ultraperfectionnés. Tenus en alerte vingt-quatre heures sur vingt-quatre au siège du département de l'Énergie à Washington et de plusieurs laboratoires atomiques dispersés à travers les États-Unis, ces policiers de l'atome étaient intervenus plus d'une cinquantaine de fois au péril de leur vie en réponse à une menace nucléaire.

Au lendemain du 11 septembre, des équipes NEST avaient patrouillé jour et nuit autour de la Maison-Blanche et d'autres centres névralgiques de Washington. Depuis, à deux reprises, elles étaient intervenues dans des zones urbaines où des terroristes étaient soupçonnés d'avoir caché une bombe « sale ». Personne, à commencer par la presse, n'en avait rien su. Secret et rapidité étaient les règles d'or des opérations NEST. Secret, afin que les terroristes, se sentant repérés, ne fassent exploser leur engin ; secret aussi, pour éviter toute panique au sein de la population. Rapidité, parce que chaque minute pouvait entraîner la mort de milliers de personnes.

Six heures exactement après que l'ordre de mobilisation lancé par Paul Anscom eut interrompu son dîner dominical avec sa femme et ses trois enfants dans leur villa de Los Alamos, David Graham était prêt à prendre la tête d'une nouvelle opération NEST. Comme toujours, il se sentait envahi par une vague nausée à l'idée de ce qui l'attendait. Ce malaise, il l'éprouvait chaque fois que son téléphone portable l'envoyait en mission. Et pourtant, bien avant qu'un romancier n'imaginât le premier thriller racontant un chantage atomique dans une ville américaine, Graham avait pressenti la menace du terrorisme nucléaire et ses risques. Il en avait eu l'intuition dans la toundra canadienne où s'était écrasé, en 1978, un satellite soviétique à propulsion nucléaire. Mobilisant sa flotte d'hélicoptères H21 spécialisés dans la détection des radiations, il avait aidé les Canadiens à rechercher les débris de l'appareil. Ils n'avaient finalement ramassé qu'une petite poignée de cailloux radioactifs. S'il n'avait pu récupérer un réacteur nucléaire en rase campagne, Graham savait qu'il serait presque impossible de retrouver un engin atomique caché dans une cave ou un grenier en plein cœur d'une ville. Surmontant son pessimisme, il n'avait eu de cesse de préparer l'Amérique à affronter la crise qui, il en était certain, frapperait un jour l'une de ses villes.

Quelques minutes avant l'atterrissage de Graham sur la base de McGuire, une flotte d'hélicoptères spécialisés, ainsi qu'une demi-douzaine de gros porteurs C141 étaient arrivés des quatre coins des États-Unis avec, à leur bord, quelque deux cent cinquante ingénieurs et techniciens, et un chargement de matériel ultrasecret et sophistiqué placé dans des fourgonnettes aux enseignes de Hertz et Avis.

Parmi ces véhicules se trouvaient quatre camionnettes équipées de spectromètres de radiations gamma, le dernier cri des techniques de détection mis au point par les scientifiques du laboratoire de Livermore. Par ailleurs, plusieurs dizaines de sacs à dos et de valises roulantes banalisées contenaient un matériel de recherche miniaturisé qui devait permettre aux équipes NEST d'explorer les immeubles, les hôtels, les gratte-ciel de New York en se faisant passer pour d'innocents touristes. Chaque détecteur était relié par radio à des ordinateurs placés dans des véhicules garés à proximité. Ceux-ci triaient et analysaient instantanément les radiations détectées. Dans une ville comme New York, les sources de radiations sont innombrables, depuis celles produites par les aiguilles phosphorescentes d'un vulgaire réveil dans un appartement jusqu'à celles des murs d'un gratte-ciel contenant de la poussière de cobalt. Si une émission était jugée suspecte, l'enquêteur sur le terrain recevait dans ses oreillettes le message *Gamma Ray Alarm Four*. Il savait alors qu'il se trouvait à proximité d'une cible éventuelle.

En roulant ce matin-là vers New York, David Graham priait pour que le message *Gamma Ray Alarm Four* ne résonnât jamais dans les écouteurs de ses hommes. Mélancolique, il laissa son regard errer sur les torchères des raffineries du New Jersey qui flamboyaient dans le ciel gris. Soudain, il aperçut, compact et splendide, le promontoire illuminé de Manhattan privé de ses tours. Il songea alors à une phrase de Scott Fitzgerald qu'il avait lue au lycée. Découvrir New York, comme cela, de loin, c'était saisir « une folle image du mystère et de la beauté du monde ». Il frissonna. Ce matin, les gratte-ciel de Manhattan n'offraient à ses yeux aucune promesse de beauté mais plutôt un avant-goût de l'enfer qui l'attendait.

*

La jeune femme parcourut quelques centaines de mètres avant d'immobiliser la fourgonnette. Elle retira la perruque blonde qu'elle avait mise avant de se rendre chez l'épicier en gros importateur de produits exotiques Birbaki et l'enfouit au fond d'un sac. Puis elle recoiffa soigneusement ses cheveux relevés en chignon et démarra. Elle et Omar, son compagnon à la main coupée, avaient soigneusement repéré leur itinéraire pour rentrer à Manhattan. En moins de vingt minutes, ils arrivèrent au bas de Broadway où ils furent pris dans un embouteillage et une assourdissante cacophonie de klaxons.

— C'est pire qu'à Beyrouth ! s'esclaffa Nahed.

Son compagnon leva sa main valide vers le fond du véhicule.

— Ne t'inquiète pas, ma sœur, ce que nous avons derrière va bientôt leur clouer le bec !

Ils se mirent à rire.

Les deux envoyés d'Imad Mugnieh, ainsi que leur complice Khalid, étaient arrivés à New York trois jours plus tôt. Avant de quitter leur camp de réfugiés d'Ain el-Halweh, ils s'étaient fait faire un jeu de photos d'identité. Un membre franco-algérien d'Al-Qaida les avait emportées à Montréal pour les donner à un fabricant de faux papiers pakistanais. Farid al-Mansour n'appartenait pas à Al-Qaida. Il se contentait d'être faussaire et de faire payer très cher ses services. Les passeports canadiens, les visas américains, les certificats de naissance et les permis de conduire de l'État du New Jersey pour les trois terroristes avaient coûté près de cent mille dollars.

De Beyrouth, ils avaient gagné Paris, puis s'étaient envolés pour Montréal où ils avaient pris un train pour la plus grande attraction touristique nord-américaine, les chutes du Niagara. Après une soirée endiablée autour des tables de jeu et des machines à sous du casino local, ils avaient pris l'autocar pour Buffalo en compagnie d'un groupe de touristes américains en goguette. Une heure plus tard, ils franchissaient le Peace Bridge en montrant leurs faux passeports au policier à demi endormi qui gardait la frontière du côté américain. Arrivés sur le territoire des États-Unis, ils avaient été escortés par un agent d'Al-Qaida jusqu'à un motel de Yonkers, dans la banlieue de New York, fréquenté par des immigrants clandestins.

Louer une fourgonnette pour récupérer la bombe n'avait posé aucun problème. Easy Rent était l'un des nombreux garages qui louaient à New York des véhicules sans exiger une carte de crédit, mais sur la seule présentation d'un permis de conduire et d'un dépôt de mille dollars en espèces.

La jeune Palestinienne obliqua vers l'est, en direction du centre de Manhattan où se trouvait la cache choisie par le trio pour y dissimuler leur bombe. Elle s'arrêta en double file devant l'entrée d'un petit immeuble où les attendait Khalid, le troisième et plus jeune membre de l'équipe. C'était une construction du siècle dernier, dont la façade disparaissait sous une profusion d'enseignes en coréen, en japonais, en anglais, et même en arabe. Les quatre étages étaient occupés par une multitude de petits commerces d'appareils électroniques, par des ateliers de piratage de disques et de cassettes, et par un marchand de tapis afghan. Une pizzeria au nom printanier de « Mimosa » et une boutique de souvenirs tapissée de T-shirts proclamant « I LOVE NEW YORK » encadraient l'immeuble. Dans la rue flottait la pénétrante odeur des hot dogs qu'un marchand ambulant faisait griller sur son triporteur.

— Tout s'est bien passé, annonça la jeune femme à Khalid, si ce n'est que cette caisse pèse bigrement lourd !

— Ne t'en fais pas, Nahed ! On va glisser cinquante dollars au concierge pour qu'il nous donne un coup de main.

Le vieil homme mal rasé avait déjà reçu du commando six mille dollars en cash correspondant à trois mois de loyer pour un appartement de deux pièces au quatrième étage. La somme irait directement dans sa poche. Le propriétaire de l'immeuble, une compagnie d'assurances du Texas, n'aurait pas connaissance de cette transaction passée de la main à la main, sans contrat ni reçu.

Khalid et le concierge sortirent avec peine la caisse de la fourgonnette et la transportèrent jusqu'au vétuste ascenseur de l'immeuble dont la porte donnait sur un salon de coiffure coréen. Au terme d'une poussive ascension, ils arrivèrent au quatrième étage. Le palier était encombré de rouleaux de tapis que le voisin afghan avait entreposés là.

L'appartement se composait d'un modeste living avec kitchenette, d'une petite chambre et d'une douche.

— Nous allons leur donner l'occasion de rénover toute cette crasse, plaisanta Omar en explorant le minable logement.

Ils éclatèrent de rire. Dès le départ du concierge, ils entreprirent d'ouvrir la caisse et de déshabiller la bombe de la gaine de plomb qui la protégeait. Puis, comme ils avaient appris à le faire avant leur départ de Beyrouth, ils mirent en place le système de mise à feu. L'opération la plus délicate consista ensuite à connecter au détonateur le téléphone portable qu'on leur avait confié et à brancher l'appareil destiné à empêcher le passage d'appels étrangers susceptibles de déclencher une explosion par erreur.

Leur travail terminé, ils s'approchèrent avec précaution de la fenêtre pour jeter un coup d'œil aux immeubles qui les entouraient.

— Il ne restera bientôt plus grand-chose de tout cela ! déclara Khalid triomphant.

À cet instant, une femme avec un petit garçon dans les bras apparut derrière une fenêtre d'un appartement d'en face. L'enfant riait aux éclats en tapant sur la vitre de ses petites mains. D'un seul coup, la tragédie qui se préparait avait pris un visage. Omar, le plus âgé des trois terroristes, ressentit comme un malaise.

— Pauvre gosse ! murmura-t-il.

Se ressaisissant aussitôt, il se tourna vers sa jeune compagne :

— Nahed, va vite rendre la fourgonnette à Easy Rent !

*

Le lieutenant inspecteur T. F. O'Neill arrêta sa Chevrolet banalisée devant le poste de garde placé à l'entrée du pont de Williamsburg reliant Brooklyn à l'île de Manhattan. Il présenta son écusson de police au factionnaire de service.

— Je viens jeter un coup d'œil aux détecteurs de radiations que nous avons mis en place ici à la fin de 2002, annonça-t-il.

Ces détecteurs faisaient partie d'un programme de protection ultrasecret appliqué cette année-là par la police de New York. Il s'agissait de capteurs de radiations comparables à ceux des équipes NEST de David Graham, quoique moins sophistiqués. Ils avaient été installés à tous les points d'entrée de la presqu'île de Manhattan, dans les cabines de péage, aux accès des ponts et des différents tunnels. Ils devaient servir à intercepter tout individu qui tenterait d'introduire des matières nucléaires dans la ville. O'Neill allait découvrir que cette idée qui paraissait imparable sur le papier s'était révélée totalement inefficace sur le terrain.

— Ces foutus détecteurs ? s'esclaffa le factionnaire, vous voulez plaisanter, lieutenant ! Il y a belle lurette qu'on les a tous débranchés ! Vous parlez, ils se mettaient à sonner chaque fois qu'un péquenaud sortant d'une radiothérapie à l'hôpital empruntait le pont. Un jour, on a même arrêté le chef des inspecteurs de la police ! Il venait de se faire faire un lavement baryté des intestins !

— Le chef des inspecteurs ? s'étonna O'Neill, je l'appelle tout de suite à son bureau.

Il composa un numéro sur son téléphone portable. L'adjoint qui lui répondit lui confirma que la plupart des détecteurs avaient effectivement été désactivés. « Dans les six mois qui ont suivi leur installation, on a enregistré plus de soixante-dix mille fausses alertes. Nos flics devenaient fous, déplora l'adjoint. Ah, ce n'est pas la technologie qui protégera cette ville, mon pauvre O'Neill ! Cela dit, le préfet de police vient d'ordonner que tous les appareils soient rebranchés à pleine puissance. Immédiatement ! Et n'oublie pas qu'il t'attend d'urgence au QG, toi et tous tes potes. »

O'Neill transmit le message au factionnaire et remonta dans sa voiture. Il doit se passer quelque chose de rudement grave pour qu'ils nous fassent tous rappliquer dare-dare au QG, se dit-il. Et si le préfet demande de remettre en marche d'urgence ces fichus détecteurs, c'est qu'il pourrait y avoir du nucléaire dans l'air !

*

— C'est tout ? explosa le Président en brandissant l'unique feuille dactylographiée que lui avait remise le patron de la CIA. C'est tout ce que vos gars d'Islamabad, de New Delhi, de Kaboul et tous vos experts en prolifération nucléaire ont réuni sur cet individu ?

Il s'agissait d'Abdul Sharif Ahmad, le physicien nucléaire qui avait joué un rôle clé dans la conception de la bombe atomique pakistanaise.

— Y a-t-il dans ce rapport de quoi engager un dialogue avec lui ? De quoi l'intriguer, l'intéresser, l'émouvoir ? Lui réciter ses poèmes préférés ? Discuter avec lui de son amour des roses ? Et les Hollandais, les Allemands, les Anglais avec lesquels il a travaillé ? Que vous ont-ils dit sur son caractère, ses habitudes, ses goûts, qui pourrait nous servir ?

— Vous n'êtes pas tout à fait juste, monsieur le Président, s'excusa Anderson dont les collaborateurs avaient travaillé toute la nuit pour rédiger ce bref document. Vous avez là deux informations susceptibles de faciliter nos contacts avec M. Ahmad.

— Lesquelles ?

— D'abord, le fait qu'il soit membre d'un réseau d'extrémistes islamiques, le Lashkar e-Toïba – les soldats de la cause, dont nous connaissons les liens avec Al-Qaida et Oussama Ben Laden. Nous avons certainement affaire à un apôtre du jihad. Cela dit, il semble y avoir des contradictions dans son comportement. Il ne porte pas la barbe des « fous de Dieu », mais il ne boit pas pour autant de l'alcool. Et, d'après ce que nous savons, il mène une existence strictement monogame avec son unique épouse.

— En dépit de ses escapades à Damas ?

— Ces « escapades » comme vous dites, monsieur le Président, paraissent avoir toujours été de caractère scientifique plutôt que récréatif. Ce Pakistanais nous apparaît comme quelqu'un d'honorable, ce qui devrait faciliter un dialogue rationnel et positif avec lui.

— Honorable ? s'insurgea, les yeux mi-clos, Donald Rumsfeld, le secrétaire à la Défense. Comment pouvez-vous qualifier d'honorable quelqu'un qui proclame que la bombe atomique qu'il a contribué à mettre au point n'appartient pas au seul Pakistan mais au monde musulman tout entier ?

— Messieurs ! nous nous égarons, intervint George W. Bush. Le problème n'est plus de savoir pour qui M. Ahmad a construit sa bombe, mais de le convaincre de nous aider à résoudre cette crise. Si j'ai bien compris, il s'agit d'un homme profondément religieux. Ne devrions-nous pas faire appel à une autorité islamique pour nous conseiller sur la manière d'engager un dialogue avec lui ?

— Vous avez tout à fait raison, monsieur le Président, déclara Anderson. C'est pourquoi nous avons fait venir le cheikh Omar Habibullah, une personnalité religieuse pakistanaise qui dirige l'Institut des études islamiques ici même à Washington. Il est prêt à vous conseiller sur la façon de discuter avec M. Ahmad, ainsi qu'à lui parler directement. Mais M. Ahmad voudra-t-il nous parler ? Là est la question...

George W. Bush consulta sa montre.

— Son avion s'est posé à Karachi il y a une heure et demie. Je suggère que nous appelions le président Moucharraf pour faire le point.

Quelques instants plus tard apparut sur un écran vidéo de la salle du Conseil de sécurité le visage rondouillard et moustachu du président pakistanais.

— Le Dr Ahmad est dans la pièce voisine, annonça-t-il. Il a reconnu que c'est sur l'ordre du général Habib Bol et avec la complicité de son groupe d'extrémistes, qu'a été détourné l'ogive nucléaire manquant dans l'un de nos arsenaux. Il a également reconnu avoir lui-même activé le système de mise à feu de l'engin. Ce qui veut dire que cette bombe, où qu'elle se trouve, est parfaitement opérationnelle. J'ai toutefois décidé de surseoir provisoirement à toute sanction officielle contre lui et je l'ai convaincu de vous parler. Mais il ne s'exprimera que sur les raisons qui ont poussé le général Bol et ses acolytes à entreprendre cette action.

Tandis que le Président remerciait le chef de l'État

pakistanais, un petit homme en djellaba beige, le crâne couvert d'un turban blanc, était entré dans la salle. Le Président se leva et le salua cordialement avant de lui faire signe de prendre place en face de lui. Il savait qu'Anderson lui avait fait un exposé détaillé de la situation.

— Avant que vous vous adressiez à M. Ahmad, je souhaite lui dire moi-même quelques mots, avertit le Président.

L'initiative provoqua un mouvement de surprise dans l'assistance. Elle était en contradiction totale avec la doctrine élaborée par les spécialistes des négociations avec les terroristes. Au cours de sa carrière militaire, Colin Powell avait étudié différentes affaires de chantage terroriste et retenu quelques leçons essentielles.

— Monsieur le Président, ce serait une grave erreur de vous adresser directement à M. Ahmad, déclara le secrétaire d'État.

— Et pourquoi donc ?

— Dans un cas de ce genre, le premier objectif est de gagner du temps, le temps dont la police a besoin pour découvrir la bombe. Sachant qu'il parle avec le président des États-Unis, M. Ahmad risque de formuler sur-le-champ des exigences insupportables pour lesquelles il va exiger des réponses immédiates. Il sait que vous êtes le seul à pouvoir accorder ce que réclament les terroristes auxquels il a donné sa bombe.

George W. Bush leva les bras dans un geste d'impuissance.

— Vous vous trompez, mon cher Colin, répliqua-t-il, le seul qui puisse accorder à ces terroristes ce qu'ils réclament n'est pas le président des États-Unis d'Amérique. C'est le Premier ministre d'Israël, Ariel Sharon !

Il saisit alors le micro devant lui et guetta le signe de l'officier des transmissions lui signifiant que son interlocuteur était en ligne.

— Docteur Ahmad, d'abord je tiens à vous remercier d'avoir accepté de répondre à cet appel dans un moment aussi grave.

Si le Président avait imaginé établir une conversation cordiale par cet assaut de courtoisie, il allait vite perdre ses illusions.

— Monsieur le président des États-Unis d'Amérique, répondit sèchement le Pakistanais, sachez que mon seul but en me prêtant à cet échange est de vous faire comprendre pourquoi nos valeureux combattants sont prêts à commettre leur acte de vengeance. Parce que votre guerre contre le terrorisme n'est pas, comme vous le proclamez, une guerre contre la terreur, mais une guerre contre l'islam.

— Docteur Ahmad, répliqua le Président, je sais que vous êtes, comme moi, un homme aux convictions religieuses profondes. Votre saint livre, le Coran, ne reconnaît-il pas un prophète dans le Jésus que je vénère ?

— Monsieur Bush, vous êtes un imposteur, coupa Abdul Sharif Ahmad. Vous avez envahi le pays de mes frères irakiens sous le prétexte de chercher des armes de destruction massive qui n'ont jamais existé. Votre prétendue feuille de route pour la paix au Proche-Orient est une grotesque plaisanterie. Vous n'avez jamais levé le petit doigt pour empêcher que votre complice Sharon ne massacre mes frères et mes sœurs de Palestine avec vos hélicoptères Cobra, vos F15 et vos fusées. Vous n'avez pas émis l'ombre d'une protestation quand ses tanks écrasaient leurs villes et leurs maisons. Eh bien, maintenant, monsieur Bush, un authentique engin de destruction massive se trouve caché quelque part sur votre territoire. Si vous ne forcez pas Sharon et sa clique d'assassins à rendre au peuple palestinien les territoires qui lui ont été volés en 1967, et je dis bien chaque mètre carré de ces territoires, ce sont vos compatriotes qui vont payer pour eux.

Une onde de stupeur s'abattit sur l'assistance. Le Président avait blêmi. « Jamais je ne parviendrai à raisonner ce fanatique, se dit-il. Mieux vaut appeler son compatriote au secours. »

— Je te salue, mon frère, commença le cheikh avec respect. C'est un honneur pour moi de m'adresser à un éminent homme de science qui a participé à la gloire de notre patrie.

— Qui es-tu ? demanda Ahmad sur un ton qui montrait son dédain des flatteries.

— Je suis un citoyen pakistanais comme toi, né à Lahore. J'enseigne le droit coranique à l'Institut islamique de Washington. Le président George W. Bush m'a demandé de m'entretenir avec toi. Je sais que tu es un disciple ardent de notre foi islamique. Je souhaite donc te parler au nom de l'esprit de tolérance et de fraternité, ces deux vertus prêchées et pratiquées par notre vénéré Prophète, que Dieu bénisse son âme. Tu connais sûrement ces terroristes fanatiques qui ont caché une des bombes pakistanaises quelque part en Amérique.

— N'appelle pas ces frères des « terroristes » ! contesta Ahmad avec agacement. Ce sont des soldats de l'islam ! Si je les rencontre un jour, je leur dirai mon admiration.

— Mais si cette bombe existe, mon frère, c'est grâce à l'intelligence et à tous les autres dons qu'Allah t'a prodigués. Si elle doit faire périr des centaines de milliers d'innocents, tout l'idéal d'amour et de générosité prêché par le Prophète s'en trouvera souillé à jamais.

— Écoute, docteur Habibullah, répliqua le savant cette fois en colère, je n'ai pas rencontré ces frères mais je te confirme que j'approuve leur combat. Le jihad est un acte de foi. Si Allah m'a donné le savoir nécessaire pour participer à la conception de cette bombe, et ensuite le pouvoir de la mettre entre leurs mains, c'est afin d'obtenir justice pour nos frères de Palestine et répandre sur leur terre meurtrie les bénédictions d'une récompense divine. Je souhaite qu'ils réussissent.

« Une bombe "mise entre leurs mains" par ce salaud d'Habib Bol », grogna le chef de la CIA d'une voix suffisamment étouffée pour qu'elle ne puisse être entendue par l'interlocuteur de Karachi.

Le cheikh continuait son plaidoyer sans se décourager.

— Cher docteur Abdul Sharif Ahmad, je suis certain que tu connais comme moi les sourates de notre saint livre qui nous enseignent la tolérance, la pitié et le pardon pour nos ennemis.

— Évidemment et je connais aussi par cœur toutes celles qui nous enjoignent de recourir au jihad contre ceux qui répandent l'injustice sur cette terre et écrasent les faibles. Mes sourates préférées sont celles qui proclament : *Combats dans les chemins d'Allah ceux qui te combattent* et *Tu as le droit de te défendre si tu es attaqué.* Ce sont ces versets que les martyrs de Palestine récitent avant d'aller sacrifier leur vie sur leurs cibles israéliennes. Et si leurs actes sont des gestes de désespoir, c'est parce que personne – à commencer par tes amis américains – n'a pu leur donner des raisons d'espérer. En menaçant aujourd'hui des centaines de milliers de vies américaines, cette bombe va peut-être débloquer la situation et forcer nos ennemis à offrir enfin un avenir à nos frères de Palestine. Oui, peut-être que cela va obliger les ennemis de l'islam à faire enfin la paix. Une paix juste. Je n'ai rien à te dire de plus, mon frère. Que Dieu te garde !

Le déclic aigu d'un combiné qu'on repose sur son support se répercuta à travers la salle. Abdul Sharif Ahmad avait raccroché.

— Enfant de salaud ! glapit le vice-président Cheney. Ce n'est pas avec ce genre de type qu'on va pouvoir avancer.

Un silence se fit dans la pièce, comme si chacun essayait de digérer la réaction brutale du savant pakistanais. C'est alors que se fit entendre une voix féminine restée presque silencieuse depuis le début de la crise, celle de Condoleezza Rice, la conseillère de George W. Bush pour la sécurité.

— Monsieur le Président, déclara-t-elle, laissons passer quelques minutes et voyons si je peux renouer notre conversation avec M. Ahmad.

— Condi, objecta immédiatement le vice-président Cheney, en dépit de tout le respect que je vous porte, ce serait une très mauvaise idée. De toute évidence, ce type est un islamiste pur et dur. Il n'acceptera jamais de parler à une femme.

— Ce n'est pas certain, Dick, répondit calmement

Condoleezza Rice. Le rapport de la CIA le décrit comme un homme « honorable », n'est-ce pas ? Il a passé son enfance en Inde du temps des Anglais, et il a vécu plusieurs années en Allemagne, en Angleterre et en Hollande. Peut-être est-il plus ouvert que vous ne le croyez. Et, si tel est le cas, je pense pouvoir établir un contact avec lui.

En dehors de son secrétaire général Andrew Card, il n'y avait personne en qui le Président eût davantage confiance qu'en cette jeune femme presque toujours vêtue d'un strict tailleur gris. Sa maîtrise parfaite de la langue russe et sa connaissance approfondie de l'ex-Union soviétique lui avaient permis de jouer un rôle clé auprès de son père dans les années 1980, lors des jours critiques de la chute de l'empire communiste. À présent, celle qu'il avait lui-même surnommée *the calm mediator* était habituellement le premier de ses collaborateurs à s'entretenir avec lui aux petites heures du matin, et souvent la dernière à lui parler le soir. Il admirait sa vive intelligence et la façon tranquille qu'elle avait d'analyser puis de faire la synthèse des questions exigeant une décision de sa part. En outre, et ce n'était pas le moindre aspect de leur complicité, ils aimaient regarder ensemble les retransmissions télévisées des matchs de base-ball et de football américain dans le salon de la Maison-Blanche.

— Je vais demander à Condi de reprendre la conversation avec M. Ahmad, déclara fermement le Président. Qu'avons-nous à perdre ?

Il ordonna que l'on rétablisse la communication avec le général Moucharraf pour lui demander de convaincre Abdul Sharif Ahmad d'accepter de renouer le dialogue.

À la surprise générale, le scientifique pakistanais se montra d'accord.

— Docteur Ahmad ! s'empressa Condoleezza Rice avec chaleur, d'une façon presque cajoleuse, je vous remercie d'avoir accepté de me parler. J'attendais cette occasion avec impatience. J'espérais en effet ardemment avoir la possibilité de m'entretenir avec vous car je pense être bien placée pour comprendre certaines de vos préoccupations, et même sympathiser avec elles.

« Sympathiser ? ricana Donald Rumsfeld avec irritation. Elle y va un peu fort ! »

— Mademoiselle Rice, c'est à la demande pressante du président Moucharraf que j'ai accepté de vous parler. Sachez bien que c'est à contrecœur. Car si vous êtes la conseillère privilégiée du président des États-Unis, je n'ai jamais constaté que votre influence ait servi de quelque manière que ce soit la cause de la justice dans le monde. Au contraire, vous avez toujours encouragé votre président dans ses initiatives belliqueuses. Si une telle crise frappe aujourd'hui votre pays, c'est en grande partie de votre faute, mademoiselle Rice.

Aucune émotion ne s'inscrivit sur le visage de Condoleezza Rice. En fait, elle parut galvanisée par l'agressivité du savant pakistanais. Rejetant de côté la mèche noire qui lui barrait une partie du front, elle s'apprêta à riposter. Sa voix se fit encore plus suave. Elle savait d'expérience que c'est par la douceur que l'on amadoue les adversaires les plus coriaces.

— Docteur Ahmad, reprit-elle sur un ton presque confidentiel, l'histoire nous a légué, à vous comme à moi, un certain nombre de points communs. N'hésitant pas à faire une allusion à sa négritude, elle expliqua : Nos peuples, le vôtre et le mien, ont souffert dans le passé des discriminations imposées par les sociétés qui nous entouraient. Vous, en tant que musulman dans une Inde dominée par les Britanniques et les valeurs hindoues ; moi, en tant qu'Afro-Américaine, descendante d'esclave, dans une société où prévalaient les valeurs de la majorité blanche. Pour nos deux peuples, la foi religieuse a représenté un point d'ancrage essentiel auquel nous nous sommes accrochés dans les heures d'épreuve : l'islam pour vous, la religion chrétienne baptiste pour la plupart de mes frères noirs. Pour vous comme pour moi, la conquête du savoir a été un moyen vital de nous affranchir des préjugés et des obstacles dont nous étions victimes. Vous et moi, nous partageons cet héritage, docteur Ahmad, comme nous partageons notre couleur de peau qui, si souvent, nous a valu d'être mis en marge du reste de l'humanité.

Elle s'interrompit un instant pour permettre à son interlocuteur de lui répondre. Comme il gardait le silence, elle continua :

— La lutte qu'a menée mon peuple pour faire reconnaître ses droits a souvent été marquée de haine et de rancœur envers nos frères et nos sœurs de race blanche.

— Haine et rancœur ô combien justifiées ! intervint brusquement le savant pakistanais. À cause de ce même cortège de violences, de spoliations et d'injustices qui frappe aujourd'hui nos frères palestiniens. Sans parler de nos frères irakiens !

— Mais les messages de sagesse, de tolérance, de fraternité d'apôtres comme Martin Luther King ont réussi à exorciser ces haines pour nous conduire où nous sommes aujourd'hui, docteur Ahmad.

— Ah oui, Martin Luther King ! approuva le Pakistanais, un sage comme le mahatma Gandhi que je vénérais au temps de ma jeunesse en Inde.

— Quelque sentiment qu'ils aient sur la justesse de

leur cause, poursuivit Condoleezza Rice, les fanatiques qui se font sauter avec leurs bombes sont aussi peu représentatifs des idéaux de l'islam que, chez nous, un Timothy McVeight, le tueur fou d'Oklahoma City, ne l'était de la chrétienté [1]. Le véritable islam ne s'incarne pas dans un Oussama Ben Laden, pas plus que les valeurs du christianisme n'étaient représentées par les excès des croisades du pape Urbain II.

— Voilà des comparaisons intéressantes, reconnut Abdul Sharif Ahmad avec sympathie.

— Je sais, docteur Ahmad, que vous êtes comme moi un grand amoureux de la poésie, enchaîna Condoleezza Rice.

— Vous êtes bien renseignée, mademoiselle Rice.

— J'ai toujours eu moi-même un faible pour le grand poète persan Omar Khayyam.

— Son œuvre est effectivement magistrale.

Condoleezza déclama alors de mémoire le vers du *roba'iyat* n° 20 qui chante « cette brève vie de l'homme, cette vie qui n'est séparée de la mort que par l'espace d'un souffle ».

— Combien de fois ai-je médité sur le sens de ces quelques mots ! docteur Ahmad.

— Ils sont si vrais..., acquiesça le savant avec une émotion perceptible.

— Alors, je me dis qu'un homme de votre stature ne peut que souhaiter voir ses prouesses scientifiques déboucher sur la victoire de la justice et de l'entente entre les hommes, reprit la jeune femme en haussant la

1. La bombe que l'extrémiste américain Timothy McVeight a placée dans le bâtiment administratif de la ville d'Oklahoma City a fait plus de trois cents morts. Il a été condamné à mort et exécuté.

voix. Pas sur la haine et le sang. Pas sur un malheur qui priverait d'une ultime respiration la courte vie de centaines de milliers d'innocents.

Elle s'interrompit quelques secondes, comme pour souligner par avance ce qu'elle allait dire.

— Docteur Ahmad, partons ensemble sur les pas de Martin Luther King. Ils mènent vers les sommets généreux de la réconciliation et de la compréhension entre les hommes, et non vers l'enfer de haine et de vengeance que l'explosion de votre bombe ne manquerait pas de susciter. Il est encore temps, docteur Ahmad. Réfléchissez et aidez-nous à surmonter cette crise qui nous concerne tous.

Un silence presque palpable suivit ces paroles. Puis une voix contenue sortit des haut-parleurs.

— Je vous félicite pour votre courageux plaidoyer, mademoiselle Rice. Je vais réfléchir à tout ce que vous m'avez dit. *Inch Allah,* peut-être nous reparlerons-nous encore...

Une nouvelle fois retentit le bruit d'un combiné que l'on repose sur son support. C'est alors que se produisit dans l'austère enceinte de la salle de conférences un événement qui ne s'était jamais renouvelé depuis le jour où Khrouchtchev avait annoncé sa décision de retirer ses missiles atomiques de Cuba. Toute l'assistance applaudit.

*

Le préfet de police Ray Kelly grimpa quatre à quatre les marches de l'estrade, suivi du directeur du FBI de New York et du chef de la brigade des inspecteurs de police. Après sa réunion avec Paul Anscom à l'état-major de crise de Brooklyn, il allait s'adresser à l'ensemble de ses troupes dans le vaste auditorium du One Police Plaza qui abritait, dans le bas de Manhattan, le QG de la police new-yorkaise. La salle était pleine à craquer. Il y avait là plusieurs centaines d'inspecteurs comme T. F. O'Neill, des agents du FBI, des représentants des Douanes, des Stups, du Trésor, de l'Immigration, de la police de l'État de New York. Bref, tout ce que New York pouvait réunir comme responsables de l'ordre et de la sécurité. Ébahi par l'importance de la mobilisation, O'Neill se demanda si les responsables de la Ligue de protection des animaux avaient aussi été invités.

Il était à peine onze heures, ce lundi matin, lorsque le préfet Kelly s'avança vers le pupitre au bord de l'estrade. Il promena sur l'assistance un regard satisfait, prit une longue respiration et se pencha vers le micro.

— Mes amis, nous avons un coup dur ! annonça-t-il.

Cette entrée en matière provoqua un frémissement aussitôt suivi d'un silence attentif.

— Un groupe de terroristes a caché un baril de chlore dans New York, presque certainement au cœur de Manhattan. Il est superflu de vous rappeler les propriétés extrêmement toxiques du chlore. Si ces terroristes réussissent à répandre ce gaz dans l'atmosphère, il pourra s'ensuivre la mort de centaines, peut-être de milliers de nos concitoyens.

Du « chlore » ? Est-ce vraiment pour trouver du chlore qu'ils ont décidé de remettre en route leurs détecteurs de rayons gamma aux entrées des ponts et des tunnels ? se demanda O'Neill, dubitatif.

— Mais attention ! poursuivit Kelly. Le fait qu'un baril de chlore ait été caché dans Manhattan et que nous soyons à sa recherche doit rester rigoureusement secret. Je répète : RIGOUREUSEMENT SECRET.

Il reprit les arguments utilisés plus tôt devant les responsables du QG de Brooklyn. Il fallait à tout prix empêcher une réaction de panique dans la population.

— Que réclament les terroristes ? lança une voix.

— Leurs revendications ne nous regardent pas. Elles concernent le Président et le gouvernement. Notre mission à nous, c'est de dénicher ce foutu baril de chlore avant que les terroristes le fassent sauter. Malheureusement, nous n'avons encore que très peu d'informations sur les auteurs du chantage. Je passe la parole à Dave Cohen, le responsable de notre service de renseignements.

Un homme d'à peine un mètre soixante, ressemblant à l'acteur Bruce Willis, le crâne lisse comme une boule de billard, s'approcha du micro.

— Ça nous a tout l'air d'une affaire montée par Al-Qaida, commença-t-il. Il faut donc remettre en marche tous nos réseaux d'information sur les activistes arabes se trouvant à New York et dans ses environs. Et essayer d'arrêter ceux qui auraient pu fournir des faux papiers, un abri ou une logistique, aux terroristes que nous recherchons...

Ray Kelly reprit ensuite le micro et énuméra les dispositions qui avaient été prises pour mener les recherches. Puis il lança un vibrant appel au sens du devoir de chacun.

— Il s'agit fondamentalement d'un travail de flic au ras du bitume ! résuma-t-il en guise de conclusion. Bonne chance à tous !

À la sortie, O'Neill consulta sur le tableau de service la liste des équipes mixtes des inspecteurs et des agents du FBI affectés aux recherches sur les quais de Port

Elizabeth. « Tiens ! découvrit-il, ravi, c'est une souris que les feds m'ont collée comme coéquipière. » Tout excité à cette perspective, il se glissa dans la foule des policiers pour essayer de repérer le badge d'un jeune agent du FBI nommé Olivia Philips.

*

Le soulagement perceptible dans la salle de conférences de la Maison-Blanche après l'heureuse conclusion de la conversation de Condoleezza Rice avec le physicien nucléaire pakistanais Abdul Sharif Ahmad serait de courte durée.

— Monsieur le Président, je crois qu'il faut que vous appeliez sans retard le Premier ministre Sharon, pressa Colin Powell. Nous avons préparé à son intention un document d'une page en hébreu résumant la situation, avec la traduction du message que nous avons reçu des terroristes. Nous sommes prêts à le lui envoyer sur notre ligne de télécopie protégée.

Le Président fronça les sourcils. Ses rapports avec le leader israélien n'avaient jamais été de tout repos. Ce nouveau contact risquait de déboucher sur un véritable cauchemar.

— Savez-vous s'il est à Jérusalem ? demanda-t-il.

— D'après nos informateurs, il dîne chez lui au 3 de la rue Balfour, répondit le chef de la CIA.

— Milt, vous devez presque tout savoir sur cet homme. Y a-t-il quelque chose dans sa personnalité, dans son passé, qui nous permette d'espérer qu'il se montrera coopératif face aux exigences des terroristes ?

— Hélas, non, monsieur le Président. Ariel Sharon est un dur qui n'a guère la réputation de faire dans la dentelle. En 1949, alors qu'il était tout jeune officier, il a mené sa compagnie dans un raid punitif contre un village jordanien soupçonné d'abriter des fedayins. Il a fait exécuter tous les hommes du village. Sa carrière militaire est une succession de coups de main et de coups fourrés, qui montrent un homme brutal et inflexible. La guerre du Kippour en 1973 a fait de lui un héros d'Israël. Je dois dire, à juste titre. Il n'a pas hésité à lancer ses blindés de l'autre côté du canal de Suez et à encercler la moitié de l'armée égyptienne. Un coup d'éclat dont parleront les livres d'histoire israéliens jusqu'à la fin des temps.

« Vous savez bien, monsieur le Président, que l'invasion du Liban en 1982, c'est lui. Pour protéger la frontière nord d'Israël, il avait persuadé Begin – le Premier ministre de l'époque – de faire avancer Tsahal d'une vingtaine de kilomètres. En fait, Sharon voulait conquérir le Liban. Ce qu'il a fait, mais sans réussir à accomplir le rêve de sa vie : liquider Arafat.

— C'est alors qu'il s'est trouvé mêlé aux massacres de deux camps de réfugiés, n'est-ce pas ?

— Sabra et Chatila, monsieur le Président.

— Mails il n'est pas personnellement responsable de cette tuerie.

Anderson esquissa un sourire qui en disait long.

— Disons qu'il a laissé faire.

— Dites-moi, pressa alors George W. Bush, est-il un homme religieux ? Chaque fois qu'il vient déjeuner ou dîner à la Maison-Blanche, l'ambassade d'Israël nous bombarde d'instructions à propos de cette nourriture kasher qu'il faut lui servir.

La remarque détendit l'atmosphère.

— Il paraît respectueux des coutumes juives, mais de là à savoir s'il est vraiment religieux au fond de l'âme, c'est difficile à dire, observa Condoleezza Rice.

— En tout cas, il sait à merveille utiliser le contexte mystique dans lequel baigne si intensément cette région du monde pour conduire sa politique, précisa Anderson.

— Que voulez-vous dire, Milt ?

— Lorsque en septembre 2000, il est allé défier les Palestiniens en se promenant sur l'esplanade des Mosquées de Jérusalem, il savait qu'il enterrait le processus de paix. Il ne s'est pas trompé.

— Et les colonies dans les territoires occupés ?

— Ce n'est pas pour rien que les Israéliens l'ont surnommé « M. Bulldozer », monsieur le Président. Sharon est le champion des implantations juives en Cisjordanie. Il a construit toute sa carrière politique sur leur multiplication, n'hésitant pas à exhorter ses compatriotes à s'emparer de toutes les collines de Judée et de Samarie. Depuis trois ans qu'il est Premier ministre, on compte plus de quatre-vingts nouvelles colonies ! Il y a treize ans, au lendemain du traité de paix avec l'Égypte, alors qu'il était ministre de la Défense, il a dû faire évacuer la ville de Yamit, dans le nord du Sinaï. Il a juré alors qu'on ne l'obligerait jamais plus à accomplir une mission aussi douloureuse.

— Au fond, le seul aspect rassurant dans la personnalité de cet homme – si je puis utiliser le mot de « rassurant » –, intervint Colin Powell, c'est que son attachement à ces colonies ne s'inspire pas vraiment d'un fanatisme religieux. Il considère que la sécurité d'Israël exige de repousser ses frontières le plus loin possible afin d'empêcher la constitution d'un État palestinien puissant et homogène à un jet de pierre de Jérusalem. Sa décision d'élever un mur de séparation entre Israël et les zones palestiniennes est une nouvelle manifestation de cette politique.

— Tout cela n'est guère encourageant, soupira George W. Bush, accablé à l'idée de l'épreuve qui l'attendait au téléphone.

L'appel de Washington retentit quelques instants plus tard dans la salle à manger de la vaste maison de la rue Balfour qu'habitait Ariel Sharon. Le petit homme corpulent, aux rares cheveux blancs comme neige, au cou de taureau et à la bedaine débordant de sa ceinture, achevait de dîner, seul devant son poste de télévision. Il n'aimait pas être dérangé par le téléphone à pareille heure.

— Ariel, c'est le président Bush qui te demande, s'excusa la standardiste, avec cette familiarité propre à Israël.

Au même instant, un secrétaire entra dans la pièce avec, à la main, les deux feuilles qui venaient d'arriver par télécopie de la Maison-Blanche. Sharon chaussa ses lunettes et les parcourut rapidement, émaillant sa lecture d'une litanie de jurons. Le Président perçut sans peine l'extrême irritation de son interlocuteur.

— Ceci est la plus odieuse tentative de chantage de l'Histoire ! explosa l'Israélien après de brèves salutations. En votre qualité de chef de la seule superpuissance de la planète, vous n'avez pas le choix, monsieur le Président : vous devez dénoncer publiquement cette menace et l'horrible chantage qu'elle constitue.

— Et mettre ainsi en péril la vie d'un million de mes compatriotes ?

— Ce n'est pas *vous* qui mettez vos compatriotes en péril, monsieur le Président. Ce sont les terroristes islamiques pakistanais instigateurs de ce chantage. Des gens certainement acoquinés avec Oussama Ben Laden. Faites-leur immédiatement savoir que si cette bombe explose, vous ferez disparaître de la surface du globe la province de la Frontière du Nord-Ouest et le Baloutchistan où ils se terrent. Du coup, vous n'aurez plus à vous préoccuper de retrouver Ben Laden ! Votre nuage atomique s'en sera chargé.

— Ariel ! Les deux hommes s'appelaient parfois par leurs prénoms. C'est une suggestion monstrueuse que vous faites là. Sacrifier cinq ou six millions d'innocents !

— Et alors ? Ces gens sont ceux qui hurleront de joie et se mettront à danser quand ils apprendront que la bombe a explosé à New York. Exactement comme ils l'ont fait le 11 septembre !

Condoleezza Rice fit passer au Président une note griffonnée à la hâte : « Dites-lui qu'il doit absolument faire un premier geste, démanteler au moins quelques colonies, suggérait-elle. Rappelez-lui que tous les présidents américains, depuis Lyndon Johnson, se sont opposés à ces colonies parce qu'elles constituent de véritables spoliations de terres appartenant à autrui. Soyez ferme ! »

George W. Bush respira profondément avant de reprendre le dialogue. Il prit à son compte le message de sa conseillère et ajouta d'un ton sévère :

— Mon père lui-même a toujours été violemment opposé à ces colonies, Ariel.

— Là n'est pas le problème, répliqua vivement Sharon. Dieu a donné ces territoires au peuple juif. Nous, les juifs, nous avons un droit historique sur toute la terre d'Israël. Nous y sommes installés et nous y resterons. Pour nos enfants, nos petits-enfants, pour les générations qui y verront le jour. Nous ne les abandonnerons jamais ! En tout cas, pas sous la pression d'une monstrueuse tentative de chantage...

« George, telle est la volonté de Dieu. Ni vous, en tant que président de la plus puissante nation du monde, ni moi, en tant que responsable de la survie du peuple d'Israël, n'avons le droit de défier la volonté de Dieu.

Ces allusions à la volonté de Dieu ne surprirent ni le président des États-Unis ni les membres de son entourage. Elles avaient toujours permis aux Premiers ministres d'Israël de justifier leur intransigeance. Mais Sharon se préparait à asséner d'autres arguments plus subtils.

— Mon cher George, continua-t-il, sur le ton cette fois d'un ami qui se veut complice, je pense que vous commettriez une grave erreur politique en essayant de nous forcer à démanteler ces implantations. Rappelez-vous ce qui est arrivé à votre père en 1992, quand il nous a menacés de supprimer les garanties de nos emprunts si nous n'arrêtions pas la colonisation. Ce chantage lui a coûté sa réélection. Les juifs américains n'ont pas voté pour lui. Dans quelques semaines, ce sera votre tour, George, de tenter de vous faire réélire. N'oubliez pas cela, même au cœur de cette effroyable crise.

La voix du leader israélien flotta quelques fractions de seconde comme un nuage empoisonné dans la salle de conférences.

— Il est fort ! soupira le vice-président Cheney, aussitôt relayé par Colin Powell, Condoleezza Rice, Rumsfeld et les autres.

Mais l'argument n'avait pas désarçonné George W. Bush.

— Ariel, mon avenir politique n'a pas d'importance. Ce qui compte, c'est de trouver un compromis avec ces terroristes. La majorité de votre peuple est d'accord pour démanteler ces colonies. Vous savez aussi bien que moi ce qu'elles coûtent à votre pays : plus de cinq cent soixante millions de dollars chaque année sous une forme ou une autre de subventions – subventions que nous autres Américains finissons d'ailleurs immanquablement par devoir payer. Nous avons toujours été vos meilleurs amis et votre allié le plus proche. Que nous restera-t-il d'amour pour Israël si cette bombe explose ?

— George, répliqua calmement Sharon, si je m'aplatis devant cet horrible chantage, c'en sera fini de mon pays. Je n'ai jamais, dans le passé, fait la moindre concession concernant la sécurité d'Israël. Je n'en ferai pas aujourd'hui, et je n'en ferai pas demain. Car telle est ma responsabilité historique si je veux assurer l'avenir de mon peuple. Dites à votre ami Moucharraf que si ces criminels ne renoncent pas à leur projet, six millions de Pakistanais vont mourir – et si vous n'avez pas les tripes de régler ce problème avec vos propres fusées, je m'en chargerai moi-même avec nos missiles Jéricho. Nous affrontons une crise sans précédent, George, mais c'est notre devoir, à vous comme à moi, de la résoudre sans faiblir. *Shalom !*

Un silence consterné étreignit la salle du Conseil.

— Seigneur ! implora le chef de la CIA, faites qu'on trouve cette maudite bombe avant qu'il soit trop tard !

*

L'inspecteur T. F. O'Neill était d'une humeur de chien. Des années à écouter battre le cœur de son territoire de Manhattan sud, à régner sur l'un des plus prestigieux commissariats qu'un flic new-yorkais puisse inscrire à son palmarès, l'avaient rendu casanier. Sortir de son quartier, fût-ce seulement pour traverser l'Hudson, lui était insupportable. Mais ce matin, O'Neill faisait partie d'un des cinquante commandos d'inspecteurs que le préfet de police avait précipitamment dépêchés à Port Elizabeth – Port Newark avec la mission d'éplucher les manifestes de tous les conteneurs déchargés depuis trente jours sur les quais de la principale installation portuaire new-yorkaise. Une tâche colossale qui avait pour objet de découvrir si des terroristes avaient pu utiliser un navire marchand pour introduire un engin de mort dans New York.

La Chevrolet de l'inspecteur était prisonnière d'un gigantesque embouteillage à l'entrée du Holland Tunnel, ce qui permit à O'Neill d'examiner la jolie fed afro-américaine que le FBI lui avait attribuée comme coéquipière.

— Tu as une vraie allure de mannequin pour *Ebony*, lui dit-il en admirant ses cheveux coupés très court, son teint plutôt clair, son nez fin, ses belles lèvres charnues.

Sanglée dans un blouson et une jupe de cuir, la jeune femme ressemblait en effet aux publicités du célèbre magazine destiné aux Noirs américains.

— Vous êtes trop bon, inspecteur, répliqua en riant Olivia Philips, vingt-neuf ans, toute récente diplômée de l'académie nationale du FBI de Quantico.

— Il y a longtemps que tu es au FBI ?

— Depuis ma sortie de la faculté de droit de Tulane, il y a trois ans.

— Tu es originaire de La Nouvelle-Orléans ?

— De Thibodaux, dans le bayou de Louisiane. Mon père tient l'agence Toyota là-bas.

Quelques jours avant la cérémonie de la remise des diplômes, un représentant du FBI était venu exposer aux étudiants de Tulane University les avantages d'une carrière dans les rangs de la sûreté fédérale. À la rentrée suivante, Olivia Philips avait été admise, la seule Noire parmi dix jeunes femmes, à la mythique académie installée dans l'enceinte de la base navale de Quantico, en Virginie. Pendant onze mois, elle avait suivi l'instruction intensive des futurs agents de la sécurité américaine : cours de procédure criminelle, école de contre-espionnage, initiation aux idéologies révolutionnaires, leçons de surveillance policière, exercices pratiques sur des scénarios de kidnapping, d'infiltration étrangère, de terrorisme politique, de chantage nucléaire. Un entraînement physique à la James Bond – exercices de défense tactique, de combat rapproché, de tir réel – avait complété cette formation dont le point final avait été une épreuve de résistance à la torture.

Mais, surtout, Olivia avait appris à se soumettre aux règles de comportement qui fondent dans le même moule les neuf mille agents de la Sûreté fédérale américaine. Ainsi, pour la façon de parler : pas de discours volubiles, mais une stricte économie de langage. Pas non plus d'originalité dans le travail mais une observation scrupuleuse des méthodes en vigueur. Un policier anonyme, prêt à diluer son individualité dans l'organisation, voilà ce que le FBI avait fait de la jeune Louisianaise.

— Dis donc, sœurette, commenta O'Neill, en louchant vers les jambes gainées de bas résille de sa coéquipière, ils ont fait de sacrés progrès au FBI. Non seulement ils n'engageaient jamais de nanas, mais surtout, leurs feds, ils les habillaient comme dans un monastère : pas question de porter une chemise fantaisie ou une casquette de base-ball. Des costumes sombres, des chapeaux gris, des lunettes de curé. Pas de cheveux trop longs ou trop courts. Pas de barbe non plus, ni de moustache.

— Aujourd'hui, les collègues sont tous en jeans et en T-shirts avec des barbes de rastas, des catogans, ou la boule à zéro, et même parfois un anneau à l'oreille, s'esclaffa Olivia. Façon de mieux se fondre dans le paysage !

O'Neill éclata de rire.

L'embouteillage s'était résorbé et la Chevrolet roulait vers le New Jersey. L'inspecteur leva la main vers l'immensité plate hérissée de grues qui apparut à travers le pare-brise. De grands panneaux annonçaient la direction des multiples bassins et des quais qui les desservaient. Un univers aux antipodes des vieux *piers* de Brooklyn où O'Neill avait commencé sa carrière. Prodigue en confidences, il se mit à égrener ses souvenirs.

— Si tu avais vu les appontements vermoulus de Brooklyn, avec ces rafiots qui déchargeaient leurs montagnes de marchandises en vrac. Et les dockers qui se ruaient sur les palettes comme des hordes de rats, chapardant au passage tout ce qu'ils pouvaient. Alors qu'ici c'est nickel comme sur les chaînes de la General Motors. Les bateaux arrivent, on les décharge, des camions emportent les conteneurs... mais c'est moins pittoresque !

Olivia perçut une vague nostalgie dans sa voix. Changeant de sujet, O'Neill déclara :

— Dis donc, c'est curieux qu'ils t'aient expédiée de Dallas pour un foutu baril de chlore, non ?

— Ça a l'air d'une camelote drôlement dangereuse, observa la jeune femme.

— Sûr ! Sais-tu le nombre de feds qu'ils ont fait venir ? Au moins deux mille !

— Tant que ça ? Elle hésita un instant. Puis, soudain, elle demanda : Tu ne dois pas être loin de la retraite, toi ?

— Tu trouves que j'ai l'air d'un croulant ? protesta O'Neill, vexé.

— Non, pas du tout ! s'excusa Olivia en lui décochant un sourire ravageur.

— Si je voulais, j'y serais déjà, lâcha l'inspecteur en avalant une cacahuète. J'ai l'ancienneté. Mais j'aime ce boulot... Se faire braire quelque part à Long Island à écouter l'herbe pousser ?... C'est pas pour moi !

T. F. O'Neill avait commencé sa carrière là où il était né, au cœur de l'énorme *borough* de Brooklyn où, pendant la prohibition, son grand-père tenait un bar clandestin. Il était fils et neveu de flics, pourtant c'était le feuilleton policier qui, durant son adolescence, l'avait cloué chaque samedi devant le téléviseur familial, qui l'avait propulsé dans les rangs des forces new-yorkaises. Le jour où il avait reçu son diplôme avait été pour lui comme une entrée en religion. Mais il n'avait pas tardé à découvrir l'extraordinaire corruption que favorisaient l'uniforme bleu marine, la casquette hexagonale et le calibre 38 des quarante mille policiers de New York. Il avait fermé les yeux sur les rackets de son secteur, il avait touché sans scrupule la dîme des parrains italiens des quais de Brooklyn. Après un passage dans le Bronx, il avait traversé l'East River pour rejoindre le bureau d'investigation criminelle de Manhattan où il avait abandonné l'uniforme des *cops* pour naviguer en civil dans le milieu interlope des jeux clandestins, des paris illégaux, de l'extorsion commerciale et industrielle.

Un an à la brigade des pickpockets de Manhattan sud, puis treize mois à la brigade des mœurs du 18e commissariat de la 54e Rue ouest avaient encore enrichi son expérience. Il s'y était révélé excellent comédien. Son art du déguisement avait fait tomber quelques belles de nuit de Times Square, toutes surprises de découvrir que le paisible marchand de bière de Munich ou le représentant aux yeux bridés de sa majesté Honda portait un revolver sous le veston. L'écusson doré des inspecteurs de première classe avait fini par le récompenser, lui ouvrant les portes de l'aristocratie de la force publique new-yorkaise, le corps des trois mille inspecteurs qui constituaient un puissant lobby courtisé par le pouvoir et par la presse.

— Tu es marié ? demanda Olivia à son coéquipier.

— J'ai perdu ma femme, il y a trois ans. Un accident de voiture.

Il avait prononcé ces mots comme une mise au point définitive qui n'autorisait aucun commentaire.

— Et toi ? demanda-t-il. Tu t'es fait une famille ?

— Je suis fiancée. Mais mon Jules est à douze mille kilomètres, soupira-t-elle. Tu connais Tikrit ? Il paraît que ça n'est pas loin de Babylone, en Irak. Mon fiancé est capitaine dans la 3e division. Il est parti il y a un an.

— Comment s'appelle-t-il ?

— Jimmy. Jimmy Stewart, comme l'acteur.

Une rafale de vent glacé leur envoya en pleine figure le relent des flots qui léchaient les quais. O'Neill releva son col et arrêta sa voiture à l'entrée du premier bassin. Ils exhibèrent leurs plaques et remplirent le questionnaire présenté par le gardien. On n'entrait pas à Port Elizabeth comme jadis dans le Brooklyn Ocean Terminal.

Le bâtiment de l'administration des douanes était un

immeuble fonctionnel divisé en une douzaine de bureaux correspondant chacun à l'un des quais du port. Plusieurs équipes d'inspecteurs et d'agents du FBI s'activaient déjà devant les ordinateurs des bureaux du rez-de-chaussée. O'Neill entraîna Olivia vers le premier étage. Un agent des douanes alluma les deux écrans d'ordinateur correspondant aux arrivées et aux départs des navires ayant accosté au quai n° 1. À Brooklyn, les manifestes des marchandises s'empilaient dans des classeurs à l'ancienne. Ceux de Port Elizabeth apparaissaient sur un écran au simple appel d'une touche.

— Allez, ma belle, au boulot ! Tu te colles devant le premier écran. Moi, je prends l'autre. Tu commences par les quinze premiers jours de ce mois ; et moi, je fais la suite. Courage, ma belle !

O'Neill et Olivia ne tardèrent pas à apprendre que cent vingt et un navires avaient accosté au quai n° 1 au cours des quatre dernières semaines. Trente-sept navires étaient des car-ferries. Les trente-deux mille quatre cent cinquante véhicules divers en provenance du Japon, de Corée, d'Allemagne et de Grande-Bretagne, qu'ils avaient déchargés avaient été immédiatement réceptionnés par leurs destinataires, soit deux cent cinquante-quatre concessionnaires dispersés à travers la côte est des États-Unis. Se lancer sur les traces de chacune de ces trente-deux mille quatre cent cinquante automobiles pour essayer de découvrir si l'une d'elles avait pu transporter un engin terroriste à son bord était une tâche impossible. Seul l'examen des manifestes correspondant à des marchandises arrivées par conteneurs pourrait peut-être fournir une piste. O'Neill huma avec plaisir le délicat parfum que répandait Olivia.

— Décidément, ils t'ont tout appris au FBI, même à faire craquer tes partenaires ! plaisanta-t-il, en faisant défiler le premier manifeste sur son écran.

— C'est Joy, de Patou, un vrai luxe pour un salaire de petite fed !

Onze heures plus tard, ils avaient examiné un millier de documents, sans résultats. Les yeux rouges de fatigue après avoir vu défiler sur les écrans l'inventaire incroyablement varié des marchandises importées par un pays comme les États-Unis, O'Neill et Olivia se préparaient à mettre un terme à leur première journée d'enquête. Les autres équipes étaient parties et les remplaçants n'étaient pas encore arrivés. Ce premier travail de fourmi se soldait par un échec.

— Olivia, je t'emmène chez Salvatore. C'est le meilleur Italien de Newark. On vient de tout Manhattan pour y déguster ses *spaghetti alla carbonara* ! Et on va se consoler avec un petit chianti dont tu me diras des nouvelles !

Comme le FBI lui avait appris à le faire, la jeune femme ne montra aucune réaction à l'invitation. Au contraire, elle continua à taper sur son clavier pour faire apparaître un nouveau manifeste, puis un autre. Il s'agissait, cette fois, de deux conteneurs remplis de sacs de riz indien. Ils avaient été déchargés le jeudi précédent du *Jewel of India*, un navire en provenance de Bombay, et livrés quatre jours plus tard à un importateur de produits alimentaires exotiques de Brooklyn.

O'Neill posa une main paternelle sur l'épaule de la jeune Fed. Il s'impatientait.

— Allez, sœurette ! Ferme ta machine, on ne va pas rester toute la nuit dans cette baraque ! Des manifestes comme ça, on en a vu passer des centaines. Ils sont tous kasher, comme on dirait à Brooklyn. C'est pas là qu'on va trouver quelque chose !

Olivia faisait semblant de ne pas avoir entendu. Elle continuait à cliquer sur son écran.

— Regardez ! monsieur l'inspecteur, déclara-t-elle avec fierté. Vous ne trouvez rien de bizarre sur ces deux manifestes ?

De mauvaise grâce, O'Neill se pencha sur l'écran. Sans attendre sa réponse, Olivia continua :

— Oui, monsieur le grand inspecteur, ça ne vous étonne pas que ces deux conteneurs qui transportent exactement le même nombre de sacs de riz ne pèsent pas le même poids ? L'un pèse mille deux cents kilos, et l'autre mille trois cent dix kilos. Est-ce qu'on n'aurait pas mis un petit paquet de plus dans le deuxième conteneur ? Et si ce petit paquet était notre baril de chlore ?

O'Neill suivit la flèche sur l'écran de sa coéquipière qui courait le long du premier document.

Nom du bateau : *Jewel of India*.

Expéditeur : Maharastra Oriental Food.

Désignation : Riz basmati.

Quantité : 1 conteneur

Description : 24 sacs de 50 kilos.

Poids brut : 1 200 kilos.

Identification : LOS 8477/8484

Consignataire : Exotic Groceries, Albany, New York.

Destinataire : Birbaki Oriental Food, Brooklyn, N. Y.

— Imprime-nous ça, ma belle, et fais voir le manifeste suivant.

Le deuxième manifeste fournissait exactement les

mêmes informations, à l'exception de ces cent dix kilos de plus qu'avait repérés la jeune fed.

O'Neill gribouilla en vitesse les noms du consignataire et du destinataire sur un coin de journal et appela le PC pour se faire communiquer leurs adresses et leurs numéros de téléphone. À cette heure tardive, les deux numéros étaient sur messagerie. Les entreprises ouvraient le lendemain à huit heures.

L'inspecteur croisa les bras pour réfléchir.

— Y a sûrement des gardiens de nuit dans ces baraques. Ils doivent connaître le numéro de téléphone du patron. Au cas où il y aurait le feu, ou quelque chose, non ?

La fed émit un sourire admiratif.

— Ça carbure dur là-dedans ! lança-t-elle en tapotant le front du policier.

Ils rirent tous les deux.

— À un autre soir la *pasta* de Salvatore ! On file à Brooklyn, annonça O'Neill, en s'asseyant au volant de sa voiture, ça me rappellera le bon vieux temps.

Olivia contemplait la ligne des gratte-ciel illuminés de Manhattan, de l'autre côté de la baie.

— C'est vraiment chouette, New York ! s'émerveilla-t-elle, en allumant une cigarette.

— Dommage que cet enfoiré de Ben Laden ne soit pas de cet avis !

La voiture passa à la hauteur du vide laissé par la destruction des tours. Après un long silence, la jeune fed demanda :

— Pourquoi ces salauds veulent-ils remettre ça à New York ? Il y a d'autres cibles dans ce pays. Ils pourraient s'attaquer à Chicago, à Los Angeles, à

Londres, à Paris même. Ça leur ferait les pieds à ces mangeurs de grenouilles !

O'Neill gloussait de plaisir. Une vraie nature, cette petite fed !

— Parce que New York, c'est l'incarnation de tout ce que ces salauds haïssent, ma belle. L'argent, le pouvoir, le succès. Mais, rassure-toi, ils vont l'avoir dans le baba. On va le trouver, leur putain de baril.

L'inspecteur s'engagea dans Flatbush Avenue. Les trottoirs étaient presque déserts. Bien que la criminalité new-yorkaise soit tombée à un niveau qu'enviait toute l'Amérique, les habitants de Brooklyn ne sortaient guère de chez eux le soir. Olivia admira la silhouette de la grande roue de Coney Island, qui illuminait le front de mer vers l'ouest, tandis qu'O'Neill essayait de repérer les numéros qui défilaient sur les façades. Il s'arrêta enfin devant un long bâtiment en brique rouge. Une enseigne lumineuse annonçait « Birbaki Oriental Food ».

— C'est ici que nos conteneurs ont dû arriver, annonça O'Neill. Il faut dénicher le gardien de nuit.

Les deux policiers firent le tour de l'entrepôt et finirent par trouver une sonnette près d'une porte donnant sur une ruelle. Olivia appuya sur le bouton à plusieurs reprises. En vain. Il n'y avait pas de gardien de nuit chez Birbaki Oriental Food.

— On pourrait appeler le PC et leur demander de chercher les numéros de tous les Birbaki de Brooklyn. Ils ne doivent pas être des millions ! suggéra la jeune femme.

— Et si notre Birbaki habite le Queens ?

— Dites, monsieur l'inspecteur, on m'a appris qu'il fallait toujours être positif.

O'Neill décocha un coup d'œil admiratif à sa coéquipière. Elle ira loin, cette petite, pensa-t-il en appelant le PC.

Il y avait sept Birbaki à Brooklyn. Le policier commença par appeler celui qui habitait le plus près d'Atlantic Avenue. Mais ce Birbaki-là était inspecteur des Postes. Le deuxième était décédé la semaine précédente. Le numéro du troisième était aux abonnés absents. Le quatrième avait une laryngite qui l'empêchait de parler. D'après les messages enregistrés sur leurs répondeurs, les cinquième et sixième étaient en voyage.

— Tu vois, ma fille, la plus grande qualité d'un bon flic, c'est la patience, grommela O'Neill en composant le septième numéro. Il prêchait une convaincue.

— Allô, monsieur Birbaki ? cria O'Neill à la personne qui finit par décrocher. Il entendait très mal. La batterie de son portable était à bout de souffle. Je cherche le propriétaire de Birbaki Oriental Food.

— C'est moi. Que me voulez-vous à une heure pareille ?

Olivia arracha le téléphone des mains de son collègue.

— Police fédérale ! monsieur Birbaki. Agent spécial du FBI Olivia Philips, annonça sèchement la jeune femme qui savait que l'étiquette FBI impressionnait davantage que celle d'inspecteur de police. Nous souhaitons faire un brin de causette avec vous. C'est urgent.

Dix minutes plus tard, les deux policiers faisaient irruption dans le salon d'une maison cossue de Glendale Avenue, dans la partie résidentielle de Brooklyn. Charles Birbaki était en pyjama. O'Neill alla droit au but.

— Monsieur Birbaki, dans les deux conteneurs de riz en provenance de Bombay qui vous ont été livrés ce matin, il n'y avait pas que du riz, n'est-ce pas ?

— Que voulez-vous dire ? s'étonna le commerçant turc à barbichette.

— Que les expéditeurs avaient ajouté un paquet supplémentaire à leur envoi ! précisa Olivia.

Birbaki essaya de dissimuler son embarras en passant une soucoupe de pistaches à ses visiteurs. O'Neill avait perçu sa gêne.

— Écoutez, monsieur Birbaki, dit-il sur le ton de la confidence, on n'est pas de la brigade des stups. Vos trafics, on s'en tape. Ce qu'on veut savoir, c'est à quoi ressemblait le paquet que vous avez trouvé au milieu de vos sacs de riz.

Le négociant parut tout à coup soulagé.

— Oh ! dit-il, c'était une caisse. Une caisse rectangulaire à peu près grosse comme ça.

Il montra le guéridon à côté du fauteuil de l'inspecteur.

— Combien pesait-elle, cette caisse ?

— Elle était lourde, oui, assez lourde. Il hésita. Je dirais une centaine de kilos.

Olivia enregistrait la discussion sur le magnétophone de poche qui ne quitte jamais un agent du FBI.

O'Neill se frottait le menton.

— Une centaine de kilos ? répéta-t-il, dubitatif. Ce n'était donc pas de la came qui était dedans, remarqua-t-il en fouillant dans sa poche pour y chercher une de ses cacahuètes. Une caisse de came, ça ne pèse pas tant que ça.

Charles Birbaki paraissait de plus en plus soulagé. Il présenta une bouteille de raki et des verres à ses hôtes.

— Vous boirez bien un petit coup de chez moi, plaisanta-t-il.

Les deux policiers déclinèrent poliment l'invitation.

— Dites-moi, monsieur Birbaki, pressa alors Olivia, qu'est-ce qu'elle est devenue, cette caisse ?

Le négociant avala une gorgée de sa liqueur préférée.

— Des gens sont venus la chercher aujourd'hui même.

— Des gens ?

— Oui. Un homme et une femme que je n'avais jamais vus.

— Pourquoi leur avez-vous remis la caisse ? s'étonna Olivia.

— Ils m'ont dit qu'ils étaient mandatés pour en prendre livraison. Ils m'ont d'ailleurs remis une gratification pour régler les frais de transport.

— Vous avez dit que vous ne les aviez jamais vus. Est-ce qu'à l'arrivée de chacun de vos conteneurs il y a quelqu'un qui vient récupérer quelque chose qui ne figure par sur les manifestes ? demanda O'Neill.

Birbaki parut soudain mal à l'aise. « Ces enfoirés de flics sont en train de flairer mon fructueux petit trafic », se dit-il. Il décida de jouer la vérité.

— Écoutez, reconnut-il, tous les deux mois, quand revient le *Jewel of India*, il y a un paquet dans les sacs de riz de l'un des conteneurs qui me sont livrés. Je ne sais pas qui envoie ce paquet, ni ce qu'il contient, ni à qui il est destiné. Mais, chaque fois, il y a un type avec un T-shirt à l'emblème de l'équipe des Yankees qui vient le chercher et qui me remet une enveloppe de billets pour payer le transport. Cette fois, les gens de Bombay ont forcé sur l'importance de la marchandise.

Et ce n'est pas le gars au T-shirt qui est venu la récupérer. Voilà, c'est tout ce que je sais.

— Décrivez-nous les gens qui ont pris livraison de la caisse, demanda la fed. C'étaient des Arabes ?

— En tout cas, ils m'ont parlé en arabe.

— Avez-vous pu reconnaître leur accent ?

— Palestinien... ou libanais.

— D'autres détails ?

Birbaki fit mine de réfléchir.

— Non, rien de vraiment marquant... La femme qui conduisait la camionnette était blonde. Elle portait un long manteau en laine. Ah si, je me rappelle que le gars qui l'accompagnait était amputé d'une main. Il a fallu qu'on l'aide à charger la caisse dans le véhicule. Ah, autre chose encore : le gars au T-shirt des Yankees venait toujours chercher son paquet avec une camionnette Hertz. Eux, ils avaient une camionnette Easy Rent.

O'Neill fit signe à sa coéquipière de se lever.

— Merci pour votre hospitalité, monsieur Birbaki, et pardonnez-nous d'avoir interrompu votre nuit, dit O'Neill avec courtoisie. Puis, sur un ton qui ressemblait à un ordre, il ajouta : Nous vous donnons rendez-vous demain matin à huit heures à cette agence de location Easy Rent. Débrouillez-vous pour trouver l'adresse. Mais attention ! Soyez ponctuel si vous ne voulez pas aller apprendre à être à l'heure derrière les barreaux de Sing Sing ! Trafic de stups, ça doit bien chercher entre dix et vingt ans, non ?

O'Neill entraîna Olivia vers la porte. Dans l'escalier, il lui prit le bras.

— Ça commence bien, dit-il, visiblement enchanté de la tournure que prenait leur enquête.

*

À quatre cents kilomètres de la salle où le gouvernement des États-Unis venait de tenir sa dernière réunion de crise autour du Président, les trois terroristes qui avaient caché leur bombe dans un immeuble du centre de Manhattan entamaient leur dîner. Une pizza aux cinq fromages, provenant de la pizzeria Mimosa voisine, constituait l'essentiel de ce premier repas en compagnie de leur engin de mort. Une fois débarrassé de sa gaine protectrice contre les radiations, celui-ci ressemblait à une grosse ogive d'une trentaine de centimètres de diamètre, et d'environ un mètre de long. Sur un coin de la caisse qui lui avait servi d'emballage se trouvait posé un petit contacteur électrique, relié par un fil au détonateur. En cas d'une soudaine irruption policière, le membre du trio de garde auprès de la bombe n'aurait qu'à appuyer sur le bouton de ce contacteur pour déclencher l'explosion.

Leur pizza terminée, les membres du commando décidèrent de rendre compte à leur chef des heureux débuts de leur mission. Imad Mugnieh se trouvait dans son quartier général de la banlieue de Beyrouth. Il était huit heures du matin au Liban. Omar sortit de sa poche le téléphone Nokia que Mugnieh lui avait remis avant son départ. À Beyrouth, le chef du Hezbollah possédait un appareil rigoureusement identique. Tous deux étaient équipés de la même carte à puce, et de la même carte de crédit pour cinquante minutes de communication. Les conversations en arabe étant systématiquement surveillées, le court échange se fit en anglais.

— Votre ami vous écoute, annonça une voix au bout du fil.

— Nous sommes arrivés à destination, déclara Omar.

— Félicitations et bonne chance ! répondit la voix.

Ce fut tout. Mais ni l'extrême brièveté de cette relation ni l'usage de deux appareils équipés de puces identiques ne protégeaient en fait à cent pour cent le petit commando d'un repérage par les services d'écoute de la NSA. Ces derniers avaient en effet mis au point une technique particulière qu'ils avaient d'ailleurs transmise au Mossad israélien, ce qui permettait aux hélicoptères de Tsahal de repérer les Palestiniens à abattre avec une précision diabolique. La technique consistait à envoyer un appel sur le téléphone portable de la personne visée, mais en empêchant le déclenchement de la sonnerie. L'appareil appelé accusait réception à l'insu de son propriétaire. Il suffisait de renouveler l'appel depuis un autre point géographique pour obtenir, par triangulation, la localisation exacte de la personne recherchée, sans que celle-ci ne se doute de rien.

Les services d'écoute de la NSA pouvaient-ils se servir de leur brève communication avec Beyrouth pour tenter de les localiser par une opération de triangulation ? Les trois terroristes étaient conscients du danger.

— Il faut se débarrasser du portable, décréta Omar.

Quelques minutes plus tard, l'aîné du commando avisa une poubelle sur le chemin de son hôtel. Tant pis pour les cinquante minutes de communication qui restaient dans l'appareil ! D'un geste preste de son unique main, il y jeta son petit bijou de technologie finlandaise.

*

Les yeux cernés, le front creusé de rides profondes, George W. Bush ne cachait pas sa lassitude. Il coupa le contact de son téléviseur et reposa la télécommande.

— Pas de base-ball pour moi ce soir..., soupira-t-il à l'intention de son épouse Laura et de sa conseillère Condoleezza qui s'était jointe au couple présidentiel pour un dîner intime dans les appartements de la Maison-Blanche. Ah, quelle journée ! reprit le Président, la pire depuis le 11 septembre.

— C'est sûr, approuva Condoleezza, et du coup on se demande comment les choses pourraient aller plus mal.

— Oh ! elles le pourront ! s'exclama le Président. Mais soudain, il se ravisa : Il y a quand même eu aujourd'hui un moment encourageant. Votre conversation avec M. Ahmad.

— On le sentait moins agressif à la fin, n'est-ce pas ? reconnut-elle, visiblement flattée par l'hommage.

— C'est grâce à vous, Condi, grâce à ce rapport humain que vous avez su établir, appuya le Président. – Comme poussé par un ressort, George W. Bush se redressa dans son fauteuil. – Que diriez-vous maintenant d'une rencontre face à face ? Si Moucharraf me donne son feu vert, seriez-vous prête à vous rendre à Karachi pour essayer de convaincre M. Ahmad, les yeux dans les yeux, de nous aider à résoudre cette crise ? C'est peut-être notre seule chance de nous sortir de tout ce gâchis, conclut-il, avec un sourire complice.

— Si Moucharraf est d'accord et si vous pensez vous-même que ce soit une bonne idée, je suis prête à sauter dans le premier avion. Si cela peut être utile, je suis même prête à aller jusqu'en enfer, monsieur le Président !

George W. Bush parut soulagé.

— Je m'occupe de Moucharraf. Je ne crois pas qu'il fera de difficultés car, jusqu'ici, il s'est montré très désireux de nous aider. Je demande tout de suite à Andrew Card de faire préparer Air Force One pour vous emmener à Karachi. De grâce, Condi, partez dès que possible !

Le Président avait prononcé ces derniers mots comme une supplication.

— Comptez sur moi, monsieur le Président. Mais j'aimerais emporter une cassette vidéo montrant un résumé des images les plus bouleversantes filmées après les attentats du 11 septembre. Pas celles des avions qui percutent les tours ni des tours qui s'écroulent – les islamistes extrémistes adorent ces images. Non, des scènes de New-Yorkais anéantis, couverts de sang, des images de femmes et d'enfants dont les visages terrorisés et les larmes pourront peut-être m'aider à toucher le cœur de celui qui a été l'un des principaux architectes de la bombe atomique pakistanaise.

6

New York, Washington, Jérusalem, Karachi
Jour J moins trois

La Chevrolet de T. F. O'Neill et d'Olivia Philips fonçait à grands coups de gyrophare rouge et de sirène vers le bas de la ville. Par la 8e Avenue et Hudson Street, elle atteignit Bethune Street où se trouvait l'unique garage new-yorkais louant des véhicules utilitaires sous le nom d'Easy Rent. Charles Birbaki, l'épicier spécialisé dans la vente de produits exotiques, qui avait reçu la veille la visite d'une fourgonnette Easy Rent, était au rendez-vous fixé par les policiers.

— C'était une fourgonnette comme celle-là ? lui demanda O'Neill en désignant une Toyota garée dans la cour.

L'épicier acquiesça et les deux policiers s'engouffrèrent avec lui dans le bureau du garage.

— Police fédérale ! aboya Olivia en collant sa plaque du FBI sous le nez de l'employé derrière le comptoir.

Elle et son coéquipier avaient définitivement décidé que « Police fédérale » faisait plus d'effet que « Police new-yorkaise ». Malgré une nuit écourtée, la jeune fed était toute fringante dans son élégant pull-over en mohair prune et son jean Calvin Klein.

— On veut savoir à qui vous avez loué vos fourgonnettes ces deux derniers jours, annonça O'Neill à l'employé estomaqué par cette soudaine descente de police.

Celui-ci s'empressa de sortir un classeur.

— Vous trouverez là-dedans tous nos contrats de location pour le mois en cours, dit-il en lui tendant le classeur.

Olivia se mit à éplucher la liasse de papiers. À chaque contrat était agrafée la photocopie d'un permis de conduire avec une photo d'identité. Soudain, la jeune fed s'arrêta sur un visage de femme. C'était l'unique portrait féminin de la liasse. L'examen du contrat lui permit de constater que le jour et les heures de départ et de retour de la fourgonnette correspondaient aux déplacements du véhicule qui s'était présenté à l'entrepôt d'Oriental Food.

— Regardez bien cette photo, monsieur Birbaki ! ordonna Olivia, et dites-nous s'il s'agit de la personne venue hier matin chercher la caisse arrivée avec vos sacs de riz. Mais attention, monsieur Birbaki ! poursuivit-elle à voix basse, si vous nous mentez, on vous enverra soigner votre vue derrière des barreaux.

Birbaki fit tourner plusieurs fois le document entre ses doigts afin d'examiner le visage sous des angles différents. Il transpirait à grosses gouttes.

— L'âge correspond, dit-il enfin, mais je me souviens d'une femme blonde. Là, elle porte un foulard.

— Allons, monsieur Birbaki, faites un effort ! exhorta O'Neill.

L'épicier transpirait à grosses gouttes. Ses mains tremblaient. Il retourna la photo dans tous les sens et finit par poser son index sur le nez de la femme au foulard.

— Ce nez me dit quelque chose... Elle avait un nez très busqué. Comme ici.

— C'est elle, alors ?

— Ça se pourrait.

Olivia montra la photo à l'employé.

— Et à vous, elle dit quelque chose, cette photo ?

À son tour, l'employé examina le document avec soin.

— Ça m'a tout l'air de la dame d'hier matin, finit-il par dire. Je m'en souviens, parce que je ne vois pas souvent de femmes venir louer ce genre de bahut et qu'elle m'a filé un pourliche de vingt dollars. C'est pas courant ici.

— Vous a-t-elle dit pourquoi elle avait besoin de cette fourgonnette ?

— Non. Elle a juste indiqué qu'elle avait une course à faire et qu'elle serait de retour au début de l'après-midi.

— Était-elle seule ? pressa Olivia.

L'employé tripota un bon moment sa moustache avant de répondre.

— Je crois qu'il y avait un gars avec elle, un gars un peu plus âgé.

— Pouvez-vous nous le décrire ? Avez-vous remarqué quelque chose de particulier chez cet homme ? demanda O'Neill.

— Dites ! se rebiffa soudain l'employé, c'est un interrogatoire de police ou quoi ? Si vous continuez, j'appelle mon avocat !

O'Neill se fit onctueux.

— Du calme, l'ami, c'est pas après vous qu'on en a. Nous voulons seulement savoir qui a loué votre fourgonnette. Je vous demandais si vous aviez noté quelque chose de particulier chez l'homme qui accompagnait la femme.

L'employé tripota à nouveau sa moustache.

— Ah oui ! Un détail me revient : il m'a demandé de rallumer le clope qu'il avait à la bouche.

— Il ne pouvait pas le faire lui-même ?

— Non. Il était manchot.

Les deux policiers échangèrent un regard entendu.

— Des Arabes ?

— Je ne sais pas. Des étrangers en tout cas. Ils avaient un fort accent.

O'Neill examina encore une fois la photographie du permis de conduire.

— Sally Wonder, ça vous dit quelque chose ?

C'était le nom qui figurait sur le document.

L'employé fit signe que non.

Déjà Olivia avait décroché son portable pour appeler les renseignements téléphoniques. La réponse vint presque instantanément. « Désolée, Miss. Il n'existe personne du nom de Sally Wonder à Hackensack. Quant au n° 1428 Carrolton Avenue, c'est un temple presbytérien. »

La jeune fed raccrocha, dépitée.

— Le permis est faux, dit-elle.

O'Neill reprit l'examen du contrat de location. Celui-ci indiquait qu'entre neuf heures quarante-cinq du matin et son retour à quatorze heures trente, la fourgonnette avait parcouru cinquante kilomètres. Le garage avait facturé six litres d'essence, ce qui correspondait exactement à la consommation pour le kilométrage relevé au compteur.

O'Neill se tourna vers le plan de New York placardé dans le bureau.

— Monsieur Birbaki, quelle est la distance entre votre entrepôt et ce garage ?

— Environ treize kilomètres, répondit l'épicier.

— Parfait, dit O'Neill. Et maintenant, si on considère le kilométrage total parcouru, soit cinquante kilomètres, on peut délimiter un cercle...

En quelques secondes, s'aidant d'un morceau de ficelle et d'une épingle plantée sur l'adresse d'Easy Rent, O'Neill traça sur le plan un cercle d'une vingtaine de kilomètres de rayon. L'espace englobait les quartiers de Flatbush et de Brownsville à Brooklyn, de Ridgewood, Maspeth et Woodside dans Queens, toute l'île de Manhattan jusqu'à la 106e Rue et enfin une large portion du New Jersey.

— Aucun doute ! déclara Olivia émerveillée par les calculs de son coéquipier, le baril que nous cherchons se trouve forcément quelque part à l'intérieur de ce cercle.

O'Neill se retint de la prendre dans ses bras.

— Tu es géniale, ma belle ! À côté de toi, le vieux père Hoover [1] n'était qu'un amateur. Allez, filons au PC pour leur montrer la zone à passer au crible et la photo de cette femme.

Au moment de remonter dans leur Chevrolet, ils virent arriver trois voitures bourrées d'enquêteurs et de matériel spécialisé. La brigade des explosifs, une équipe du laboratoire criminel du FBI avec des spectromètres et une autre de NEST avec des détecteurs de rayons gamma, venaient soumettre la fourgonnette suspecte à d'impitoyables examens, prélèvements et analyses susceptibles de confirmer la piste découverte par

O'Neill et Olivia. Leurs travaux prendraient plusieurs heures.

La présence de spécialistes de recherche nucléaire appartenant à l'organisation NEST étonna la jeune fed.

— Dites donc, monsieur l'inspecteur, depuis quand cherche-t-on un baril de chlore avec des compteurs Geiger ?

*

En quelques heures, l'intervention musclée de Paul Anscom et la mobilisation très militaire de Ray Kelly, l'ancien colonel des marines aujourd'hui préfet de police de New York, avaient transformé en ruche bourdonnante le quartier général de crise installé sous les piles du pont de Brooklyn. Désireux de faire oublier ses défaillances d'avant le 11 septembre, le FBI s'activait avec un acharnement particulier. Cinquante agents se tenaient en rapport permanent avec le nouveau centre de contrôle terroriste de Washington qui, depuis décembre 2003, centralisait toutes les informations fournies par le FBI, la CIA, les agences de sécurité des transports, du département d'État, et du Centre national des activités criminelles. À tout moment, ces agents pouvaient consulter la liste des individus interdits de vol sur les avions commerciaux, ou ceux auxquels un visa d'entrée aux États-Unis avait été refusé, ainsi que tous les suspects fichés pour leurs activités criminelles ou soupçonnés d'entretenir des liens avec des organisations terroristes internationales comme Al-Qaida et le Hezbollah. Leurs noms et adresses étaient transmis par radio aux voitures du FBI éparpillées dans toute la région new-yorkaise.

D'autres agents se tenaient en liaison permanente

avec le service de l'immigration à Washington ainsi qu'avec les fonctionnaires qui épluchaient les empreintes digitales et les photos des étrangers débarquant dans les aéroports. Tout passager d'origine arabe qui n'était pas innocenté dans l'heure se voyait fiché sous la mention « Priorité spéciale ».

Les principaux responsables de la sécurité new-yorkaise campaient au cœur de ce dispositif, à commencer par le maire Michael Bloomberg qui, dès son retour de Washington, prit possession de son pupitre de commandement sur l'estrade centrale. Avec soulagement, il constata l'absence de toute voiture de presse et de télévision autour du vieil entrepôt abritant son quartier général. Le préfet Kelly l'invita à suivre la coordination des recherches sur les quais de Port Elizabeth – Port Newark. Des cartes représentant les trente-huit bassins et les cent vingt-quatre kilomètres de quais de la plus vaste installation portuaire américaine étaient placardées sur d'immenses panneaux. Chacun des deux cent quarante appontements était répertorié sur des tableaux. Les noms des bateaux ayant déchargé des marchandises en provenance du Moyen-Orient, ou d'autres régions sensibles, y étaient inscrits ainsi que leur date d'arrivée. Des équipes mixtes de policiers et d'agents du FBI comme celle d'O'Neill et d'Olivia Philips partaient immédiatement sur les traces de tous les conteneurs jugés suspects.

Le maire allait d'une unité à l'autre, encourageant les hommes et les femmes engagés dans cette traque titanesque. Une batterie de haut-parleurs transmettaient sans interruption le brouhaha des ordres et des comptes rendus des différentes opérations.

— Romero 19 vient de vérifier les douze ballots de peaux provenant de Lattaquié déchargés du *S/S Grace*

3, au quai N° 8 de Port Elizabeth. Aucune trace d'un envoi suspect caché dans la marchandise.

— Scanner 4 ! « Scanner » était le nom de code donné aux agents des douanes. Examinez les deux conteneurs de bidons d'huile d'olive arrivés de Beyrouth pour Exotic Supply, 1148 Washington Avenue, Brooklyn.

Cette opération de recherche prit brusquement une direction nouvelle à la fin de la matinée. Grâce au travail de l'inspecteur O'Neill et de sa coéquipière, on connaissait désormais le signalement précis de deux individus soupçonnés d'avoir caché la bombe dans New York, un homme amputé d'une main et une femme dont on possédait la photo. C'était un meilleur point de départ que celui de nombreuses enquêtes. Les fiches signalétiques et la photo de la femme furent immédiatement tirées à des milliers d'exemplaires et distribuées dans tous les commissariats de la ville. Partout, les agents reçurent la même consigne : laissez tomber les cambrioleurs, les voleurs à la tire, les chauffards, les ivrognes, les junkies, les proxénètes... Concentrez-vous sur une seule et unique mission – retrouvez les personnes dont on vous a transmis la description.

Il s'agissait principalement pour les policiers de montrer la photo de la jeune femme à tous les vendeurs de journaux, employés de drugstores, serveurs de bistrots, à toutes les caissières de self-service, de pizzerias, de boîtes à hamburgers, à tous les marchands de sandwiches et de frites, les tenanciers de bars, les garçons de restaurants, les préposés aux toilettes, les filles de vestiaires, à tous les patrons, employés, vendeurs, magasiniers et caissiers de tous les magasins d'alimentation, depuis l'épicerie la plus minable de Brooklyn jusqu'au supermarché le plus géant de Queens ! Même chose pour les marchands ambulants de hot dogs et de boissons gazeuses, les gardiens des cabinets et bains publics, les gérants de bains turcs.

Les inspecteurs des mœurs furent priés d'aller soumettre les signalements aux prostituées du West Side, dans les salons de massage de la 8e Avenue, dans les boîtes à sexe, les hôtels de passe. Les hommes des stups furent envoyés chez les drogués, bien que O'Neill doutât que des terroristes de cette envergure fussent susceptibles de succomber à des tentations aussi aliénantes. On posta des policiers à toutes les caisses des péages, aux entrées et sorties des ponts et des tunnels, avec consigne d'examiner les passagers de tous les véhicules. Les trois mille agents de la police du métro furent mobilisés et postés, la photo de Nahed entre les mains, devant chaque tourniquet du réseau.

La mise en place de ce dispositif entraîna une âpre discussion. Puisqu'il s'agissait principalement d'une chasse à l'homme, le préfet Kelly et ses adjoints se demandèrent s'ils n'auraient pas intérêt à mettre les médias dans le coup. En faisant diffuser par la presse la photo et les signalements dont ils disposaient, peut-être gagneraient-ils un temps précieux. Pour éviter tout risque de panique et d'évacuation, le préfet Kelly avait eu l'idée de présenter les individus recherchés comme les assassins de deux motards de la police de Chicago. Il savait que c'est toujours pour retrouver les meurtriers de leurs camarades que les flics déploient le plus grand zèle.

Par la voix d'Andrew Card, la Maison-Blanche opposa un veto formel à l'idée d'associer la presse à cette chasse à l'homme. Le Président était en effet persuadé que les instigateurs de ce chantage n'avaient envoyé à New York que des kamikazes prêts à se faire sauter avec leur bombe. En aucun cas, il ne voulait risquer que, se découvrant à la une des journaux, les terroristes déclenchent l'explosion prématurée de leur engin de mort.

*

— Vous avez déjà fait un travail de titans ! s'émerveilla Bloomberg devant le préfet Kelly.

Le préfet de police se crut obligé de tempérer l'optimisme du maire de New York.

— Toutes les grandes enquêtes reposent au départ sur quelques indices, monsieur le maire, et avec un peu de chance, elles finissent par converger vers un point précis. À condition, toutefois, de disposer d'un peu de temps. Or, le temps, c'est précisément ce que nous refusent les terroristes !

Le maire hocha la tête.

— Gardons le moral, Ray ! Nous finirons par trouver le tuyau qui nous mènera à la bombe. Brusquement, il se ravisa. Mais nous serions fous de rester assis sur cette certitude. Il faut d'urgence nous préparer à évacuer New York.

Depuis le début de la crise, Michael Bloomberg était hanté par cette perspective. Malgré la menace des terroristes de faire exploser leur bombe au premier signe d'évacuation, il ne se résignait pas à laisser condamner à mort ses administrés sans donner au moins à une fraction d'entre eux une chance de s'échapper. C'était un terrible dilemme.

— Ray, combien de temps faudrait-il pour évacuer New York ? demanda-t-il.

Le préfet hésita.

— Vingt-quatre heures au moins.

— Le délai fixé par les terroristes expire vendredi. Si d'ici à demain soir nous n'avons pas trouvé la bombe, il faudra démarrer l'évacuation dès jeudi matin, déclara le maire. Il existe un plan d'évacuation de la ville, non ?

— Bien sûr, répondit Kelly. Il porte le nom pompeux de *Plan opérationnel de survie pour la zone cible de New York* et compte plus de deux cents pages. Il date du temps de la guerre froide quand on craignait une frappe thermonucléaire soviétique. Je ne l'ai jamais lu et la plupart de mes collègues le considèrent comme inapplicable. Je vais appeler le type qui l'a rédigé. On va voir ce qu'il peut nous en dire.

Quelques instants plus tard apparut le fonctionnaire qui était arrivé de Washington dans la nuit. Charles Morningside, cinquante-huit ans, avait l'air débonnaire et les joues couperosées de celui qui voue une affection particulière au gin tonic. Responsable de la protection civile au département de la Sécurité intérieure, sa spécialité portait sur les modalités d'évacuation des populations en cas de menace nucléaire. Il y avait consacré trente années de sa vie. Le couronnement de sa carrière avait été la publication, une vingtaine d'années plus tôt, d'un pavé de quatre cent vingt-cinq pages intitulé *Conditions du redéploiement des populations urbaines du corridor nord-est des États-Unis*. La fin de la guerre froide et la disparition de l'Union soviétique n'avaient pas découragé Morningside de poursuivre ses travaux. Pressentant les futurs dangers du terrorisme nucléaire, il était devenu l'expert par excellence de l'évacuation des principales cités américaines, à commencer par la gigantesque métropole new-yorkaise.

Le préfet Kelly entraîna le maire, l'expert et plusieurs responsables vers l'estrade où se trouvaient déployées les cartes à grande échelle de New York et de sa région.

— Monsieur Morningside, nous vous écoutons, annonça-t-il en tendant une baguette au fonctionnaire.

— Inutile de vous dire que l'évacuation de New York représenterait une entreprise colossale, commença l'envoyé de Washington. Selon nos simulateurs, le délai minimal pour vider l'agglomération est de trois jours.

— Trois jours ? s'étrangla Michael Bloomberg, en se tournant vers le préfet. Mais je croyais qu'en vingt-quatre heures...

— Vingt-quatre heures ? Vous n'y songez pas, monsieur le maire ! Manhattan est une île tout en longueur. Nous devons aussi envisager l'évacuation de plusieurs banlieues qui seront fatalement touchées par le nuage toxique. Il s'agit de quelque onze millions d'habitants.

— Onze millions ! répéta le maire, consterné par cette réalité.

— La première mesure à prendre, continua l'expert, sera de fermer toutes les voies d'accès à la ville et de les transformer en sens unique vers l'extérieur. L'ennui, c'est que seulement vingt-sept pour cent des habitants de Manhattan possèdent une voiture. Statistiques, chiffres, données... Morningside se trouvait dans son élément. Les soixante-treize pour cent restants devront donc fuir par d'autres moyens. Il faudra réquisitionner les autobus et les camions. Par chance, nous disposons du métro. Il faudra bourrer les rames, les lancer sur les voies express, ordonner aux mécaniciens de mettre toute la gomme. Il faudra en envoyer un maximum en direction du Bronx. Les gens iront jusqu'au terminus et continueront à pied.

L'expert avait depuis longtemps tout pensé, tout calculé avec une rigueur implacable, y compris le fait que deux cent cinquante mille habitants risquaient de refuser de partir sans emporter leurs chiens, chats, canaris et poissons rouges ; et qu'un demi-million de New-Yorkais ne possédaient pas de valise. Mais ce plan devait se dérouler sur trois jours – trois jours d'un exode planifié, ordonné, et non d'une course folle vers les ponts comme celle que l'ultimatum des terroristes risquait de créer dans moins de quarante-huit heures.

— Et comment comptez-vous avertir la population ? demanda le maire.

— Par la radio et la télévision, répondit Morningside, calmement. Nos messages devront être aussi concis que possible. Les gens doivent comprendre que nous exécutons un plan méthodique, que rien n'a été laissé au hasard, qu'on s'occupera d'eux dès leur arrivée à destination, que tout a été mis en œuvre pour éviter la panique.

L'expert avait apporté une série de tableaux. Il en présenta un qui avait pour titre : EMPORTEZ.

— Nous pouvons montrer ce tableau à la télévision afin que les gens sachent ce qu'ils doivent prendre avec eux, expliqua-t-il.

Les yeux du maire s'arrondissaient à mesure que l'expert poursuivait sa démonstration. Le tableau énonçait une dizaine d'articles de première nécessité allant d'une boîte de Tampax à un téléphone cellulaire, d'une bouteille d'eau à des chaussettes de rechange. Puis Morningside retourna le tableau. Au verso, intitulé N'EMPORTEZ PAS, se trouvait une liste de trois articles : armes à feu, stupéfiants, alcool.

« Cet expert est génial ! » songea le préfet qui connaissait les réalités new-yorkaises. Il a mis le doigt sur les trois choses sans lesquelles aucun habitant de cette ville ne songerait à décamper en cas d'urgence !

— Une minute, monsieur l'expert ! intervint alors Michael Bloomberg. Il semble que votre plan d'évacuation ne tienne pas compte d'un élément essentiel. Il paraît que New York possède l'un des meilleurs systèmes d'abris antiaériens du monde. Au lieu de tenter d'évacuer tout le monde, ne pourrait-on au moins installer une partie de la population dans ces abris ?

Morningside exulta. Ce n'était pas à un vieux routier de la protection civile comme lui qu'il fallait vanter l'intérêt des abris new-yorkais. Tout au long de la guerre froide, les spécialistes du génie de l'US Army et le département municipal des Travaux publics avaient répertorié seize mille caves et locaux souterrains susceptibles d'accueillir six millions et demi d'habitants. Le budget municipal et l'aide fédérale avaient englouti des millions de dollars pour équiper ces refuges en vivres et en matériels aptes à assurer la survie de leurs occupants durant quatorze jours. On avait même fourni des compteurs Geiger afin que les survivants puissent, en rampant jusqu'à la surface, mesurer le niveau de radioactivité des ruines au-dessus de leur tête.

— Bien sûr, monsieur le maire, s'empressa de répondre Morningside, ces abris constituent un facteur essentiel du plan de survie de la population new-yorkaise.

— Dans ce cas, déclara Bloomberg, je propose que nous nous retrouvions dès demain matin pour examiner les modalités d'une évacuation immédiatement exécutable.

Morningside acquiesça et sortit avec ses tableaux

sous le bras. Le préfet de police se tourna alors vers le maire. Bien qu'ils n'aient travaillé ensemble que pendant les trois dernières années, ils se vouaient une estime mutuelle qui, dans les moments de crise, les autorisait à une certaine familiarité.

— Que penses-tu de tout cela, Michael ? demanda Kelly.

— Si tu veux vraiment savoir la vérité, Ray, j'ai cessé de penser... J'essaye plutôt de prier. Et je m'aperçois que je ne suis pas très doué pour cela.

*

C'était sans doute le voyage le plus important de sa vie. Certes, elle avait déjà volé à bord de cette merveille de technologie et de luxe qu'était Air Force One, l'avion bleu et blanc des présidents des États-Unis, un Boeing 747 spécialement aménagé qu'on appelait la « Maison-Blanche volante ». Mais cela avait toujours été en compagnie du chef de l'État, de l'armada de ses conseillers et d'un essaim de journalistes. Cette fois, Condoleezza Rice s'y retrouvait seule, pour un voyage sans escale de quinze heures entre la base militaire d'Andrews, près de Washington, et Karachi, la plus grande ville du Pakistan. Dorlotée par un équipage habitué à servir le plus haut personnage de son pays, elle songea un instant au célèbre feuilleton télévisé *Reine d'un jour* qui avait enchanté ses jeunes années. Mais son sens de l'Histoire l'avait aussitôt ramenée à des événements plus graves. N'était-ce pas à bord des générations successives d'Air Force One que les présidents des États-Unis avaient parcouru l'univers pour régler les affaires du monde, à bord d'un avion comme le sien que Ronald Reagan était allé en Islande pour amorcer avec Gorbatchev le processus historique qui avait abouti à la fin de la guerre froide ? N'était-ce pas aussi dans une chambre semblable, à l'avant de la cabine, qu'était revenue à Washington la dépouille de John Kennedy après la tragédie de Dallas ? Même si son père lui avait souvent répété dans son enfance qu'en Amérique tout peut arriver à force de courage et de volonté... quel étonnant destin, pensa-t-elle, pour la descendante d'un esclave des champs de coton de l'Alabama !

Quand elle sentit l'avion amorcer sa descente, elle se pencha vers le hublot et découvrit l'immense cité pakistanaise agglutinée au bord de la mer d'Oman. Elle ignorait bien sûr que sur ordre du président Moucharraf, la base militaire où allait se poser Air Force One était en état d'alerte maximale. Un cordon de sécurité avait été placé tout autour des pistes. Moucharraf savait que des centaines de missiles Stinger et de Sam-7 russes avaient disparu d'Irak avant l'invasion américaine. Quelle tragédie ce serait si l'un d'eux jaillissait tout à coup du ciel pour frapper l'avion du président des États-Unis au moment où il se posait sur le sol du Pakistan.

Dès que l'appareil se fut immobilisé, apparut sur le tarmac une limousine Rolls-Royce noire. Cadeau d'adieu des colonisateurs britanniques au fondateur du Pakistan Mohammed Ali Jinnah, l'auguste voiture transportait aujourd'hui les hôtes de marque du « pays des Purs ».

Sanglé dans son impeccable uniforme d'officier de la garde, le colonel Lufti Gibran, aide de camp du président Moucharraf, gravit la passerelle de l'avion afin d'accueillir officiellement la voyageuse. Il portait une petite mallette à la main.

Après avoir prononcé les habituelles formules de bienvenue et transmis les compliments de son président, l'officier ouvrit son bagage, non sans quelque gêne. Il en sortit un tchador noir, le long voile dont doivent se couvrir les femmes dans les pays de stricte obédience musulmane. Pour la propre sécurité de son hôte de marque, expliqua-t-il, le président Moucharraf considérait comme essentiel que sa présence au Pakistan reste secrète. Aucune femme ne pénétrant jamais dans sa résidence de Karachi autrement que vêtue de l'austère voile islamique, « Madame la conseillère du président des États-Unis accepterait-elle de revêtir un tchador ? ».

Au grand soulagement du colonel, Condoleezza Rice accueillit la requête avec empressement. Mais bien sûr, acquiesça-t-elle chaleureusement, rappelant qu'elle s'était toujours fait un devoir de se plier aux coutumes de ses hôtes. Le colonel détourna un instant la tête pendant qu'elle enfilait le vêtement et nouait le foulard autour de sa nuque. S'apercevant que quelques cheveux s'étaient échappés des plis de l'étoffe, il l'invita à les ramener délicatement en arrière comme le prescrivait la tradition islamique. Puis il se recula pour admirer la métamorphose.

— Félicitations, Miss Rice ! s'exclama-t-il, vous pourriez passer pour une princesse moghole !

*

C'est avec une fierté particulière que T. F. O'Neill voulut faire les honneurs de son prestigieux commissariat new-yorkais à sa coéquipière. Il en fut pour ses frais. La vétusté des lieux choqua la jeune fed habituée aux installations ultramodernes du FBI à Dallas. Ils lui rappelaient les postes de police de la banlieue de Mexico qu'elle avait visités pendant ses classes à la Sûreté fédérale.

— Dis donc, c'est le tiers-monde chez toi ! ironisa-t-elle en désignant la peinture écaillée des murs, les vieilles armoires métalliques, les machines à écrire d'un autre temps, l'antique bouilloire à café de la minable cantine tapissée des photos des criminels les plus recherchés du secteur.

O'Neill haussa les épaules en signe d'impuissance.

— Que veux-tu, expliqua-t-il, le gouvernement balance des milliards en Irak mais nos gars continuent à taper leurs rapports sur des machines datant de Mathusalem !...

C'est alors que les premières mesures de la marche d'*Aïda* retentirent sur son portable au fond de sa poche. Tous ses inspecteurs étant en mission à l'extérieur, c'est à lui que le standard passait cet appel.

— Le commissariat de Manhattan sud ? demanda une voix d'homme. Ici, la réception de l'hôtel New Yorker. L'une de nos employées vient de nous signaler qu'elle a vu dans la chambre d'un client toutes sortes d'appareils bizarres reliés par des fils à une antenne fixée sur le bord de la fenêtre. Nous avons demandé à un agent de sécurité d'aller vérifier. Il a confirmé ses dires. Le client a disparu depuis deux jours, mais il a laissé toutes ses affaires personnelles. Il faudrait peut-être que vous envoyiez quelqu'un.

— Ne touchez à rien, on arrive !

O'Neill se tourna vers Olivia Philips, l'air transfiguré.

— L'hôtel New Yorker, 34e Rue et 7e Avenue, c'est en plein dans notre cercle ! exultait-il en écrasant son index sur le plan qui tapissait un mur de son bureau.

Olivia tenta de tempérer l'excitation de son coéquipier.

— Est-ce qu'on t'a parlé d'un baril ?

— Non. Mais ça ne veut rien dire. Le baril est peut-être caché ailleurs. Son explosion pourrait être commandée à distance par l'envoi d'un signal provenant de cette chambre. Une antenne sur un appui de fenêtre, c'est pour envoyer des signaux, non ?

Olivia fit signe que oui.

Tout en parlant, O'Neill composait le numéro de la brigade des explosifs.

— Les gars, il y a une antenne et des appareils suspects dans une chambre de l'hôtel New Yorker, s'égosilla-t-il. Il faudrait que vous rappliquiez d'urgence. Prévenez les gens de NEST au cas où il y aurait quelque chose de nucléaire là-dedans.

Avec ses mille cinq cents chambres, le New Yorker est l'un des plus grands hôtels du centre de Manhattan. Jadis propriété de l'organisation coréenne du Dr Moon, il appartient aujourd'hui à la chaîne Marriott. Ses tarifs modérés et son emplacement privilégié attirent une vaste clientèle de touristes américains et étrangers.

Excité comme un jeune flic sur son premier gros coup, O'Neill enfila sa veste et entraîna Olivia dans l'escalier.

— C'est à deux pas d'ici !

Le directeur de l'hôtel attendait les policiers devant l'entrée. Il tenait à la main la fiche remplie par le client de la chambre concernée.

— C'est un Allemand, dit-il. Il est arrivé vendredi dernier. Il a réservé jusqu'à vendredi prochain. D'après sa carte de crédit, il travaillerait pour une usine de Hambourg.

O'Neill saisit la feuille des mains du directeur.

— Quand votre personnel l'a-t-il vu pour la dernière fois ? demanda-t-il.

— Avant-hier matin, d'après l'équipe de la réception. Avant de disparaître, il a accroché à la poignée de sa porte l'écriteau « Ne pas déranger ». Nos employés ont pour consigne de signaler les chambres qui gardent cet écriteau plus de vingt-quatre heures. La femme de chambre de l'étage a donc prévenu le chef de la réception. Hier matin, ce dernier a cherché à appeler le client pour s'assurer qu'il n'avait besoin de rien. Personne n'a répondu. Ce n'est que ce matin que l'employée de l'étage est entrée dans la chambre. Le directeur prit tout à coup un ton gêné : Surtout, soyez discrets, implora-t-il en s'excusant. Depuis le 11 septembre, les gens s'inquiètent pour un rien. Il suffirait de n'importe quoi pour déclencher une panique dans tout l'hôtel.

C'est alors que le fourgon de la brigade des explosifs arriva dans un hurlement de sirènes, suivi d'une camionnette banalisée appartenant à NEST, les spécialistes du terrorisme nucléaire.

Le directeur blêmit à la vue d'un tel déploiement. Déjà, les gens se massaient autour de l'établissement.

— On y va, les gars ! lança aussitôt O'Neill, entraînant derrière lui une demi-douzaine de policiers en civil chargés de sacs contenant leurs combinaisons protectrices et leurs appareils de détection. L'un d'eux tenait en laisse un gros chien de berger. Le directeur escorta le groupe jusqu'au vingt-quatrième étage. Les hommes revêtirent leurs combinaisons et le directeur utilisa son passe pour ouvrir la porte 2408 avec précaution.

Le spectacle qu'offrait la chambre avait effectivement de quoi inquiéter. Posé sur un guéridon près de la fenêtre se trouvait un caisson métallique deux fois plus gros qu'un magnétoscope, tout à fait susceptible d'abriter un engin explosif. Il était relié par plusieurs câbles électriques à une antenne-râteau fixée sur le rebord de la fenêtre. D'autres appareils ressemblant à des ordinateurs portables étaient éparpillés dans la pièce.

Les spécialistes des explosifs s'avancèrent avec une extrême prudence derrière le chien qui renifla l'un après l'autre les différents éléments de l'installation sans manifester la moindre réaction qui puisse faire soupçonner la présence d'explosifs. Les deux agents de NEST entrèrent alors en action avec leurs compteurs Geiger et leurs détecteurs de rayons gamma qu'ils promenèrent méthodiquement autour du caisson central, de l'antenne et des appareils satellites. Tous deux guettaient, le cœur battant, les mots fatidiques de « Gamma Alarm Four » qui révélaient la détection de radiations atomiques. Aucun signal n'ayant résonné dans leurs oreillettes, ils firent signe à O'Neill et à sa coéquipière d'entrer à leur tour.

L'inspecteur s'agenouilla sur la moquette pour mieux examiner le caisson métallique d'où partaient les fils reliés à l'antenne. C'est alors qu'il aperçut une petite plaque vissée sur le couvercle.

— *Universal Time Code Generator*, ça vous dit quelque chose ? demanda-t-il. Est-ce que cela pourrait être une minuterie ? Une minuterie capable de faire exploser un engin caché à proximité ?

— Ou une minuterie capable de synchroniser l'explosion de plusieurs engins à la fois ? hasarda un officier de la brigade des explosifs.

Tous s'accordaient à dire que le caisson était suffisamment large et profond pour abriter une masse explosive de bonne taille.

— Même une bombe atomique ? demanda O'Neill.

— Le fait que nous n'ayons pas perçu de radiations n'exclut pas cette possibilité, indiqua l'un des deux experts de NEST. Il suffit que la bombe soit enveloppée dans une gaine de plomb pour que nos détecteurs restent muets.

O'Neill fit une grimace et tendit à sa coéquipière la fiche de police remplie par le client de la chambre.

— Descends à la réception et cherche sur Internet s'il y a quelque chose sur la boîte de Hambourg où travaille ce type. On ne sait jamais...

La jeune fed revint de sa mission moins de dix minutes plus tard. Son air victorieux intrigua ses collègues.

— J'ai trouvé le site Internet de cette boîte de Hambourg, annonça-t-elle. C'est une fabrique d'horlogerie ! Il semble que leur modèle vedette soit une montre qui s'adapte automatiquement aux changements de fuseaux horaires. Apparemment, celui de New York et de la côte est des États-Unis n'a pas encore été intégré au mécanisme de leurs fabrications. C'est sûrement pour pallier cette lacune que l'Allemand est venu à New York. Il a installé une antenne à sa fenêtre pour capter le fuseau horaire de New York et l'enregistrer sur son générateur de temps universel.

Les policiers se regardèrent, médusés. Une vive déception se lisait sur leurs visages. Pourtant, cette fausse alerte n'aurait pas dû les étonner. Depuis le 11 septembre, des dizaines d'appels submergeaient quotidiennement les commissariats de police de New York. Rendus paranoïaques par les attentats et par les menaces de nouvelles actions terroristes constamment annoncées par les autorités, beaucoup de New-Yorkais cédaient à la panique. Comme leurs collègues des autres commissariats de la ville, les douze inspecteurs de la brigade d'O'Neill s'épuisaient à longueur de journée à courir d'une fausse alerte à une autre. Mais les ordres étaient formels. Chaque appel devait donner lieu à une vérification.

*

Midi sonnait au clocher byzantin du monastère de la Croix de Jérusalem quand déboucha la Mercedes blindée noire du Premier ministre d'Israël. Contournant la Knesset, le Parlement hébreu, la voiture et ses deux véhicules d'escorte vinrent se ranger devant le triste bâtiment qui abrite la présidence du Conseil dans la capitale d'Israël. Un essaim de journalistes et de cameramen de télévision se précipita vers la voiture.

— Quelle est la raison de cette réunion extraordinaire du gouvernement ? s'inquiéta une voix, aussitôt reprise par d'autres.

Ariel Sharon fit semblant de ne pas entendre et s'engouffra, entouré de ses quatre gorilles, à l'intérieur du bâtiment. Son gouvernement au grand complet l'attendait au premier étage autour de la longue table aux extrémités arrondies de la salle du Conseil. À son air grave et au sérieux de son apparence avec son costume bleu foncé, sa chemise blanche et sa cravate grise, tous comprirent que leur Premier ministre avait une communication importante à leur faire.

Le petit homme trapu au triple menton promena un regard sévère sur l'assistance. Puis, après avoir effleuré de la main l'étoile de David accrochée à sa boutonnière, il fit passer à ses collègues un exemplaire du document que lui avait adressé le président des États-Unis. Il attendit que chacun ait pris connaissance du résumé américain de la crise et du texte de l'ultimatum des Guerriers du jihad. Puis, croisant les mains sur le tapis vert, la voix ferme, choisissant ses mots avec soin et s'aidant de quelques notes, il exposa les principaux points de sa conversation avec George W. Bush.

Comme il s'en doutait, ses révélations furent accueillies par une réaction de stupeur absolue. Le premier à réagir fut le ministre aux sourcils broussailleux qui occupait le poste de la Défense.

— Arik, tu as eu parfaitement raison de dire à Bush que si cette bombe explose, nous n'hésiterons pas à transformer en poussière nucléaire les populations de la province de la Frontière du Nord-Ouest du Pakistan et du Baloutchistan, tonna Shaul Mofaz de sa voix de stentor. Ces provinces sont les pépinières des fondamentalistes islamiques les plus acharnés de la planète. Aux dernières élections, ils ont tous voté pour les plus fanatiques d'entre eux. Ben Laden et ses commandos d'assassins, les talibans et leurs camps d'entraînement, les madrasas qui pullulent grâce à l'argent saoudien, les écoles de haine wahhabites... Tout ça, c'est là-bas et tu peux être sûr que tous, là-bas, sont derrière ce chantage !

— Shaul, nos fusées et nos bombes peuvent aussi tuer des millions d'innocents, protesta le ministre de l'Éducation Ehud Levy, membre du petit parti modéré Shinui, ce qui nous vaudra d'être honnis par tous les musulmans de la terre pour des générations.

— C'est déjà le cas, mon pauvre Ehud ! ricana Mofaz.

Ariel Sharon n'avait pas souvent l'occasion de voir ses ministres s'accrocher de la sorte. Il se tourna vers le responsable de la Défense et demanda avec gravité :

— Shaul, quels sont les tout derniers renseignements en notre possession sur les fusées Shaheen II que les Pakistanais ont testées il y a un an ? Pourraient-elles réussir à atteindre à coup sûr notre territoire en cas d'une attaque pakistanaise ? Trois ou quatre ogives bien ajustées pourraient-elles... ?

— Sans aucun doute, répondit Mofaz sans attendre la fin de la question de Sharon. Nos dernières informations font état d'une portée de l'ordre de deux mille kilomètres, ce qui leur permettrait largement de toucher Tel-Aviv. Nous savons par nos contacts indiens que les Pakistanais possèdent une cinquantaine de têtes nucléaires et probablement autant de fusées pour les transporter.

— Mais notre bouclier antifusées empêcherait ces fusées de passer, n'est-ce pas ?

— Théoriquement, oui ! assura le ministre. Les missiles Patriot d'interception que nous avons utilisés pendant la guerre du Golfe ont été modernisés et, comme tu le sais, nous disposons aujourd'hui du système antimissile Arrow que nous avons mis au point avec les Américains, et dont les essais ont montré l'efficacité. Mais, dans la réalité, rien n'est jamais certain. Rien ne peut nous garantir à cent pour cent qu'une ou deux Shaheen pakistanaises n'atteindraient pas Israël en cas de conflit.

Le visage d'Ariel Sharon s'était brusquement assombri.

— Shaul, grogna-t-il, il faut nous préparer : Israël ne doit jamais courir ce risque.

C'est alors que résonna la voix bien connue de l'homme qui était assis sous le portrait barbu du père du sionisme Theodor Herzl. Ancien Premier ministre d'Israël, rival politique acharné de Sharon, faucon entre les faucons, Benyamin Netanyahou occupait le poste peu enviable dans le marasme économique du moment de ministre des Finances et de l'Économie.

— Cet abominable chantage terroriste doit nous inciter à faire bloc et à taire nos différences, exhorta-t-il. Il n'y a aucun doute : il met en danger l'existence même de notre nation. Si nous obéissons à cet ultimatum, nous portons un coup fatal à notre volonté même d'exister.

— Benyamin, de grâce ! protesta le modéré Ehud Levy. Tu sais aussi bien que moi que la majorité de ce pays est depuis toujours opposée à l'existence de ces colonies.

— Ce n'est pas la question des colonies qui est le problème ici, répliqua vivement Netanyahou. C'est l'abdication d'Israël devant un chantage terroriste.

— Benji, ce n'est pas Israël qui est menacé, mais un million de New-Yorkais, fit observer quelqu'un.

— Mais c'est à nous qu'on demande de payer le prix de ce chantage !

La discussion fut alors accaparée par un rabbin orthodoxe qui incarnait la tendance la plus extrémiste du cabinet. Avigdor Beibelman appartenait à un petit parti ultrareligieux qui faisait énormément de bruit bien qu'il n'eût qu'un seul représentant à la Knesset. Il était ministre de l'Intégration des nouveaux immigrants.

— Je vais vous dire comment résoudre cette crise, lança-t-il en brandissant devant sa barbe de prophète biblique le document reproduisant l'ultimatum des guerriers du jihad. Nous convoquons tous les médias et nous annonçons que si cette bombe explose, nous jetons tous les Palestiniens des territoires et de Gaza dans des camions et, hop ! nous les déportons en bloc en Jordanie.

— Est-ce que cela ne risquerait pas de nous mettre

définitivement au ban des nations, de nous priver de nos derniers amis ? s'inquiéta aussitôt la deuxième voix modérée du cabinet, celle du ministre du Commerce.

— Nous n'avons pas d'amis, éructa le rabbin. Nous n'en avons jamais eu. Des pharaons à Hitler, notre peuple a toujours été condamné par l'Histoire à vivre seul. En outre, grâce à ces guerriers du jihad, nous aurons résolu une fois pour toutes le problème de la Judée et de la Samarie.

Sharon profita du chahut approbateur que provoquèrent ces paroles pour élever la voix :

— Quelle que soit l'intransigeance de notre position, déclara-t-il avec une fermeté que tous remarquèrent, je dois vous rappeler que j'ai solennellement promis au président des États-Unis de garder cette affaire rigoureusement secrète à cause de la menace dont les terroristes ont accompagné leur chantage. J'attends de vous tous que vous me permettiez de respecter cet engagement.

Son regard sévère fit le tour de l'assistance devenue brusquement silencieuse. Mais ce fut un silence de courte durée.

— Arik ! reprit Benyamin Netanyahou, déchaîné. Les Américains ne méritent pas notre confiance, tonna-t-il. Bush nous trahira. Tout comme Eisenhower nous a trahis en 1957, après la guerre de Suez, quand il nous a forcés à quitter le Sinaï.

— Tu as probablement raison, Benji, soupira Sharon. On verra bien. Pour l'instant, j'ai ordonné que le Mossad et le Shinbeth collaborent de toutes leurs forces avec les responsables américains de la sécurité pour les aider à découvrir la bombe.

— Qu'allons-nous dire aux journalistes qui vont se

jeter sur nous pour connaître les raisons de ce conseil exceptionnel ? s'inquiéta alors un des ministres.

Sharon caressa lentement son triple menton. Tous guettaient l'une de ces pirouettes dont il avait le secret.

— Oh ! dites-leur que nous avons discuté d'un plan pour ressusciter notre industrie touristique à la dérive, répondit-il avec un gros clin d'œil qui fit sourire tout le monde.

Puis, reprenant son sérieux, il conclut avec solennité :

— Mes amis, l'objet de cette réunion était de vous informer de la crise gravissime à laquelle nous nous trouvons subitement confrontés. Nous sommes tous d'accord sur la façon d'y faire face. Je vais donc appeler le président des États-Unis pour lui transmettre nos regrets et lui dire qu'il est hors de question qu'Israël accepte de démanteler les colonies de Cisjordanie.

*

Condoleezza Rice attendait l'arrivée du physicien nucléaire pakistanais avec une impatience mêlée d'appréhension et de curiosité. Quelle sorte d'homme était ce savant qui se passionnait pour les roses et la poésie, et qui avait, en même temps, consacré sa vie à doter son peuple de l'arme la plus terrifiante jamais inventée par l'esprit humain ? Pourrait-elle trouver avec lui un terrain d'entente, un moyen de conjurer l'horreur qui menaçait New York ? Elle avait soigneusement plié le tchador noir et revêtu un discret tailleur gris rehaussé d'un rang de perles. Elle savait qu'Abdul Sharif Ahmad ne portait pas la barbe des islamistes et qu'il n'était pas un strict pratiquant des traditions de l'islam. Elle savait aussi qu'il habitait cette même maison d'hôtes officielle où le général Moucharraf l'avait fait assigner à résidence à son retour de Corée en attendant qu'une solution soit trouvée à la crise provoquée par le vol de la bombe atomique pakistanaise, une affaire où sa responsabilité paraissait gravement engagée.

Condoleezza avait demandé qu'un téléviseur grand écran et un magnétoscope soient installés dans le salon de sa suite. À son immense soulagement, elle vit entrer un homme souriant, d'apparence plutôt chaleureuse. Ses joues bien pleines et son épaisse chevelure à peine grisonnante le faisaient paraître plus jeune qu'elle ne l'imaginait. Ils échangèrent quelques amabilités autour d'une tasse de thé vert et d'une assiette de biscuits. Condoleezza félicita le savant pour avoir été l'un des plus éminents collaborateurs d'Abdul Qadeer Khan, celui qu'on appelait l'« Oppenheimer pakistanais ».

— Connaissez-vous la vie du père de la bombe atomique ? lui demanda-t-elle.

— Évidemment ! s'empressa de répondre Ahmad. J'ai étudié l'histoire du projet Manhattan et celle de ses principaux architectes. Oppenheimer naturellement, mais aussi Fermi, Groves, Teller, Szilard...

C'était l'entrée en matière qu'espérait la conseillère du président des États-Unis.

— Vous savez qu'Oppenheimer était partisan d'employer la bombe A contre le Japon, lui dit-elle.

Ahmad approuva d'un signe de tête.

— Mais quand il s'est rendu au Japon et qu'il a découvert l'enfer qu'elle avait provoqué, il a été horrifié. De toute son âme, il a regretté d'avoir conseillé son emploi. Une décision qui allait le torturer, le hanter, pour le reste de sa vie...

— Et faire de lui un adversaire acharné de la bombe H, renchérit Ahmad.

— En vérité !

La chaleur de ce premier contact encouragea Condoleezza Rice à entrer immédiatement dans le vif du sujet.

— J'ai apporté une cassette vidéo, dit-elle. Si vous le permettez, j'aimerais vous la montrer.

— Bien sûr, acquiesça le savant qui était loin de se douter que pendant près d'une demi-heure il allait être agressé par une succession d'images insoutenables d'enfants mutilés hurlant de douleur, de mères étreignant les cadavres de leur fils ou de leur mari, d'hommes devenus fous dans cet enfer. Ce document tourné le 11 septembre à New York ne montrait ni les avions percutant leurs cibles, ni les tours jumelles s'écroulant, ni l'amoncellement de ruines fumantes recouvrant le quartier. On ne voyait que les souffrances individuelles d'êtres humains frappés par un acte terroriste.

Ahmad parut troublé.

— Ce film montre la tragédie de quelques milliers d'innocents, fit observer la conseillère de Bush, mais si *votre* bombe atomique explose dans la ville, c'est d'un million de victimes qu'il faudra parler, docteur Ahmad.

Le savant pakistanais hocha tristement la tête.

— Hélas oui, reconnut-il.

— Cet holocauste, docteur Ahmad, sera le fruit de vos travaux scientifiques, ajouta aussitôt Condoleezza. Ne croyez-vous pas que vous serez hanté jusqu'à la fin de vos jours comme Oppenheimer par les visions d'horreur qu'il produira ?

— Assurément, soupira le physicien pakistanais. Ces images sont bouleversantes. Mais elles ne reflètent, Miss Rice, qu'une seule face de la tragédie. Il en existe une autre que vous autres, Américains, refusez obstinément de voir. Jamais votre CNN, ou votre Fox News, ou vos autres chaînes de télévision ne montrent à vos compatriotes l'autre face de l'horreur. Car il s'agit du martyre d'un peuple qui ne vous intéresse pas. Il existe des images tournées à Jenine, à Rafat, à Gaza, à Hébron, partout en Palestine occupée par les soldats juifs, qui montrent des maisons écrasées par des tanks, des enfants massacrés à la mitrailleuse, des femmes et des vieillards déchiquetés par des tirs d'hélicoptères, des fermes et des villages entiers anéantis par des canons. Prenez le temps de vous asseoir un jour pour méditer tranquillement sur ces visions de cauchemar, Miss Rice. Elles vous aideront à comprendre comment des années et des années de souffrances et d'humiliations ont pu aboutir à cette menace à laquelle vous devez aujourd'hui faire face.

— Docteur Ahmad, répliqua la jeune femme que le discours du savant ne laissait pas insensible, j'ai visité la Palestine, j'ai rencontré les chefs arabes qui la dirigent...

— Je vous en prie, Miss Rice ! s'énerva soudain le Pakistanais. Je suis parfaitement informé. Certaines de mes sources se trouvent au sein même de votre gouvernement. Je connais le peu de sympathie que vous-même, votre vice-président et votre collègue Rumsfeld, entre autres, portez aux Palestiniens. Vous n'êtes que des marionnettes entre les mains d'Ariel Sharon et du lobby juif. En juillet 2000, bien longtemps avant le 11 septembre, vous avez vous-même essayé de discréditer Arafat en le traitant de menteur et d'incapable, vous avez proclamé que les États-Unis ne le considéreraient jamais comme un interlocuteur valable.

— Arafat est effectivement un menteur, se défendit

Condoleezza Rice. Il constitue un terrible handicap à la fois pour nous Américains et pour les Israéliens, mais surtout pour le peuple palestinien.

Ahmad poussa un grognement.

— Et la fameuse « Feuille de route » de votre président pour le Moyen-Orient ? répliqua-t-il. N'est-elle pas elle-même le plus grand des mensonges ? Il a suffi que M. Sharon montre les dents pour que votre président – excusez-moi, Miss Rice – se déculotte sur-le-champ.

Condoleezza sentait la conversation déraper en d'inutiles et stériles polémiques. Si elle n'y prenait garde, le savant pakistanais risquait de se lever dans un accès de colère et de prendre la porte. Il fallait tenter une autre tactique, plus dangereuse sans doute mais susceptible d'ébranler l'interlocuteur subitement hargneux qu'elle affrontait depuis quelques minutes.

— Docteur Ahmad, demanda-t-elle avec douceur, quelles seront, selon vous, les conséquences de l'explosion de cette bombe à New York ? J'imagine que les terroristes la feront exploser à l'heure des prières du vendredi à Jérusalem.

— Comme vous l'avez dit vous-même, Miss Rice, ces conséquences seront effroyables. C'est pourquoi vous devez obtenir de vos amis israéliens qu'ils proclament publiquement leur volonté d'abandonner leur occupation des territoires palestiniens.

— Je ne parle pas des conséquences à New York, rectifia la jeune femme. Je parle des conséquences ici même au Pakistan.

Le savant prit un air surpris.

— Connaissez-vous l'expression « représailles massives » ? expliqua-t-elle alors. Que croyez-vous que ceux que vous haïssez tant – comme le secrétaire

Rumsfeld et le vice-président Cheney – vont conseiller au président Bush ? « Effaçons le Pakistan de la carte du monde ! » Voilà ce qu'ils vont lui dire.

En voyant le visage de son interlocuteur se crisper, elle comprit que son coup avait porté.

— Laissez-moi ajouter quelque chose, docteur Ahmad. Je sais quelle a été la réaction du Premier ministre Sharon quand nous l'avons informé du chantage des guerriers du jihad. J'ai entendu sa colère, et le Président aussi. Il s'est écrié que l'explosion de cette bombe dans New York ferait au moins trois cent mille victimes juives et qu'il ne laisserait jamais un tel crime impuni. Il a déclaré que si le président des États-Unis n'exerçait pas de représailles atomiques immédiates sur le Pakistan, il s'en chargerait lui-même avec les armes d'Israël. Trente, peut-être quarante millions de vos frères pakistanais auxquels vous avez donné la fierté d'entrer dans le club des grandes puissances par la possession de l'arme nucléaire, seront réduits en poussière. Est-ce le couronnement que vous souhaitez pour toute une vie de réussite ?

Le savant s'enfonça dans son fauteuil, la tête dans les mains. Comment les Américains avaient-ils découvert que la bombe était pakistanaise ? Alors que ce chantage anonyme devait justement les empêcher de savoir contre qui exercer des représailles ?

— Aidez-moi, docteur Ahmad ! reprit la conseillère de George W. Bush. Aidez-moi à sauver la vie de tant d'innocents, qu'ils soient américains ou pakistanais. Vous avez vu sur cette cassette les effroyables images de ces mères désespérées, de ces enfants mutilés, de ces corps déchiquetés. Imaginez ces mêmes scènes d'horreur filmées demain dans les ruines de Karachi, de Rawalpindi, de Peshawar, dans les campagnes dévastées du Pendjab, dans les villages en cendres du Baloutchistan...

Condoleezza Rice sentit qu'elle avait ébranlé le savant. Elle touchait au but.

— Comme je vous l'ai dit au téléphone, Miss Rice, j'ignore où est cachée cette bombe, soupira le Pakistanais après un long moment de réflexion. Je ne connais pas non plus l'identité des frères qui l'ont introduite dans votre pays. La seule chose que je peux vous révéler, c'est que j'ai branché un téléphone portable sur le détonateur afin qu'on puisse déclencher l'explosion par un simple appel téléphonique. Je connais ce numéro de téléphone.

— Qui d'autre le connaît ?

— Le cheikh Ben Laden... et peut-être aussi un chef du Hezbollah libanais nommé Imad Mugnieh.

— Ben Laden ? Mugnieh ? répéta la jeune femme sans laisser paraître sa surprise. C'était la première fois que l'identité des instigateurs du chantage lui était officiellement confirmée.

Condoleezza Rice chercha à capter le regard de son interlocuteur. Elle voulait encore lui arracher une raison d'espérer.

— Docteur Ahmad, pouvez-vous entrer en contact avec Ben Laden pour que nous puissions lui parler ? Même s'il n'existe qu'une chance sur mille de le convaincre de renoncer à déclencher cette tragédie, nous ne nous pardonnerions jamais de ne pas l'avoir tentée.

— Cela ne sera pas facile, Miss Rice, soupira Ahmad. Pas facile d'abord de le localiser, et pas facile ensuite de le raisonner. – Il fixa à son tour la jeune femme droit dans les yeux. Son regard brillait d'une absolue sincérité. – Mais je vous promets d'essayer, ajouta-t-il.

Le savant hésita avant de griffonner plusieurs chiffres sur un morceau de papier.

— En attendant, voici le numéro de téléphone qui permet de déclencher à distance l'explosion de la bombe, dit-il. Peut-être vos spécialistes pourront-ils empêcher que ce numéro ne soit activé par Oussama Ben Laden. Mais pour l'amour de Dieu, Miss Rice, ne révélez jamais à personne ce que je viens de faire ! Il n'y va pas seulement de mon honneur. Il y va de ma vie ! À bientôt ! *Inch Allah !*

*

— *The President of the United States !*

À l'annonce tonitruante de l'officier des marines chargé du protocole, les hommes et les femmes rassemblés dans la salle du Conseil de sécurité de la Maison-Blanche se levèrent. La fatigue se lisait sur la plupart des visages mais George W. Bush, lui, apparut frais et dispos. Ses proches savaient qu'il prenait fréquemment une douche froide au cours de la journée, une habitude qui lui donnait un brusque coup de fouet. Mais cet après-midi, l'entrain et le sourire épanoui du chef de l'État étaient dus à une autre raison.

— Mesdames et messieurs, annonça-t-il, Condi Rice vient de m'appeler sur la ligne sécurisée d'Air Force One après son décollage de Karachi. Sa mission auprès du Dr Ahmad est un succès complet. Après quelques réticences, son interlocuteur a fini par se montrer sensible aux arguments qu'elle lui a présentés.

Le Président sortit alors de sa poche une feuille de

papier qu'il déplia devant lui avec une visible satisfaction.

— En effet, après une heure d'échanges parfois vifs, il semble que Condi l'ait persuadé de ne pas associer son prestige international de savant à un génocide nucléaire qui ferait des centaines de milliers de victimes innocentes. Surtout, il semble qu'il ait été impressionné par une menace voilée de représailles atomiques à l'encontre de son pays.

À ces mots, une voix s'éleva du bout de la table. L'usage voulait qu'on n'interrompît pas un exposé du chef de l'État, mais Milt Anderson, le chef de la CIA, n'avait pu se retenir.

— Monsieur le Président, adjura-t-il, ce serait une grave erreur d'interpréter avec optimisme l'attitude du Dr Abdul Sharif Ahmad. Croyez-en ma vieille expérience, je connais les gens de son espèce. S'il a mis cette bombe entre les mains d'Oussama Ben Laden, c'est qu'il est convaincu d'agir pour la cause de l'islam. Ce ne sont pas les images des souffrances endurées le 11 septembre par les New-Yorkais ni même le spectre d'une punition atomique contre ses compatriotes, qui pourraient en quelques minutes changer l'opinion d'un tel homme. Malgré tout le respect que je porte à Miss Rice, je crains qu'elle ne se soit laissé embobiner par ce Pakistanais retors.

La réputation d'expert du monde islamique dont jouissait le chef de la CIA faisait toujours accueillir ses avis avec respect. Son intervention glaça la plupart des participants. Seul George W. Bush conservait son sourire épanoui. Il savourait la surprise qu'il allait faire à Anderson.

Il prit la feuille de papier posée devant lui.

— Mesdames et messieurs, je crois que nous pouvons considérer comme résolue cette terrible crise, annonça-t-il. Le Dr Ahmad a accepté de nous aider à sauver New York. Il a révélé à Condi qu'il avait branché un téléphone cellulaire sur le système de mise à feu de la bombe. Il lui a même communiqué le numéro de cet appareil qu'il suffit d'appeler pour déclencher l'explosion. Le voici ! Le Président brandit la feuille de papier sur laquelle chacun put apercevoir, tracés en très gros, les huit chiffres 42 63 97 54. En dehors du Dr Ahmad, seules deux personnes connaissent ce numéro – Oussama Ben Laden et probablement le chef terroriste du Hezbollah, Imad Mugnieh. C'est ce numéro de téléphone que Ben Laden doit composer vendredi au cas où les Israéliens auraient refusé de démanteler toutes leurs colonies.

Une onde de soulagement presque palpable recouvrit tout à coup la salle du Conseil de sécurité. En pleine euphorie, le Président se tourna alors vers le jeune représentant à lunettes de l'Agence de sécurité nationale chargée des interceptions téléphoniques.

— Putnam, commanda-t-il, communiquez d'urgence ce numéro à votre directeur. Je veux qu'il soit immédiatement neutralisé afin qu'aucun appel ne puisse lui parvenir. J'attends le compte rendu d'exécution de votre directeur dans les dix minutes.

Tandis que le jeune Putnam sortait précipitamment, le Président reprit la parole.

— Nous avons eu la chance de pouvoir résoudre cette crise, déclara-t-il d'un air radieux, mais il y en aura d'autres. Je voudrais que nous tirions les leçons de celle-ci afin de mieux nous préparer pour l'avenir. Il se tourna vers le vice-président : Dick, qu'avez-vous à nous dire à ce sujet ?

Dick Cheney réfléchit quelques instants avant de

chausser ses lunettes et de considérer l'assistance. Puis il commença à parler. C'est alors que le jeune Putnam fit irruption dans la pièce. Tous les regards se tournèrent vers lui.

— Monsieur le Président, nos services sont catégoriques, annonça-t-il en baissant les yeux sur la feuille de papier qu'il tenait à la main. Il n'existe malheureusement aucun moyen technique pour la NSA ni aucune autre de nos organisations d'empêcher qu'un appel téléphonique parvienne au téléphone cellulaire branché sur la bombe.

*

Au QG de crise de Brooklyn, l'effervescence se muait au fil des heures en frénésie. Dès que parvint la nouvelle que l'inspecteur O'Neill et sa coéquipière avaient retrouvé la fourgonnette qui avait servi au transport de la bombe, le préfet Kelly fit transformer le commissariat de l'inspecteur en PC avancé. Si les calculs d'O'Neill étaient exacts, ce serait en effet dans une zone comprise entre l'East River et l'Hudson, et Central Park et Greenwich Village, que les terroristes auraient caché leur engin de mort. L'équipe des feds, qui avaient investi le garage Easy Rent après le départ d'O'Neill et d'Olivia, s'était acharnée à faire parler le véhicule dans l'espoir de trouver des indices permettant de reconstituer son parcours depuis l'entrepôt de Charles Birbaki jusqu'à sa destination finale. Ils avaient démonté des centaines de pièces et cerclé de rouge chacun des trente-sept défauts de la carrosserie – éraflures, coups, chocs – quelques-uns à peine visibles. Le moindre éclat de peinture avait été examiné avec un équipement d'analyse spectrographique envoyé de Washington par avion. Épluchant les contrats de location, les feds avaient retrouvé tous les utilisateurs de la fourgonnette pendant les deux dernières semaines et reconstitué avec eux tous leurs itinéraires. Ils avaient convoqué le jeune couple qui l'avait louée la veille au soir, pour savoir s'ils avaient trouvé quelque chose – pochette d'allumettes, serviette de restaurant en papier, carte routière... – susceptible de donner quelque indication sur les endroits où s'étaient rendus les terroristes. Ils avaient analysé la gomme des pneus au microscope afin de déceler toute particule révélatrice de la nature du sol où ils avaient roulé... ou stationné. Ils avaient passé au crible le tapis de sol à la recherche de fibres, de poussières, de débris, provenant des semelles des terroristes qui auraient pu orienter géographiquement l'enquête. Rien n'avait été négligé. Ayant appris que des travaux de peinture avaient été exécutés la veille sur le pont de Brooklyn, les feds avaient examiné à la loupe chaque centimètre carré de la carrosserie : une trace de cette peinture prouverait que c'était bien à Manhattan que les terroristes avaient transporté leur bombe.

De leur côté, les spécialistes nucléaires de NEST avaient minutieusement promené leurs compteurs Geiger et leurs détecteurs de rayons gamma sur chaque centimètre carré de la carrosserie.

Cette gigantesque investigation n'avait finalement apporté aucune information susceptible d'orienter les recherches ailleurs qu'à l'intérieur du cercle proposé par l'inspecteur-chef O'Neill et sa coéquipière. Le préfet Kelly décida donc de jeter le gros de ses forces au cœur de cette zone. Celle-ci englobait la plupart des hauts lieux des affaires, du tourisme, du sport, du plaisir, tels que l'Empire State et le Chrysler building, le

Rockefeller Center, Madison Square Garden, Times Square, Penn Station. Autant de cibles symboliques susceptibles d'être visées en priorité par des terroristes fanatiques.

Pour les centaines d'inspecteurs et de feds qui déjà se déployaient vers cet hallucinant puzzle de tours et de constructions, le défi était colossal. Il ne l'était pas moins pour l'inspecteur O'Neill qui avait convaincu le préfet de le laisser lâcher ses hommes sur le territoire qu'ils connaissaient le mieux, les rues et les avenues de Mid-Manhattan, théâtre habituel de la plupart de leurs affaires criminelles. Ateliers de contrefaçon d'articles de luxe et de piratage de DVD et de cassettes de films, bagnes d'ouvriers clandestins, hôtels borgnes, boutiques de marchandises volées se cachaient en effet dans une foule d'immeubles aux apparences respectables. Y trouver une chambre, un studio, un grenier ou une cave pour y dissimuler un engin de mort était, O'Neill et ses hommes le savaient mieux que personne, un jeu d'enfant.

*

Au milieu des sonneries incessantes des téléphones et des braillements des responsables qui lançaient leurs ordres, personne n'entendit le haut-parleur encastré dans la table de conférence du quartier général de Brooklyn. Horrifié, Michael Bloomberg comprit subitement que c'était le Président qui appelait de Washington. Il se fit aussitôt passer la communication sur son pupitre de commandement.

— Monsieur le Président, s'excusa-t-il, nous sommes tous ici dans un état proche de l'hystérie. Nous croyons avoir délimité la zone où pourrait se trouver la bombe.

Encore accablé d'avoir appris que son pays – le plus technologiquement avancé du monde – ne pouvait interdire le passage d'une simple communication téléphonique, George W. Bush voulait conjurer ses troupes de mettre les bouchées doubles.

— Michael, adjura-t-il, nous devons trouver cette bombe le plus tôt possible. Notre seul espoir d'empêcher son explosion vient de s'évanouir.

David Graham, le chef des brigades NEST, se trouvait assis à côté du maire de New York. Il fit signe qu'il voulait répondre au chef de l'État.

— Pardonnez-moi d'intervenir, monsieur le Président, mais je pense que vous faites erreur. En fait, il est possible d'empêcher qu'un appel parvienne au téléphone relié à la bombe. Il suffit d'enfermer ce téléphone dans une cage de Faraday. Il s'agit d'un banal étui en cuivre dont la propriété est d'interdire le passage de toutes les ondes électromagnétiques.

— Mais pour utiliser cette cage de...

— ... Faraday, monsieur le Président.

— ... Il faut d'abord trouver la bombe, n'est-ce pas ?

— Évidemment. Mais, dès sa découverte, nous pourrons au moins tenter de neutraliser l'appareil téléphonique destiné à commander sa mise à feu. J'appelle immédiatement le laboratoire de Livermore. Dans la nuit, nous devrions recevoir plusieurs boucliers en cuivre capables d'envelopper un téléphone portable dans une cage de Faraday. À condition, il faut le répéter, que nous ayons pu accéder jusqu'à la bombe elle-même, monsieur le Président. Vous vous doutez bien qu'approcher un tel engin explosif sera extrêmement délicat et dangereux. Car on peut supposer que les terroristes seront prêts à tout pour défendre leur bombe y compris à appuyer eux-mêmes sur le détonateur pour la faire sauter – et eux avec – s'ils sentent qu'ils vont être découverts.

George W. Bush poussa un soupir. Après la folle espérance suscitée par l'appel de Condi Rice depuis Air Force One et la cruelle déconvenue que lui avait infligée la NSA, cette difficile journée s'achevait malgré tout sur une note réconfortante. Si l'on trouvait la bombe, on pourrait peut-être empêcher Ben Laden de commander par téléphone son explosion.

Le Président jeta un coup d'œil sur sa montre. Dans quelques minutes, Air Force One allait se poser sur la base d'Andrews. Condi et lui pourraient au moins profiter de quelques instants de détente en allant regarder la revanche des Astros à la télévision.

*

Un jeune couple se hâtait sous la pluie qui faisait luire les trottoirs de la 6e Avenue. Jimmy Burke, vingt-six ans, chef de programme informatique chez Dell Computers, et sa fiancée allemande Ingrid, allaient à Carnegie Hall écouter les chœurs de l'orchestre philharmonique de Brême. Brême était justement la ville natale de la jeune fille. Ils discutaient joyeusement tout en piochant dans la boîte de biscuits qu'ils avaient emportée pour couper leur faim avant le concert. Ils passèrent sous un réverbère qui éclairait violemment une poubelle au coin de la 38e Rue.

— Chérie, regarde ! s'écria tout à coup Jimmy en lançant par-dessus sa tête la boîte vide de biscuits en direction de la poubelle comme un joueur de basket-ball envoyant son ballon vers le panier.

La boîte traversa la rue mais rata la poubelle.

— Manqué ! Tu n'es pas encore digne des Knicks ! s'exclama Ingrid en riant.

La jeune fille traversa la rue pour ramasser la boîte et la porter jusqu'à la poubelle. En se penchant au-dessus du récipient, son regard fut attiré par quelque chose qui brillait au milieu de vieux journaux. Elle appela son fiancé. Jimmy plongea la main et sortit un téléphone portable. Il examina l'appareil : c'était un Nokia dernier modèle.

— Il a l'air tout neuf mais il n'a plus ses piles, constata-t-il. Nous en achèterons demain et, qui sait, peut-être pourra-t-il nous servir pour appeler ta mère en Allemagne !

1. Edgar Hoover, grande personnalité du FBI qu'il a dirigé de 1924 jusqu'à sa mort.

7

Washington, New York, Jérusalem
Jour J moins deux

Le président des États-Unis commença cette quatrième journée de crise par l'inévitable lecture du rapport préparé au cours de la nuit par la CIA. Mais il n'y avait rien qui pût ce matin retenir son attention dans le dossier bleu placé sur son bureau par le fidèle secrétaire général de la Maison-Blanche Andrew Card. Les cheveux encore humides de la douche glacée qu'il venait de prendre pour se mettre en forme, George W. Bush paraissait plutôt dispos. Ce n'était pas le cas de son vice-président Dick Cheney, du secrétaire d'État Colin Powell, de son collègue de la Défense Donald Rumsfeld, ni du chef de la CIA Milt Anderson, qui entrèrent dans le Bureau ovale avec la mine défaite d'hommes rongés par l'inquiétude et le manque de sommeil.

Condoleezza Rice arriva, elle, toute guillerette. Un demi-tour du monde à douze mille mètres d'altitude et vingt heures de décalage horaire n'avaient en rien altéré sa légendaire fraîcheur. Dans son T-shirt de soie noir rehaussé d'un rang de perles et son élégant tailleur-pantalon de gabardine beige familiers à des millions de téléspectateurs, elle évoquait davantage une rédactrice de *Vogue* que la fonctionnaire la plus influente du gouvernement des États-Unis.

— Comme vous le savez, Condi n'a pas hésité à aller au Pakistan discuter avec le diable pour chercher un moyen de sortir de cette crise, déclara aussitôt George W. Bush. Comme vous le savez aussi, elle a obtenu que le savant nucléaire lui révèle le numéro du téléphone qu'il a lui-même connecté sur la bombe cachée dans New York par les guerriers du jihad. Malheureusement, en dépit des milliards de dollars que nous avons investis ces dernières années dans les activités de la NSA, celle-ci est techniquement incapable d'empêcher qu'un appel ne parvienne à cet appareil. Cette lamentable réalité ne diminue en rien l'énormité de l'exploit accompli par Condi ni le fait que son voyage risque de générer d'autres résultats positifs. Condi, je vous laisse la parole.

De sa voix plutôt douce et réservée, la jeune femme fit à ses collègues le récit détaillé de sa surprenante rencontre avec le savant qui avait mis une bombe atomique entre les mains des guerriers du jihad. Bien sûr, elle ne doutait pas que la pression du président Moucharraf ait contribué à assouplir la position de son interlocuteur. Comme d'ailleurs la menace à peine voilée des terribles représailles qui risquaient de frapper le Pakistan si la bombe explosait à New York.

— Pour moi, la chose la plus importante est que le Dr Ahmad, j'en ai la conviction, a la possibilité d'entrer en contact avec Oussama Ben Laden, déclara-t-elle. Je lui ai fait promettre de nous aider à communiquer directement avec lui. Ce serait évidemment un pas décisif vers une solution pacifique de la crise.

— Bravo, Condi, acquiesça chaleureusement le Président. Cette idée de pouvoir discuter avec Ben Laden n'est peut-être qu'une infime lueur d'espoir mais, au moins, elle existe. Et c'est bien la seule que j'entrevois ce matin.

— C'est bien la seule, en effet, monsieur le Président, reconnut la conseillère pour la Sécurité nationale. Sitôt que le Dr Ahmad nous aura fait savoir qu'Oussama Ben Laden se montre disposé à s'entretenir avec nous, sachez que je suis prête, si vous le décidez, à reprendre immédiatement l'avion pour...

Tandis qu'elle parlait, Milt Anderson avait perçu les vibrations de son téléphone portable dans la poche de sa veste et ouvert son oreillette. C'était son adjoint qui appelait de Langley, le QG de la CIA. Ce qu'il lui annonça était si grave qu'Anderson n'hésita pas à lever la main pour demander la parole.

— Monsieur le Président, notre station d'Islamabad vient de nous informer que le physicien nucléaire Abdul Sharif Ahmad a péri cette nuit dans un accident d'automobile sur un chemin de montagne du Waziristan, dans la province de la Frontière du Nord-Ouest, déclara-t-il. Selon nos agents, les circonstances de cet accident seraient hautement suspectes. Ils enquêtent sur place.

— C'est un assassinat ! affirma aussitôt Condi, bouleversée.

— Adieu notre lueur d'espoir ! laissa tomber George W. Bush avec accablement.

Un lourd silence s'était abattu sur l'assistance. Chacun mesurait la tragédie que représentait la mort du seul médiateur qui, peut-être, pouvait empêcher l'inévitable.

— Appelez Paul Anscom à New York, finit par ordonner le Président, anxieux de savoir si l'enquête pour découvrir la bombe avait fait des progrès depuis la veille au soir.

Quelques secondes plus tard, le visage aux traits tirés du responsable de la Sécurité intérieure apparut sur l'écran de vidéoconférence du Bureau ovale.

Anscom fit le point sur les différentes opérations en cours, mais tous remarquèrent qu'en délivrant son exposé il n'affichait pas un optimisme excessif. Jusqu'à ce matin, les milliers de photos et de fiches signalétiques des terroristes présumés distribuées dans la ville n'avaient envoyé les enquêteurs que sur une douzaine de fausses pistes.

— Gardez confiance, monsieur le Président, assura toutefois Anscom. Toutes nos forces sont dans la bataille. Nous allons la trouver, cette bombe !

— Trouver la bombe ! George W. Bush consulta sa montre. Il reste à peine quarante-huit heures avant qu'expire l'ultimatum, s'impatienta-t-il, et nous en sommes toujours au point de départ. Personne avec qui négocier ; aucune vraie piste vers la bombe... Il faut faire quelque chose ! Mon Dieu ! Il faut faire quelque chose... mais quoi ?

*

Nahed Jihari se retourna discrètement pour s'assurer que personne ne l'observait alors qu'elle décrochait l'un des téléphones publics installés au coin de la 5e Avenue et de la 32e Rue. La jeune Palestinienne ignorait bien sûr que des milliers d'exemplaires de sa photo circulaient à cet instant à travers la ville. Elle glissa une pièce de vingt-cinq cents dans le boîtier et composa le numéro que lui avait communiqué Imad Mugnieh avant son départ de Beyrouth. Elle n'avait pas la moindre idée de l'identité de la personne qu'elle appelait ni pourquoi elle l'appelait. Tout ce qu'elle possédait, en dehors du numéro de téléphone, était un mot de passe que Mugnieh lui avait également donné. Celui qu'il avait utilisé pour se faire reconnaître, sous son déguisement de femme, à son arrivée à Karachi.

Le téléphone sonna longtemps avant qu'une voix d'homme réponde.

— *Seif*– Sabre, annonça Nahed.

— *Al Islam* – de l'islam, répondit l'homme.

— Vous pouvez commencer votre opération, ajouta-t-elle avant de raccrocher.

Le Palestinien au visage marqué par la petite vérole qui avait répondu était un membre du réseau de soutien mis en place par Al-Qaida à New York après les attentats du 11 septembre. Il se dirigea aussitôt vers une épicerie libanaise d'Atlantic Avenue à Brooklyn et pénétra dans l'arrière-boutique. Deux autres Palestiniens l'y attendaient. Aucun d'eux ne savait qui avait téléphoné ni d'où venait l'appel. On leur avait seulement demandé d'attendre près du téléphone chaque jour à midi l'ordre qu'ils venaient de recevoir.

L'homme ouvrit le four d'une vieille cuisinière en fonte, en sortit un conteneur en plomb de la taille d'une mallette, coupa méthodiquement les attaches qui le fermaient et l'ouvrit. L'intérieur était divisé en deux parties. Dans l'une se trouvait une collection de bagues en plastique de la taille d'un anneau de mariage. L'autre contenait plusieurs rangées de capsules brunes de la dimension d'un comprimé d'aspirine. Les trois hommes entreprirent de fixer avec soin une capsule à chaque bague. Puis ils ouvrirent le premier des trois paniers empilés dans un coin de la pièce et en sortirent un pigeon. Pas un pigeon voyageur, mais un volatile gris tout à fait ordinaire comme on en voit tant à New York, Paris ou Venise. Ils attachèrent une bague à la patte de l'oiseau, le replacèrent dans sa cage et renouvelèrent l'opération avec chacun des soixante pigeons enfermés dans les trois paniers.

Dès que tous les volatiles furent bagués, le Palestinien au visage vérolé serra ses deux compagnons dans ses bras. Ému et fier, il ordonna :

— Allez vous balader partout dans la ville et lâchez un oiseau toutes les cinq minutes. Ça va rendre fous les flics ! *Ma Salameh !* À bientôt à Jérusalem ! *Inch Allah !*

*

Pendant la journée, plus d'un million de personnes travaillaient dans le centre de Manhattan. La fouille géante commença par une cascade d'incidents. Au coin de la 10e Avenue et de la 34e Rue, un secteur connu de la police pour abriter de nombreux ateliers clandestins loués de la main à la main, l'inspecteur chef O'Neill et sa coéquipière Olivia tombèrent au beau milieu d'une partie de drogue. Une dizaine de junkies allongés sur des matelas planaient déjà dans leur *trip* tandis que d'autres, armés de seringues, s'apprêtaient à les rejoindre. Traversant la pièce comme un ouragan, l'inspecteur et la jeune fed écrasèrent les seringues sous leurs pieds, confisquèrent héroïne et crack, puis disparurent en claquant la porte sous les regards éberlués des camés. Ailleurs, des policiers tombèrent sur de gigantesques orgies sadomasochistes. Affolés à l'idée du scandale, les protagonistes – presque tous des cadres et des employés travaillant dans les bureaux alentour – s'enfuirent à demi nus par les fenêtres et les échelles d'incendie.

D'autres équipes interrompirent des rencontres plus romantiques, des scènes de ménage, des bagarres ou encore des cambrioleurs en pleine besogne qui furent bien étonnés de s'entendre seulement priés de détaler à toutes jambes.

O'Neill avait lancé plusieurs policiers de sa brigade vers les nombreux hôtels sordides du quartier fréquentés par une faune de clandestins et de sans-papiers susceptibles d'aider des terroristes. L'un de ces hôtels, le Culver, sur la 43e Rue, appartenait à des Pakistanais. L'irruption d'O'Neill et d'Olivia provoqua un mouvement de panique parmi les clients. Comme par enchantement, le sol se couvrit des objets les plus divers : revolvers, couteaux à cran d'arrêt, téléphones portables, sachets d'herbe, cartes de crédit, bref, toute une camelote « chaude » dont ces marginaux s'empressèrent de se débarrasser. O'Neill et Olivia confisquèrent les armes et les téléphones, jetèrent la drogue dans les W-C et partirent fouiller les étages.

Beaucoup d'appartements du quartier étant vides – leurs occupants étaient à leur travail –, les policiers firent appel aux « béliers » de la police municipale, de gros tuyaux d'acier bourrés de béton capables d'enfoncer les portes les plus résistantes.

Malgré la psychose de nouveaux attentats, certains locataires invoquaient leurs droits civiques pour refuser toute perquisition, même lorsque les agents détenaient un mandat. Ils téléphonaient à leurs avocats, ameutaient leurs voisins, provoquaient des attroupements.

— Dans cette ville, il faut toujours prendre des gants, expliqua O'Neill à la jeune fed stupéfaite que certains New-Yorkais puissent redouter les incursions de la police plus que les menaces terroristes.

*

Michael Bloomberg, le maire de New York, ne s'était jamais trouvé confronté à un tel dilemme. Il avait brièvement quitté le QG de crise de Brooklyn pour effectuer une reconnaissance aérienne des voies d'évacuation de New York en compagnie du préfet Kelly et de Charles Morningside, l'expert de la protection civile. Mais avant de s'envoler dans le ciel de sa ville, il avait rendez-vous dans son bureau avec l'un des deux êtres qui lui étaient le plus cher.

Emma Bloomberg, vingt-cinq ans, était sa fille aînée. Elle avait les yeux bleus et légèrement en amande de son père, un long cou et des attaches aussi fines que celles des femmes de Modigliani. Diplômée comme lui de la Business School d'Harvard, elle avait décliné d'alléchantes propositions de situations dans le monde de la finance pour venir travailler aux côtés de son père à City Hall. Si l'armada policière ne trouvait pas la bombe avant l'expiration de l'ultimatum des terroristes, elle était destinée à mourir avec lui et avec des centaines de milliers de New-Yorkais.

Michael Bloomberg avait choisi librement de rester dans la ville et de suivre le sort de ses concitoyens. Sa décision ne lui donnait-elle pas le privilège d'assurer la sauvegarde de sa fille ? Mais comment ? Avait-il le droit de partager avec elle le terrible secret dont il était, par sa fonction, dépositaire ? Toute la nuit, il s'était retourné dans son lit, torturé par cette insupportable question. Il devait trouver un prétexte pour lui faire quitter la ville sans être obligé de lui révéler l'écrasante responsabilité qui pesait sur ses épaules.

— Emma, déclara-t-il après l'avoir tendrement embrassée, tu as les yeux cernés et l'air épuisée. Ne serais-tu pas en train de brûler la chandelle par les deux bouts en sortant tous les soirs jusqu'à des heures impossibles ?

La jeune fille regarda son père avec étonnement. Pourquoi ces reproches alors qu'elle se sentait en forme et plutôt jolie ce matin ? Ces derniers temps, elle s'était couchée bien avant minuit. Jamais auparavant il ne lui avait fait de telles remarques.

— Ma chérie, tu as besoin de changer d'air, de faire du sport, de nager au soleil. Pourquoi n'irais-tu pas te détendre en Floride chez ta mère, le temps de retrouver ta bonne mine ?

— Chez maman ? s'étonna Emma qui savait à quel point son père réprouvait la vie de bâton de chaise que menait son ex-épouse.

Elle se leva et contourna le bureau pour venir tout près de lui.

— Papa, que se passe-t-il ? murmura-t-elle en caressant tendrement ses cheveux bouclés. Pourquoi veux-tu tellement que je quitte New York ?

Elle attrapa un mouchoir en papier et épongea les gouttes de transpiration qui perlaient sur ses tempes. Puis elle demanda :

— Papa, dis-moi : est-ce que ça recommence ? Quelque chose comme le 11 septembre ?

Un long silence suivit la question.

— Emma, ma chérie, il y a des choses que l'on ne

peut révéler sans porter atteinte au code de l'honneur, finit-il par reconnaître. Mais ce que je peux te dire, c'est que je serais rudement soulagé si tu acceptais de t'éloigner quelques jours.

Leurs regards se tournèrent en même temps vers une photo dans un cadre d'argent posé sur un coin du bureau. Elle montrait Georgina, la sœur cadette d'Emma, sur son cheval Romeo avec lequel elle devait disputer toute la semaine un concours hippique à Bridgehampton, sur Long Island, à quatre-vingts kilomètres de New York.

— Et toi, papa, que comptes-tu faire ?

— Je n'ai pas le choix. Je reste ici, avec les New-Yorkais.

— Dans ce cas, moi aussi, dit-elle. J'ai accepté cette mission à City Hall pour servir New York à tes côtés. Papa, je resterai avec toi.

*

Plus d'une centaine de fourgonnettes de l'organisation NEST arborant les enseignes des sociétés Hertz et Avis patrouillaient à présent à travers Manhattan et les banlieues de Brooklyn et de Queens. Bien que rien ne pût les distinguer d'authentiques véhicules de livraison, ces fourgonnettes étaient en réalité de véritables laboratoires scientifiques équipés des appareils de détection les plus modernes conçus par des experts en science nucléaire. Quatre minuscules disques métalliques et une antenne d'aspect banal fixés sur le toit permettaient de détecter la plus infime émission de rayons gamma produite par du plutonium ou de l'uranium hautement enrichi. Mais surtout, dans chaque véhicule se trouvait un ordinateur capable de déterminer la nature des isotopes détectés et d'éliminer les dizaines de radiations anodines circulant habituellement dans une vaste agglomération.

Des hélicoptères appartenant à l'organisation et portant le logo de sociétés imaginaires tournoyaient par ailleurs au-dessus de la ville à la recherche de radiations émanant du sommet des immeubles.

L'opération était dirigée par David Graham, le directeur de NEST, depuis son PC installé dans l'un des alvéoles du QG de crise de Brooklyn. Grillant cigarette sur cigarette, le scientifique se savait dans la situation de celui qui cherche une aiguille dans une meule de foin. Avec le matériel si technologiquement pointu dont il disposait, il était sûr pourtant que ses équipes finiraient par découvrir la bombe des guerriers du jihad. Pour lui, comme pour les milliers de policiers et d'agents du FBI investis dans cette traque monumentale, tout était une affaire de temps.

Soudain, une voix crépita dans un haut-parleur au-dessus de sa tête.

— Monsieur Graham, un de vos hélicoptères est en train de capter des radiations !

Graham attrapa le micro qui le reliait à l'hélicoptère en question.

— Qu'est-ce que vous enregistrez ? demanda-t-il au technicien à bord de l'appareil.

— Quatre-vingt-dix millirads !

Le physicien émit un sifflement admiratif. Il s'agissait d'une émission considérable, d'autant qu'elle avait sans doute traversé plusieurs étages avant d'atteindre le toit de l'immeuble et d'être captée par l'hélicoptère.

— Où êtes-vous ?

— Au-dessus d'un groupe de HLM au coin de la 11e Avenue et de la 28e Rue, à un bloc de l'Hudson.

Graham repéra aussitôt l'endroit sur son plan.

— Tirez-vous de là en vitesse pour ne pas vous faire remarquer, ordonna-t-il au pilote. J'envoie tout de suite quelques fourgonnettes dans le secteur.

Après avoir donné ses instructions, il se précipita vers la voiture banalisée qui l'attendait dans la cour. Le policier new-yorkais qui lui servait de chauffeur démarra en trombe en direction de Manhattan.

— Dites donc, demanda-t-il, cette cité HLM, c'est bien la municipalité qui l'a construite, non ?

Avant que le policier ait eu le temps de répondre, Graham avait empoigné le micro et appelé son PC.

— Allez tout de suite à l'Hôtel de Ville chercher les plans des HLM construites au coin de la 11e Avenue et de la 28e Rue, ordonna-t-il. Et apportez-les-moi sur place.

Graham reconnut sans peine la grande fille bronzée qui sortait de la première fourgonnette arrivée sur les lieux.

Spécialiste des rayons gamma, docteur en physique nucléaire, Gladys Simpson travaillait au laboratoire californien de Livermore. Elle était mariée, mère de deux jeunes enfants, et devait sa mine éclatante, Graham le savait, à la pratique intensive de l'escalade sur les pentes de la Sierra Morena.

— Cela doit venir de là-haut, déclara-t-elle en levant les yeux vers la masse compacte qui se découpait sur le ciel. Des cinq ou six derniers étages.

— Vraisemblablement, acquiesça Graham.

D'après ce qu'il avait pu déchiffrer sur les plans de la municipalité, le groupe d'immeubles comprenait huit cents appartements occupés par plus de cinq mille personnes.

— Fouiller un tel ensemble sans provoquer la révolution va être une drôle d'affaire ! grogna la jeune Californienne.

— On ne fouillera que les six derniers étages de chaque bâtiment, indiqua Graham. Il n'y a aucune chance que les radiations captées par l'hélico aient pu venir de plus bas.

Gladys ajusta son sac à dos qui contenait son détecteur de radiations. Sous le hâle, elle semblait avoir pâli.

— Nerveuse ? s'inquiéta son chef.

La jeune femme fit signe que oui. Graham lui tapa amicalement sur l'épaule.

— Ne te fais pas de bile, on va la trouver cette maudite bombe. Notre première bombe !

— La bombe ? Je n'ai pas peur de la bombe ! Ma trouille, c'est que là-haut un mec sorte un couteau et me saute dessus !

Les policiers de l'atome n'étaient pas armés. Graham appela un agent du FBI en civil.

— Il va t'accompagner, la rassura-t-il.

Le chef des brigades NEST désigna d'autres équipes pour les six derniers étages des trois autres bâtiments et la jeune Californienne se mit en route.

Elle fut la première à terminer l'exploration de son immeuble. Son détecteur n'avait pas capté la moindre radiation, pas même l'émanation banale des aiguilles phosphorescentes d'un réveille-matin. Les autres équipes ne tardèrent pas à revenir, bredouilles elles aussi.

— C'est à ne rien comprendre ! pesta Graham. Après le feu d'artifice de tout à l'heure, on ne trouve même pas une étincelle... Faites revenir l'hélico ! commanda-t-il.

Il perçut quelques minutes plus tard le bourdonnement de l'appareil qui approchait.

— Mettez-vous exactement au-dessus de l'endroit où vous aviez capté des radiations, ordonna-t-il au pilote. À la même altitude. Et dites-moi ce que vous enregistrez !

— David, les radiations ont disparu ! s'écria le technicien à bord de l'appareil. C'est incroyable. Je n'enregistre plus rien. Pas même un millième de millirad !

— Êtes-vous sûr que votre détecteur fonctionne correctement ?

— Affirmatif ! Je l'ai fait régler avant de partir de Los Alamos.

Graham était complètement désemparé. Il se tourna vers Gladys.

— Remonte jusqu'en haut et va jeter un coup d'œil sur le toit, lui demanda-t-il.

La jeune femme fit une grimace.

— Les ascenseurs sont en panne !

— Et alors ? Tu peux monter à pied. Tu es bien une reine de l'escalade, non ?

Quelques instants plus tard, la jeune femme émergeait sur le toit. Il n'y avait devant elle que l'étendue verdâtre des eaux de l'Hudson et, à ses pieds, une couche de fientes d'oiseaux sur le goudron de la terrasse. Son détecteur restait muet. Elle brancha son talkie-walkie.

— David, annonça-t-elle, il n'y a absolument rien là-haut. Rien, sauf une jolie vue sur l'Hudson et de la merde de pigeon.

*

Claquemurés dans leur chambre sinistre d'un hôtel de la 38e Rue, Omar Tahiri, l'aîné des trois terroristes et Khalid Ben Amr, le benjamin, gardaient les yeux rivés sur l'écran de la télévision. Dans une heure Khalid irait prendre la relève de leur camarade Nahed Jihari, de garde auprès de la bombe cachée à quelques rues de là, dans le minable deux pièces en face du marchand de tapis afghan. Tous trois s'y relayaient à tour de rôle. Ils avaient reçu de Mugnieh l'ordre de ne jamais laisser la bombe sans surveillance afin de pouvoir la faire exploser en cas de nécessité.

Leur impatience ne cessait de croître.

— Rien, toujours rien, pas le moindre signe d'évacuation des colonies juives ! pesta Khalid qui ne s'était pas rasé depuis la veille. Les doigts de son unique main crispés sur la télécommande, Omar zappait d'une chaîne à l'autre. La seule nouvelle significative que la télévision américaine diffusait ce matin semblait être l'embarras gastrique de George W. Bush qui l'obligerait à garder la chambre toute la journée.

— Un embarras gastrique ! pouffa Khalid. Bel alibi pour dissimuler la panique qui doit régner à Washington ! Bush a pourtant encore quarante-huit heures pour forcer ce Satan de Sharon à déménager !

— Il ne pourra jamais forcer Sharon à évacuer les colonies, soupira Omar qui sentait le doute grandir en lui depuis quelques jours. Crois-tu vraiment que le chantage imaginé par notre frère Mugnieh pourra faire bouger cette brute ?

Il se leva et s'approcha de la fenêtre. Soudain, il revit en mémoire la femme et l'enfant aperçus la veille derrière une fenêtre, juste en face de l'immeuble où ils avaient caché la bombe. Dans la rue, des gens entraient et sortaient des boutiques, attendaient pour traverser, se hâtaient vers leur travail. Les camps d'entraînement du Liban avaient canalisé vers une action violente la révolte d'Omar contre Israël. Mais quel homme, fût-il le plus endurci, ne risque-t-il pas de voir sa carapace se lézarder au contact de réalités qu'il n'imaginait pas ? Plusieurs jours à partager la vie quotidienne d'une population évidemment étrangère à la tragédie palestinienne avaient peu à peu modifié sa vision de la situation. Fallait-il absolument tuer des centaines de milliers d'hommes, de femmes et d'enfants pour que nous retrouvions notre patrie ? La question le taraudait avec de plus en plus d'insistance.

Son jeune compagnon le rejoignit au bord de la fenêtre. Lui aussi se mit à regarder la foule dans la rue.

— Sans doute as-tu raison, Omar, dit-il. Sharon ne déménagera pas les colonies ! Ces passants comme tous les habitants de cette ville vont donc payer pour l'intransigeance d'un monstre ! Car je te promets une chose, Omar. Cette bombe sautera, quoi qu'il arrive, que les colons juifs partent ou non, dit-il avec rage. L'occupation des Territoires n'est qu'une partie du problème. Il y a tout le reste, à commencer par notre droit à revenir dans notre patrie volée en 1948. Si le coup de téléphone de Ben Laden ne parvient pas jusqu'au détonateur, c'est moi qui appuierai sur le bouton de mise à feu !

Omar dévisagea longuement le jeune homme. Bien qu'il lui vouât une réelle affection, il savait que l'entraînement physique et psychologique des camps palestiniens l'avait déshumanisé, lui, au point qu'il puisse à coup sûr tenir une telle promesse. Il n'y a plus rien dans son cœur, sauf la haine, songea-t-il tristement. Il observa intensément le flot des passants dans la rue.

Fallait-il laisser Khalid exterminer de toute façon ces innocents ?

*

Le rabbin à la barbe de prophète, qui avait proposé au gouvernement d'Israël de déporter tous les Arabes de Palestine en Jordanie, venait de quitter Jérusalem pour une mission secrète. Ministre de l'Intégration des nouveaux immigrants dans le cabinet d'Ariel Sharon, Avigdor Beibelman était un défenseur farouche d'Eretz Israel – le grand Israël, un territoire qui engloberait aussi le Liban, la Syrie, la Jordanie, naguère conquis par Josué et David. À ce titre, il était l'un des partisans les plus fanatiques de la colonisation juive des terres arabes de Judée et de Samarie. Avant de se fixer lui-même avec sa femme américaine et leur huit enfants à Kedumin, une colonie implantée à quelques kilomètres de la ville arabe de Naplouse, berceau des aspirations nationalistes palestiniennes, Beibelman avait lancé de spectaculaires opérations d'implantation juive dans les territoires arabes occupés.

Sept cents familles juives vivaient aujourd'hui à Kedumin, la plupart dans de coquettes maisons individuelles construites sur trois cercles parallèles autour d'une colline au sommet de laquelle ils avaient planté le drapeau d'Israël voici dix ans. Le site se trouvait au cœur d'un paysage rocailleux planté d'oliviers centenaires appartenant aux habitants de quatre villages arabes voisins. Les familles palestiniennes de ces villages exploitaient leurs arbres depuis des générations, même si l'impétueux rabbin ne cessait de proclamer que la terre où ils poussaient avait été donnée par Dieu au peuple juif deux mille ans plus tôt.

Une centaine de familles juives supplémentaires squattaient tout autour de la colonie dans des caravanes et des mobil-homes dans l'attente qu'une nouvelle annexion de terres arabes leur permette une installation définitive. C'était précisément pour annoncer cette annexion que le rabbin Beibelman avait répondu à l'appel de Yaacov Weiss, le maire de Kedumin. Ce dernier avait réuni les habitants des caravanes dans le réfectoire de la colonie. Il fit monter le ministre sur une table pour que tous puissent le voir et l'entendre distinctement.

— Mes amis ! commença le rabbin. J'ai malheureusement de mauvaises nouvelles à vous annoncer. Je ne peux vous dire pourquoi, mais nos droits de nous implanter sur la terre sacrée du Yeshua sont aujourd'hui grandement menacés.

Il avait utilisé à dessein le mot hébreu qui désignait la Judée et la Samarie. La consternation s'inscrivit sur les visages.

— Mais nous allons résister à cette menace, qu'elle vienne de nos ennemis arabes, de la communauté internationale, et même de nos propres gouvernants ou de nos amis les plus proches. Parce que cette terre est la nôtre. Les droits que nous avons sur elle ne peuvent dépendre d'un soi-disant plan de paix, d'une quelconque feuille de route, ni d'un prétendu consensus international. Elle nous a été donnée par Dieu et c'est ici que nous demeurerons pour les générations à venir, ici que nous serons les témoins de l'alliance éternelle de Dieu avec le peuple qu'il a élu.

Soudain rassurée, l'assistance se leva pour ovationner l'orateur. Le visage de Beibelman irradiait de bonheur.

— Vous qui êtes l'espoir et l'avenir d'Israël, vous

avez le droit de posséder pour vous-mêmes et vos familles une parcelle de notre patrie historique, continua-t-il. Je suis venu vous dire que le temps est arrivé pour vous de prendre possession de votre terre. Non pas dans une semaine, ni dans un mois, ni dans un an. Mais aujourd'hui même !

Il leva le bras en direction de l'immense photographie aérienne de la colonie et des villages arabes voisins qui tapissait tout le fond du réfectoire. À l'aide d'une canne, il esquissa une nouvelle série de cercles englobant des plantations d'oliviers dispersées tout autour de la colline.

— Voici votre terre ! s'écria-t-il. Demain, vous y conduirez vos tracteurs et vos caravanes pour vous en emparer au nom de Sion et de vos droits de coloniser le Yeshua.

Il ne pouvait toucher un auditoire plus sensible à ce genre de discours. La plupart de ces hommes et de ces femmes réclamaient depuis des mois le droit d'accomplir ce geste qui leur était enfin solennellement accordé par un ministre du gouvernement d'Israël.

— Demain soir au coucher du soleil, conclut Beibelman enivré par l'enthousiasme et les vivats des colons, vous aurez installé des dizaines, des centaines de caravanes sur ces terres pour faire savoir au monde que vous, les fils et les filles de Sion, vous avez exercé vos droits historiques sur votre patrie.

À ces mots, une jeune mère déposa symboliquement son bébé dans les bras du rabbin avant de se tourner vers l'assistance pour entonner : « *Kol od balevav pnimah nefesh yehudi homiya*–Aussi longtemps qu'au plus profond de nos cœurs palpitera l'âme juive... » Reprise à pleine gorge par tous les colons survoltés, la *Hatik-*

vah, l'éternel chant d'espoir des juifs, s'éleva alors comme un hymne triomphal.

Tandis que les voix faisaient vibrer les vitres, le rabbin réfléchissait à son plan d'action. Dès le lendemain matin, il convoquerait les médias à Kedumin pour qu'ils témoignent de l'inébranlable volonté de ces nouveaux colonisateurs de la terre d'Israël et disent au monde qu'aucun chantage ne contraindra jamais les enfants de Sion à abandonner un centimètre carré de leur patrie.

*

Peu de pères ont eu le bonheur de recevoir une telle preuve d'amour, songeait Michael Bloomberg en montant dans l'hélicoptère de la police à bord duquel il allait survoler New York. La détermination de sa fille Emma à rester à ses côtés avait encore affermi sa volonté. Il devait à tout prix tenter de faire évacuer la ville. Mais comment ? Cette reconnaissance aérienne en compagnie du préfet Kelly et de l'expert de la protection civile Morningside devait lui fournir la réponse.

Tandis que les rotors catapultaient la bulle de Plexiglas à travers le ciel bleu, Bloomberg sentit son cœur s'emballer. En quelques secondes, il eut New York à ses pieds, Babel étincelante dans le soleil d'automne, vibrante, si vivante qu'on pouvait presque entendre monter du sol la rumeur de sa prodigieuse vitalité. Était-il concevable que tant d'énergie et de puissance soient balayées en quelques secondes de la face de la terre ? Au cours de ces derniers jours, il avait découvert dans plusieurs albums consacrés aux explosions d'Hiroshima et de Nagasaki les visions de l'apocalypse qui menaçait aujourd'hui sa ville.

— Serait-il possible de démarrer l'évacuation sans dire aux gens pourquoi on les fait partir ? demanda-t-il ingénument au préfet.

— Vous n'y pensez pas ! s'étrangla Kelly. Vous savez bien que vous ne pouvez rien faire dans cette ville sans dire aux habitants pourquoi vous le faites. Le 11 septembre n'a rien changé, mon pauvre Michael. New York est toujours New York et les New-Yorkais seront toujours les New-Yorkais !

Quelques instants plus tard, ils arrivèrent au-dessus de la pointe sud de Manhattan. Ils aperçurent des enfants qui jouaient au football dans Battery Park.

— Le métro devrait nous permettre d'évacuer pas mal de monde, déclara avec satisfaction l'expert de Washington. Mais je n'en dirais pas autant du trafic automobile. Ici, les tunnels et les ponts n'ont que deux voies. Même en les mettant en sens unique et en entassant cinq personnes par voiture, ça ne fera que... – l'expert sortit sa calculette –... que sept mille cinq cents personnes à l'heure.

— Et comment comptez-vous obtenir un écoulement régulier du flot des voitures qui se précipiteront vers ces ponts et ces tunnels ? s'inquiéta Bloomberg qui contemplait avec effroi les gigantesques embouteillages d'un jour ordinaire engluant le bas de Manhattan.

Aucune question ne pouvait désarçonner le bureaucrate. Sa voix puissante couvrait le vacarme des rotors.

— Il y a plusieurs façons d'y parvenir, répondit-il. Soit en échelonnant les départs par ordre alphabétique en diffusant les instructions correspondantes à la radio et à la télévision. Par exemple, les véhicules appartenant aux habitants dont les noms commencent par la lettre A se mettent en route les premiers. Soit à partir des numéros pairs et impairs des immatriculations.

— Monsieur l'expert ! interrompit vivement le préfet de police, je ne suis pas certain que vous sachiez très bien comment les choses se passent à New York. Vous parlez d'évacuer par ordre alphabétique ? De dire à M. Abalone de monter dans sa voiture et de filer le premier ? Et vous vous figurez que M. Zarkin à Brooklyn va rester sur son cul à regarder M. Abalone se tirer ? Vous rêvez, monsieur Morningside ! Je vais vous dire ce qu'il va faire M. Zarkin : il va se pointer au premier carrefour avec son petit flingue maison et il dira à M. Abalone de sortir de sa bagnole et de continuer à pied. Et c'est lui qui se tirera à sa place.

Morningside protesta, indigné :

— Mais la police sera là pour empêcher ce genre d'incidents. Les policiers devront être prêts à faire usage de leurs armes sur les gens qui essaieraient de resquiller.

— Dans ce cas, ironisa le préfet, ils devront se préparer à descendre neuf habitants sur dix.

L'hélicoptère avait viré vers le nord et remontait l'Hudson le long du flanc ouest de Manhattan.

— Ici, ce sera plus facile, cria l'expert par-dessus le bruit du moteur, on pourra mettre en sens unique les six voies du Lincoln Tunnel.

Abasourdi, Michael Bloomberg avait cessé d'écouter la litanie de chiffres et de statistiques emmagasinée pendant toute une vie par un bureaucrate acharné à découvrir sur des graphiques et des ordinateurs les solutions d'un problème sans solution. Il se tourna vers le préfet.

— Ray, demanda-t-il, il est tout simplement impossible d'évacuer cette ville en catastrophe, c'est bien ça ?

— C'est bien ça, Michael.

— Et les abris antiaériens ? demanda alors le maire qui voulait à tout prix trouver une raison d'espérer. Pourraient-ils au moins sauver quelques milliers d'habitants ?

— Je crains, mon pauvre Michael, qu'ils ne soient à l'abandon depuis la fin de la guerre froide. Des vestiges d'une époque disparue ! Tenez, juste au-dessous de nous se trouve le centre administratif de l'État de New York. Autrefois, il possédait la Rolls-Royce des abris antiaériens. On pourrait descendre et voir si cet abri existe toujours.

Le pilote fit basculer son appareil en direction du sol et le posa sur le petit héliport derrière le bâtiment. Les trois passagers s'engouffrèrent aussitôt dans l'immense hall au fond duquel ils aperçurent avec satisfaction le traditionnel panneau jaune et noir signalant l'existence d'un abri antiatomique.

— Au moins ici, les gens sauront où aller en cas d'alerte, fit remarquer l'expert de Washington.

Les visiteurs se dirigèrent vers la cabine vitrée du concierge occupée par un Noir en uniforme. Kelly lui présenta sa plaque de police.

— Nous venons vérifier l'état d'entretien de votre abri antiaérien, annonça-t-il.

— Abri antiaérien ? balbutia l'employé stupéfait, mais ça fait des années que personne n'y est descendu ! Il faut que je trouve la clef.

Kelly insista et le concierge finit par désigner au petit groupe un tableau couvert de clefs.

— Ce doit être l'une de celles-là, déclara-t-il.

Il examina chaque clef l'une après l'autre pendant cinq bonnes minutes, sans résultat.

— Attendez ! Je vais appeler un collègue qui travaille ici depuis plus longtemps que moi.

Quelques minutes plus tard apparut une sorte de gnome, une casquette de base-ball de l'équipe des Mets posée à l'envers sur son crâne. Il portait un blouson constellé d'insignes et de badges proclamant que *Le Rédempteur arrive*, que *Jésus est notre sauveur*, que *Le chemin du Christ est le seul*. Il passa un bon moment à fouiller parmi les grappes de clefs avant d'en sortir quatre. L'une d'elles était la bonne. Elle ouvrit une lourde porte et le groupe s'engagea en baissant la tête dans un escalier faiblement éclairé dont la voûte était couverte de gaines de chauffage enveloppées de toiles d'araignées. Les trois hommes et leur guide débouchèrent enfin dans une grande salle humide où flottait une odeur suffocante de moisi. Leur intrusion provoqua un concert de craquements et de cris aigus.

— Qu'est-ce que c'est ? s'alarma Bloomberg.

— Des rats ! indiqua le gardien.

Puis il braqua sa torche lumineuse sur une antique affiche de la Défense civile datant des années 1960 : CONSEILS À RESPECTER EN CAS D'ATTAQUE THERMONUCLÉAIRE. Suivait une demi-douzaine de recommandations comme « Ouvrez la fenêtre », « Desserrez votre cravate », « Délacez vos chaussures »... Le dernier « conseil » enjoignait de s'asseoir dans la position du fœtus, la tête entre les jambes, dès l'apparition du flash de l'explosion nucléaire. Un plaisantin avait ajouté une ultime recommandation : « Et n'oubliez pas de donner un baiser d'adieu à votre cul ! »

Le sol de l'abri était jonché de détritus jetés au cours des années. Dans un recoin s'entassaient des jerricans qui avaient jadis contenu de l'eau. Les restes d'une centaine de trousses de secours étaient éparpillés un peu plus loin.

— Pillées par les junkies du quartier, commenta

tristement Kelly. Ils avaient découvert qu'il y avait de la morphine dans ces trousses. Après une pause, le préfet finit par demander : Dites, monsieur le maire, vous ne croyez pas que vous en avez assez vu ?

— Bien assez, monsieur le préfet, pour savoir que ces abris sont inutilisables, soupira Michael Bloomberg visiblement écœuré.

Tandis qu'ils rebroussaient chemin, le guide sortit de sa musette un paquet de tracts qu'il distribua à chacun des visiteurs. Bloomberg apprécia particulièrement le sien qui proclamait *Jésus est notre sauveur, confiez-lui vos problèmes.*

Ils venaient de reprendre place dans l'hélicoptère quand le téléphone cellulaire du maire se mit à grésiller. L'appel venait de la Maison-Blanche. Le Président était au bout du fil.

« Michael, nous ne sommes pas sur une ligne sécurisée et je serai bref. Nous avons besoin de vous de toute urgence. Faites-vous immédiatement déposer à la base de McGuire. Un jet de l'Air Force vous y attend. Vous serez ici dans moins d'une heure. »

*

L'opération « Sabre de l'Islam », ordonnée par la terroriste Nahed Jihari, commençait à se révéler efficace. Les pigeons bagués de particules radioactives des Palestiniens de Brooklyn étaient en train d'affoler les appareils de détection des équipes NEST lancées à travers la ville. David Graham, le flegmatique patron de l'organisation, se demandait s'il n'était pas lui-même en train de perdre la raison. Six fois en moins d'une heure, ses hélicoptères survolant New York avaient signalé la présence d'importantes émanations radioactives. Et, chaque fois, ces émanations avaient mystérieusement disparu dès l'arrivée des fourgonnettes dépêchées sur place pour fouiller les lieux où elles avaient été détectées.

« Que se passe-t-il ? Nom de Dieu ! » ne cessait de jurer Graham en arpentant nerveusement le QG de crise de Brooklyn où il avait installé son PC. Soudain, l'appel du pilote d'un autre hélicoptère vint interrompre ses impatientes déambulations.

— Ici Plume 3 ! Je suis au-dessus de la 23e Rue, presque au coin de Madison Avenue, et je capte quelque chose.

Graham était en train de demander au pilote de confirmer sa position quand il l'entendit hurler :

— Merde ! Les radiations ont disparu.

Le chef de NEST lança une bordée de jurons contre ces radiations qui s'évanouissaient comme des fantômes.

— Hé, attendez une minute ! rappelait le pilote. Je les ai retrouvées. Elles n'avaient pas disparu. Elles s'étaient seulement déplacées. Elles remontent maintenant la 6e Avenue.

— Bande de salauds ! fulmina Graham. Je parie qu'ils ont foutu leur bombe dans un camion et qu'ils la trimbalent à travers la ville.

Il alerta son contact au FBI et fit envoyer une dizaine de fourgonnettes dans le secteur avec l'espoir que l'une d'elles au moins réussirait à repérer le camion et à le prendre en chasse. L'hélicoptère continuait à suivre les émissions de radiations qui remontèrent la 6e Avenue avant d'entrer dans Central Park et d'obliquer subitement vers l'ouest.

— Je n'enregistre plus rien, annonça tout à coup le pilote.

— Où vous trouvez-vous ?

— À l'intersection de Broadway et de Columbus Avenue.

Graham dépêcha aussitôt ses véhicules dans le secteur. Soudain, il reconnut dans ses écouteurs la voix de Gladys Simpson.

— David, j'enregistre plein de radiations, annonçait triomphalement la jeune Californienne.

— Où es-tu ?

— Juste en face du Lincoln Center.

*

Gladys descendit de sa fourgonnette Avis rouge, munie de son détecteur de rayons gamma. Elle observa la vaste esplanade du Lincoln Center autour de laquelle se déployaient les imposantes façades du théâtre, de l'opéra et de la salle de concerts. Son détecteur enregistrait une émission constante de trente-quatre millirads, mais aucun camion ni aucune voiture n'était garé à proximité. Il n'y avait devant elle que la monumentale fontaine de marbre noir au centre de la place et la foule habituelle de la mi-journée, des étudiants grignotant un hot dog sur les marches de la fontaine, des vendeuses des magasins voisins venues griller une cigarette, des touristes et quelques habitants du quartier promenant leurs chiens. « D'où peuvent bien venir toutes ces maudites radiations ? » se lamentait-elle.

David Graham arriva sur les lieux dans sa fourgonnette Hertz jaune. Son détecteur enregistrait le même nombre de radiations. Il alluma une cigarette et examina le décor. Se pouvait-il qu'un camion ait pénétré sur l'esplanade avant l'arrivée de Gladys et planqué l'engin dans l'un des bâtiments autour de la place ?

C'était peu vraisemblable. Les radiations captées provenaient-elles d'un patient qui venait de subir une radiothérapie massive pour traiter un cancer et qui serait descendu à l'arrêt d'autobus devant le Lincoln Center ? Improbable. Néanmoins, Graham ne voulait négliger aucune éventualité. Il ordonna à toutes les équipes qui convergeaient vers l'esplanade de fouiller un à un les bâtiments alentour.

— Il me semble que les radiations viennent des abords de la fontaine, hasarda finalement la jeune Californienne.

Ils se dirigèrent lentement vers les gens qui piqueniquaient sur les marches quand soudain le flux des radiations se déplaça vers la gauche. Une vieille femme vêtue d'un manteau noir élimé venait de se lever et s'éloignait à petits pas. Graham la suivit. Deux taches rouges coloraient ses joues, maquillage maladroit de quelque beauté passée. Elle serrait dans une main la poignée d'un sac en plastique des grands magasins Macy's. À peine Graham lui présenta-t-il sa plaque de NEST qu'elle balbutia effrayée :

— Je vous demande pardon, monsieur l'officier, je ne savais pas que c'était défendu.

« Défendu ? se demanda Graham. Mais de quoi parle-t-elle ? » Son détecteur venait de faire un bond de plusieurs millirads.

— Les temps sont si durs, gémissait la malheureuse. Je n'ai que ma Sécurité sociale pour vivre. Je ne pensais pas faire quelque chose de mal. Je voulais seulement le rapporter à la maison et le cuire pour mon dîner.

— Excusez-moi, madame, mais que vouliez-vous cuire pour votre dîner ? demanda Graham interloqué.

Elle ouvrit timidement son sac. Graham y distingua

une masse grise. Il plongea la main et en sortit le corps encore chaud d'un pigeon. Brusquement son détecteur bondit à quatre cents millirads. Sur la patte de l'oiseau mort il vit une bague autour d'une capsule qui constituait sans aucun doute la source des radiations. D'un coup, tout s'expliquait : les radiations qui apparaissaient et s'évanouissaient, qui changeaient de direction... C'étaient les pigeons, des pigeons piégés à seule fin de le rendre fou, lui et ses hommes.

Les terroristes qu'ils traquaient n'étaient pas seulement de dangereux fanatiques. Ils étaient aussi de diaboliques mystificateurs.

*

C'est une atmosphère lugubre que Michael Bloomberg découvrit en entrant dans le Bureau ovale. Le Président avait rassemblé ses plus proches collaborateurs – Condoleezza Rice, Dick Cheney, Donald Rumsfeld, Colin Powell et Milt Anderson de la CIA, ainsi que le secrétaire général de la Maison-Blanche. Leurs visages sinistres exprimaient le profond désarroi dans lequel se trouvait le gouvernement des États-Unis.

Le Président fit signe à Bloomberg de s'asseoir à côté de sa conseillère pour la Sécurité nationale. Puis, sur un ton d'oraison funèbre, il expliqua :

— Nous sommes face à un mur, Michael. L'ultimatum va expirer dans moins de quarante-huit heures et nous en sommes toujours au point zéro de nos efforts pour désamorcer cette crise. Un moment, nous avons espéré pouvoir entrer en contact avec Oussama Ben Laden et les instigateurs de ce chantage. Nous avons échoué. Vous savez comme moi quel acharnement déploient la police, le FBI et NEST pour trouver la bombe et mettre la main sur ceux qui la cachent dans New York. Jusqu'ici, ces efforts n'ont rien donné. Nous n'avons aucun indice.

Le Président souligna cet amer constat par un haussement d'épaules. Puis il fixa le maire de ce regard sévère qu'il prenait parfois quand il voulait dramatiser une situation.

— Nous pensons toutefois qu'il nous reste une dernière carte à jouer, Michael. Vous connaissez personnellement Ariel Sharon en raison du soutien que vous apportez à de nombreuses causes israéliennes, culturelles et autres. En tant que maire de New York, vous représentez ceux dont la vie est menacée par cette crise. De ce fait, vous êtes peut-être le seul à pouvoir influencer cet homme, le convaincre de se rallier à nous pour nous permettre d'annoncer solennellement au monde notre accord pour une évacuation immédiate des colonies. Accepteriez-vous de lui parler au téléphone pour tenter de fléchir son intransigeance ?

Bloomberg considéra son interlocuteur avec un mélange de respect et d'effroi.

— Bien sûr, monsieur le Président, mais je n'ai pas la moindre illusion sur mes chances de succès. Je connais assez Sharon pour savoir à quel point il est inflexible quand il pense que la sécurité d'Israël est en jeu. Quoi qu'il en soit, je suis prêt à essayer de le convaincre, monsieur le Président.

Quelques instants plus tard, le maire de New York avait le Premier ministre d'Israël au bout du fil. Comme l'avant-veille, quand le Président l'avait appelé, Sharon prit la communication dans la salle à manger de sa résidence de Balfour Street à Jérusalem où il achevait de dîner. Aucun tableau de valeur, aucune œuvre d'art ne décorait les murs de cette pièce simplement meublée, à l'exception d'un fragment des manuscrits de la mer Morte posé dans un cadre de verre sur la cheminée, cadeau d'Yigal Yadin, l'archéologue qui les avait découverts, à l'un des prédécesseurs de Sharon. En ces moments de crise aiguë, l'appel du maire de New York ne surprenait pas le chef du gouvernement israélien. Il accepta de bonne grâce que le président des États-Unis et ses collaborateurs écoutent leur conversation sur les haut-parleurs du Bureau ovale. Après les salutations d'usage, Bloomberg prit la parole.

— Général Sharon, déclara-t-il d'une voix ferme qui tentait de dissimuler son émotion, je m'adresse à vous en ma qualité de maire de la plus grande ville juive du monde. Mais ce n'est pas seulement au nom de mes trois millions de coreligionnaires que je vous appelle. C'est aussi au nom de tous mes administrés, qu'ils soient juifs, chrétiens, musulmans, hindous, bouddhistes, athées ; qu'ils soient blancs, noirs, jaunes... Pourquoi la vie de tous ces gens est-elle aujourd'hui en danger ? Parce que New York symbolise la puissance de notre pays, ainsi que les valeurs de la liberté et de la démocratie que nous incarnons aux yeux de l'univers. Oui, c'est bien à cause de ces valeurs que tant d'innocents sont aujourd'hui menacés d'extermination. Car il n'y a aucun doute que, si cette bombe explose, elle fera un million de morts.

« J'ai passé une partie de la matinée à survoler la ville en hélicoptère pour essayer de trouver un moyen d'arracher aux terroristes une partie de leurs otages. Je suis rentré bredouille. La ville est prise au piège. Bien entendu, mon devoir est de rester au milieu de mes concitoyens et de partager le sort de tous. Ce matin, ma fille Emma est venue me voir dans mon bureau. Comment aurais-je pu violer le secret dont je suis dépositaire pour l'avertir du danger et l'obliger à quitter la ville, alors que je n'ai pas le droit d'adresser un semblable avertissement à la population ? Si la bombe explose, ma fille périra vraisemblablement à mes côtés. Vous avez des enfants, général Sharon, vous comprenez certainement qu'il s'agit là du drame le plus terrible que puisse vivre un père.

Bouleversé par la situation qu'il venait d'évoquer, le maire sentit ses yeux se mouiller de larmes.

— Vous avez la chance, général Sharon, d'être dans une situation exceptionnelle, continua-t-il. Vous avez le pouvoir de désamorcer cette crise et de sauver la vie de centaines de milliers de personnes. Il vous suffit d'annoncer publiquement que vous êtes prêt à évacuer ces quelques dizaines de milliers d'Israéliens colonisant des terres qui n'appartiennent plus au peuple juif depuis deux mille ans...

— Cher Michael Bloomberg ! interrompit fermement le général israélien, comme je l'ai dit avant-hier à votre président, le problème n'est pas celui des colonies. Ce que vous me demandez, à moi et à mes compatriotes, c'est de capituler devant le chantage d'un groupe de fanatiques. Depuis le 11 septembre, votre président ne cesse de claironner sa détermination de ne céder en aucun cas à la menace du terrorisme. Or que nous demandez-vous ? De faire exactement ce qu'il a juré de ne jamais faire lui-même : céder au terrorisme.

— Général, je vous en prie ! s'énerva poliment Bloomberg. Israël n'a aucun droit légitime d'occuper ces territoires. Il n'en a jamais eu...

— Comment pouvez-vous dire cela, monsieur le maire ? Vous avez, comme tout juif, été élevé selon les préceptes de la Torah. Vous savez donc comme moi que Dieu a légué ces territoires à Moïse et au peuple juif pour l'éternité des temps.

— Général Sharon ! protesta Bloomberg. Nous ne pouvons pas gouverner le monde du XXIe siècle, le monde de l'âge thermonucléaire, en nous fondant sur un mythe religieux vieux de quatre mille ans. Si vous souhaitez invoquer les principes de notre foi, songez alors à ce commandement de la Torah qui prescrit que, lorsque la vie d'un seul homme est en danger, la communauté tout entière doit voler à son secours. Les vies d'un million d'individus sont menacées, général. Pas en Israël, mais ici, à New York. Vous seul pouvez contribuer à les sauver !

Le Premier ministre israélien pinça nerveusement les plis de son triple menton et prit une longue respiration.

— Je vais vous dire, monsieur le maire, quelle est la seule façon de résoudre cette crise, déclara-t-il. Que votre président apparaisse immédiatement sur toutes les chaînes de télévision du monde pour révéler tous les détails de ce chantage terroriste contre New York et annoncer que, si la bombe explose, les provinces islamiques extrémistes du Pakistan, dont sont originaires la plupart des assassins, seront rayées de la carte. Tout simplement !

— Ce qui ajoutera la mort de quarante millions d'innocents à celle du million de New-Yorkais, rétorqua aussitôt Bloomberg. C'est ça, la solution que vous proposez ?

— C'est la seule que les fous qui sont les responsables de ce chantage comprendront. Aussi douloureuses qu'en puissent être les conséquences, sachez bien, monsieur le maire, que nous n'évacuerons pas nos colonies sous la pression d'un chantage criminel.

Veuillez accepter mes regrets. Je prierai pour vous et pour votre fille. *Shalom !*

Il y eut un déclic. Ariel Sharon avait raccroché.

Michael Bloomberg adressa à George W. Bush un regard désemparé. C'était pire que tout ce qu'il avait craint. Bouleversée, Condoleezza Rice s'essuyait discrètement les yeux, tandis que ses collègues et le Président restaient muets. C'est Milt Anderson, le chef de la CIA, qui rompit le lourd silence enveloppant le bureau.

— Monsieur le Président, vous ne pouvez pas laisser massacrer un million d'Américains parce que le Premier ministre d'Israël s'entête à mener une politique qui n'a aucun fondement légitime ou historique. Si Sharon et les Israéliens refusent de déménager leurs colons de la totalité des Territoires occupés, c'est vous qui devrez vous en charger.

— De quelle façon ? demanda George W. Bush pris de court par la brutalité de la suggestion.

— Je ne sais pas, monsieur le Président. Peut-être pourriez-vous convoquer les chefs d'état-major pour le leur demander.

Le Président hocha plusieurs fois la tête avant de se tourner vers le secrétaire à la Défense.

— Donald, Milt a raison. Faites venir immédiatement les chefs d'état-major !

*

— Ah ! ironisa Olivia Philips, encore un de ces « meilleurs cappuccinos » de New York !

T. F. O'Neill venait de poser une tasse écumante sur le bureau de sa coéquipière du FBI.

— Écoute, ma belle, attends-moi ici au commissariat, j'ai une petite course personnelle à faire à Queens. Je reviens dans une heure. Profites-en pour jeter un coup d'œil sur ces rapports de police. Peut-être y trouveras-tu des idées de lieux qu'on devrait aller inspecter ensemble.

Vingt minutes plus tard, O'Neill arrêtait sa Chevrolet devant le portail de l'institution Notre-Dame-de-la-Passion pour enfants handicapés de Glendale, une coquette banlieue new-yorkaise. La sœur Mary-Francis Auchelle l'accueillit à la porte.

— J'espère qu'il n'y a rien de grave, monsieur l'inspecteur, s'inquiéta-t-elle.

— Non, non, ma sœur, rien du tout. J'aimerais seulement emmener ma fille durant deux ou trois jours chez mes parents dans le Connecticut.

— Oh ! mon Dieu ! soupira la brave religieuse, je crains que cela ne soit contraire au règlement. Il faut que j'en parle avec la mère supérieure...

— Vous voyez, ma sœur, insista O'Neill avec embarras, la sœur de ma femme est venue de Californie pour une courte visite. Elle n'a jamais vu Katy et nous souhaitons beaucoup qu'elle fasse sa connaissance. – Il consulta sa montre. – Je suis très pressé, ma sœur. Auriez-vous l'obligeance d'aller la chercher ?

— Ne pourriez-vous revenir dans la soirée afin de me donner le temps d'en parler avec notre mère supérieure ?

— Je crains que non, ma sœur. Comme je vous l'ai dit, je suis pressé par des affaires urgentes.

— Bon, abdiqua la religieuse. Attendez ici pendant que je vais chercher Katy et préparer son sac...

Elle entraîna le policier vers une baie vitrée qui donnait sur la salle de jeux de l'institution. C'était une salle de jeux pareille à celles de toutes les écoles, avec un manège, un guignol, un toboggan, des cubes, des poupées... Comme chaque fois qu'il venait ici, O'Neill sentit l'émotion lui nouer la gorge. Il chercha son enfant dans le groupe des fillettes et vit la religieuse lui prendre délicatement la main et l'enlever à ses camarades. Son cœur se serra à la vue de toutes ces petites filles innocentes aux yeux bridés, aux gestes maladroits, aux regards débordant d'amour et de confiance.

« Et elles ? se demanda-t-il. Je vais sauver ma petite fille bien-aimée, mais toutes les autres ? »

Cinq minutes plus tard, la religieuse revint avec l'enfant et son sac de voyage, mais le papa de Katy n'était plus là. La religieuse sortit dans la rue : sa voiture avait disparu.

*

Il était quatorze heures trente, heure de Washington, quand le général Malcolm MacIntyre, commandant en chef du corps des marines, fit son entrée dans la salle du Conseil de sécurité de la Maison-Blanche. Moins d'une heure avait suffi pour que le Pentagone préparât, à l'intention du président des États-Unis, un plan d'action pour une éventuelle opération militaire contre l'État d'Israël. Le général au crâne rasé, la poitrine de sa vareuse vert olive constellée de cinq rangées de décorations, prit place derrière le pupitre sur la petite estrade au fond de la pièce.

— Monsieur le Président, mesdames, messieurs, je tiens d'abord à souligner que les propositions militaires que je vais développer devant vous ont reçu l'aval de nos collègues du Département d'État, commença-t-il.

Il s'agit d'une stratégie élaborée conjointement par le département de la Défense et par le Département d'État, et visant à répondre de façon globale à la requête présentée voici une heure par le Président.

Ce préambule causa une certaine surprise dans l'assistance, la concordance de vues entre la défense et la diplomatie n'étant pas chose habituelle au sein du gouvernement américain.

— Nous vous proposons, monsieur le Président, d'engager une action à la fois militaire et politique, avec l'espoir que la réussite de la première permettra la réalisation de la seconde.

Le général se tourna alors vers la carte à grande échelle d'Israël et de sa région qui avait été placée à sa droite. Armé d'une baguette, il poursuivit en pointant sur la carte.

— Notre VIe flotte est actuellement déployée ici, en Méditerranée orientale, à cinq heures de mer des côtes israéliennes. Elle se compose essentiellement des deux groupes des porte-avions *Abraham Lincoln* et *George Washington*, deux unités parmi les plus puissantes et les plus modernes de notre marine. Quelles que soient les capacités des forces aériennes israéliennes, nous sommes persuadés que ces deux porte-avions offriront une couverture aérienne adéquate à nos forces terrestres de débarquement. Toutefois, si cela s'avère nécessaire, nous pouvons faire appel aux escadrons de l'US Air Force stationnés sur la base aérienne d'Incirlik, en Turquie.

« Compte tenu des tensions qui règnent dans la région, ce sont deux bataillons renforcés de marines, et non pas un seul, qui se trouvent à bord de nos unités, soit environ huit mille hommes. Nous proposons de faire débarquer ces deux bataillons ici, dans le nord de la bande de Gaza. Ils s'enfonceront immédiatement en direction des colonies de Alai Sinaï et Nisanit, puis ils occuperont le carrefour stratégique d'Erez qui commande l'accès au reste de la Cisjordanie. À cet endroit, la côte se trouve peu profonde, ce qui fournira d'excellentes conditions d'approche à nos engins de débarquement. Les bataillons de marines sont équipés de transports de troupes blindés, de jeeps Humvee et de chars Abrams, qui pénétreront immédiatement dans le périmètre de Netzarim. Les hommes rassembleront alors les colons pour les transporter vers le nord, dans la zone d'Ashkelon située à l'intérieur des frontières d'Israël d'avant 1967.

— Et que faites-vous des quinze mille soldats israéliens déployés autour de la colonie pour la protéger des attaques des Palestiniens ? demanda Condoleezza Rice. Croyez-vous qu'ils resteront les bras croisés à regarder nos forces embarquer les colons ?

Le général MacIntyre se tourna vers le fonctionnaire en civil assis à sa gauche.

— Comme je l'ai dit, cette opération est une action conçue conjointement par le département de la Défense et par le Département d'État. Je vais donc laisser au sous-secrétaire d'État pour les affaires du Proche-Orient le soin de répondre à votre question, madame.

Le petit homme à lunettes se leva.

— Quelques instants avant que nos bataillons de marines embarquent dans leurs péniches, déclara-t-il, notre plan prévoit que le chef de l'État s'adressera par radio à la nation, allocution qui sera immédiatement relayée dans le monde entier. Le Président y révélera en détail le chantage des terroristes contre la ville de New York et l'intransigeance du Premier ministre israélien qui nous oblige à recourir à cette action militaire afin d'épargner les vies de centaines de milliers de New-Yorkais. Nous avons fixé l'heure H de cette allocution et du début des opérations militaires trois heures avant qu'expire l'ultimatum des terroristes vendredi, c'est-à-dire dans un peu moins de trente-six heures. Le Président devra indiquer que, si nécessaire, nous étendrons notre opération à l'ensemble de la Cisjordanie. Mais nous avons bon espoir que cette allocution et le premier débarquement inciteront les terroristes à renoncer à leur menace contre New York et à nous révéler l'endroit où ils ont caché leur bombe. Cependant, vous savez mieux que personne, Miss Rice, que nous n'avons pu établir aucun contact avec les instigateurs de cette menace contre New York et que nous n'avons donc aucune garantie qu'ils répondront à l'initiative du Président.

— Et les colons ? pressa Condoleezza Rice. Ils sont tous armés. Est-ce que vous vous imaginez qu'ils vont monter dans nos camions comme dans des autocars de ramassage scolaire ? Que se passera-t-il s'ils ouvrent le feu ?

— Nos hommes sont des marines, Miss Rice. Ils répliqueront à toute attaque comme ils ont appris à le faire.

— Et vous croyez vraiment que l'artillerie israélienne laissera vos péniches arriver jusqu'au rivage sans leur envoyer un seul obus ?

— Si les canons israéliens ouvrent le feu, l'artillerie de nos bateaux aura vite fait de les réduire au silence.

— En d'autres termes, pour appeler un chat un chat, c'est dans une guerre contre Israël que vous nous proposez de nous engager.

Le diplomate fit une grimace.

— Nous espérons ne pas en venir là, Miss Rice, et qu'au dernier moment la raison l'emportera.

La voix de Condoleezza Rice se fit tout à coup grinçante :

— Je crains que vous ne preniez vos désirs pour des réalités, dit-elle.

Le Président avait suivi l'échange sans intervenir, mais son visage crispé disait qu'il partageait les craintes de sa conseillère.

— Général MacIntyre, lança-t-il, quelle est la deuxième partie de votre plan ?

Le général reprit sa place derrière le pupitre, calme et sûr de lui comme seul peut l'être un officier d'état-major.

— Si notre débarquement n'a pu mettre fin à la crise, déclara-t-il, nous ferons venir d'Irak la 101e division aéroportée, ainsi que la 1re division blindée, afin de procéder à une évacuation complète de toutes les implantations, à l'exception de l'importante colonie d'Ariel, au nord de Ramallah, que tout le monde semble prêt à accorder à Israël en échange d'une compensation pour les Palestiniens d'un territoire israélien équivalent.

— Messieurs, je vous remercie, déclara calmement le Président. Mes collaborateurs et moi allons étudier en détail vos propositions. Vous serez informés de ma décision dans les heures qui viennent. En attendant, je vous prie de préparer cette opération comme si elle devait se produire.

Tandis que le général et le diplomate se retiraient, il éprouva le besoin de laisser libre cours à sa colère devant ses collaborateurs.

— Le monde est fou, complètement fou, tempêta-t-il. Cette affaire est monstrueuse. Nous voilà sur le point de partir en guerre contre notre seul véritable allié sur cette terre et nous sommes toujours à mille lieues de savoir où se trouve cette bombe. Que faire ? Envahir Israël ? Prendre le risque d'ordonner dès demain matin un sauve-qui-peut général des New-Yorkais ?

Il se tourna vers son entourage immédiat :

— Condi, Dick, Donald, Colin ! Rejoignez-moi dans le Bureau ovale. J'ai besoin de vos conseils.

*

Cinq minutes ne s'étaient pas écoulées depuis la fin de la réunion qu'un appel téléphonique résonnait dans le bureau de l'antenne du Mossad, le service de renseignements israélien, installé en plein centre de Washington. Daniel Olmert, le chef de l'antenne, reconnut la voix du correspondant avant même que celui-ci lui ait révélé son nom de code. Il s'agissait d'un haut personnage du département de la Défense.

— Mets ton enregistreur en marche ! ordonna celui-ci.

Les États-Unis n'ont guère de secrets pour le gouvernement israélien. En quelques phrases courtes et précises, l'Américain transmit à l'espion israélien un résumé de la séance qui venait de se tenir à la Maison-Blanche.

Aussitôt crypté, le rapport s'envola par radio vers Jérusalem.

*

C'est sans doute l'installation la plus secrète à la disposition du gouvernement des États-Unis. À deux cent quatre-vingts kilomètres de Londres, dans les verdoyantes collines du Yorkshire, le centre de Menwith Hill dépend en théorie du commandement des renseignements et de la sécurité militaires. En fait, l'installation est un avant-poste civil de la NSA, l'agence de la sécurité nationale dont la mission est d'enregistrer dans les banques de données de ses ordinateurs géants toutes les formes de communication venant de l'espace, qu'il s'agisse des transmissions par satellites des communications téléphoniques et des télécopies, des appels par téléphones cellulaires, des virements codés des milliards de dollars provenant du trafic international des armes, de la drogue, de la prostitution, du commerce de la pornographie...

Menwith Hill est une base si confidentielle qu'aucun parlementaire de Sa Gracieuse Majesté n'a jamais été autorisé à la visiter. C'est un morceau d'Amérique en territoire britannique hérité d'un accord secret d'extraterritorialité négocié en 1951 par Harry Truman avec Winston Churchill. Son activité la plus secrète est celle qui a pour théâtre le SBI, le centre de stockage des renseignements sensibles. Parmi d'autres renseignements, ce centre conserve toutes les informations interceptées dans l'espace par une autre installation également très secrète de la NSA, *the Big Ear* – la grande oreille –, installée à Bad Ebling, en Allemagne. Celle-ci est spécialisée dans l'interception de toutes les communications électroniques à destination ou en provenance des zones sensibles du Proche et du Moyen-Orient.

En appelant Beyrouth sur leur téléphone cellulaire pour informer Imad Mugnieh de la bonne exécution de leur mission, les trois terroristes de New York s'étaient rendu compte qu'ils avaient pris un risque. C'est pourquoi, ils s'étaient immédiatement débarrassés de leur petit Nokia tout neuf en le jetant dans une poubelle.

Du fait de sa destination « sensible », leur brève communication avait été automatiquement repérée par la « grande oreille » de Bad Ebling qui l'avait enregistrée et stockée sur ordinateur. L'identité du destinataire de l'appel n'avait pu être vérifiée car le numéro de Beyrouth correspondait à une cabine téléphonique. Mais le numéro matricule du Nokia utilisé avait été dûment enregistré et mis sur « alerte rouge », en prévision de nouveaux appels effectués par ce même appareil.

Quelques minutes après vingt heures, heure de Londres, ce mercredi soir, un signal d'alerte rouge se mit à flasher sur la console de l'officier de garde à Menwith Hill. Une rapide vérification révéla que le téléphone cellulaire qui avait appelé Beyrouth l'avant-veille venait d'être réutilisé, cette fois pour appeler un numéro à Brême, en Allemagne. Aussitôt contactée, la Deutsche Telekom indiqua que l'appel avait été reçu par une Mme Hildegard Helbling, demeurant 23 Wilhemstrasse à Brême.

L'officier avertit aussitôt l'antenne de la CIA à Berlin et lui demanda d'envoyer d'urgence quelqu'un à cette adresse de Brême pour savoir qui avait appelé de New York au moyen de ce téléphone portable.

Une demi-heure plus tard, Mme Helbling eut la surprise de voir débarquer chez elle deux messieurs qui se présentèrent au nom de la centrale de renseignements américaine. Elle s'empressa d'offrir sa coopération. Bien sûr, elle savait qui avait appelé de New York. C'était sa fille Ingrid qui vivait avec son *boy-friend* Jimmy. Il s'appelait James Burke et ils habitaient sur la 37e Rue, près de la 6e Avenue.

*

Le visage bouffi de fatigue et de stress, tapotant nerveusement des doigts le bord de la table, Ariel Sharon s'apprêtait à s'adresser à ses ministres. Il avait convoqué ce conseil extraordinaire quelques minutes après avoir reçu le message du Mossad révélant que le gouvernement américain avait décidé de débarquer des marines sur le territoire israélien pour évacuer par la force nos colonies de Judée et de Samarie.

— Je suis désolé d'avoir été obligé d'interrompre si brutalement votre soirée, s'excusa-t-il, mais je crains que nous soyons confrontés à l'une des pires crises, sinon la pire, dans l'histoire de notre pays. Une crise comme celle que j'avais déjà envisagée au début de février 2004.

Il se tourna aussitôt vers le chef du service des renseignements militaires.

Nahum Milchan lut aux ministres le texte du rapport secret reçu de Washington.

— Nous ne pouvons nourrir aucun doute sur les intentions américaines, déclara le colonel qui avait traversé le canal de Suez avec les blindés de Sharon pendant la guerre de 1973. Il y a une demi-heure, nos radars surveillant la VIe flotte ont constaté que ses navires avaient changé de cap et qu'ils se dirigent à présent vers nos côtes.

Cette révélation provoqua une réaction de stupeur et de colère autour de la table du conseil.

— Il faut immédiatement alerter la presse internationale ! tonna Jacob Levine, le ministre de la Construction. Ça clouera les Américains sur place. Bush sera obligé de se retourner contre le Pakistan.

— Tu as perdu la raison, Jacob ! explosa le vice-

Premier ministre Schlomo Avriel. Si les Américains apprennent que la ville de New York est sur le point d'être anéantie par une bombe atomique à cause de nos colonies, il ne s'en trouvera pas un seul pour s'opposer à une intervention militaire contre nous.

La voix d'Ehud Levy, le ministre du petit parti Shinui connu pour ses opinions modérées, tenta de dominer le tumulte.

— Pourrions-nous, pour une fois, reconnaître nos erreurs ? demanda-t-il. Pourquoi ne pas évacuer nous-mêmes ces colonies ? Elles immobilisent notre armée, coûtent des millions de dollars à nos concitoyens, et nous aliènent la sympathie du monde entier.

Il se tourna vers le chef d'état-major des forces de défense, un colosse au crâne rasé qui portait son béret plié sous la patte de son épaulette.

— Est-ce que l'armée accepterait de déménager ces colons ? lui demanda-t-il.

Ce n'était pas le genre de question à laquelle le général Benny Dan se réjouissait de répondre.

— Nos hommes sont dans les Territoires pour protéger les colons, pas pour les chasser par la force, déclara-t-il. Ouvrir le feu sur eux jetterait sans aucun doute notre pays dans une guerre civile. Vous avez de toute façon entendu ce que dit le rapport du Mossad. Le déménagement des colonies de Gaza n'est que la première étape du plan américain.

Assis comme toujours à sa place favorite sous le portrait de Theodor Herzl, le fondateur du sionisme, l'ancien Premier ministre Benyamin Netanyahou intervint à son tour.

— Comme je n'ai cessé de le répéter depuis le début de cette crise, toute capitulation devant le chantage de ces islamistes fanatiques signerait la fin d'Israël en tant que nation.

— Benji a raison ! approuva vivement Sharon. Quand j'ai été forcé de faire évacuer nos colonies du Sinaï à cause de notre accord de paix avec l'Égypte, je me suis juré de ne jamais plus contraindre notre armée à utiliser la force pour chasser des juifs de la terre d'Eretz Israel. Ce serment, j'ai l'intention de le tenir aujourd'hui.

C'est alors qu'éclata la voix jusqu'ici silencieuse du rabbin extrémiste Avigdor Beibelman. Personne autour de la table ne savait que le fanatique ministre avait monté une opération destinée à défier ouvertement les exigences des terroristes.

— Arik, demanda-t-il au Premier ministre, faire débarquer les marines sur nos plages, c'est un acte de guerre, n'est-ce pas ? Dans cette éventualité, tu envisages certainement d'ordonner à nos troupes d'ouvrir le feu sur les Américains, non ?

L'interrogation était tellement dérangeante que, pendant plusieurs secondes, on n'entendit plus dans la salle que le halètement sourd des respirations.

— Ta question est l'une des plus difficiles à laquelle un chef de gouvernement puisse se trouver confronté, répondit enfin Sharon. Commander à ses soldats de tirer sur les soldats d'un pays ami et allié est un acte déchirant. Je ne connais qu'un seul précédent dans l'Histoire quand, au début de la Seconde Guerre mondiale, Winston Churchill ordonna à la Royal Navy d'ouvrir le feu sur la flotte française de Mers el-Kébir après la capitulation de la France, pour empêcher que ses navires ne tombent aux mains des Allemands. Cet ordre l'a hanté pour le reste de sa vie. C'est pourquoi je souhaite que la réponse à ta question fasse l'objet d'un vote collectif du gouvernement. Que ceux qui sont partisans de repousser par la force les Américains s'ils tentent de débarquer sur le sol national lèvent la main !

Sharon considéra l'assistance d'un regard solennel et commença à compter les mains qui se levaient les unes après les autres puis, à son tour, il leva la sienne. Il demanda ensuite à ceux qui souhaitaient s'opposer à la motion ou s'abstenir de lever la main. Le décompte terminé, il se tourna vers le secrétaire du gouvernement assis derrière lui :

— Appelle-moi d'urgence le président Bush, ordonna-t-il.

Il fallut moins d'une minute pour atteindre le Président dans le Bureau ovale où il continuait de conférer avec Condoleezza Rice, Dick Cheney, Donald Rumsfeld et Colin Powell.

— Monsieur le Président, commença Sharon sur le ton d'un médecin annonçant à son patient qu'il souffre d'un cancer terminal, je me trouve dans l'obligation de vous informer que le gouvernement d'Israël vient, après une longue et douloureuse discussion, de décider par vingt-neuf voix contre sept et trois abstentions, d'ordonner à Tsahal de repousser par la force toute tentative de vos marines de débarquer sur notre sol. C'est une décision cruelle et terrible, peut-être la plus déchirante qu'un gouvernement d'Israël ait jamais été conduit à prendre. J'espère, monsieur le Président, que vous et vos conseillers en mesurerez comme nous l'extrême gravité, et que vous déciderez par conséquent d'annuler votre projet d'invasion de la Cisjordanie. Quels que soient les périls que cet odieux chantage terroriste fait peser sur la vie d'un aussi grand nombre de vos compatriotes, j'espère que vous comprendrez que l'Histoire ne vous pardonnerait jamais d'avoir fait couler en même temps le sang de soldats américains et de soldats israéliens sur la terre sacrée de Moïse et de Jésus-Christ. Je prie, monsieur le Président, pour que Dieu vous dispense sagesse et vision en cette heure tragique.

Le chef de l'État prit une profonde inspiration avant de répondre. Sa voix ne trahissait aucune hésitation mais, au contraire, une implacable résolution.

— Cher Arik, dit-il en utilisant cette fois le surnom familier d'Ariel Sharon, comme le prouve le débat passionné qui se déroule encore en ce moment dans mon bureau, nous sommes tout aussi déchirés que vous par le spectre d'un conflit armé entre les États-Unis et l'État d'Israël. Mais quelles qu'en soient les terribles conséquences, nous ne pouvons accepter que des centaines de milliers d'Américains meurent parce que votre gouvernement refuse d'évacuer des territoires sur lesquels ni l'Histoire, ni aucun traité international, ni aucune considération de géopolitique moderne, ne vous donnent le moindre droit. Mon gouvernement et moi avons décidé qu'à défaut d'une solution de cette crise avant neuf heures du matin vendredi, heure de Washington, je n'aurai d'autre choix que de m'adresser à la nation et au monde pour révéler tous les détails de cette effroyable crise et ma décision de faire débarquer les marines en Israël dans l'espoir de désamorcer le chantage des terroristes. Je prie Dieu de ne pas être obligé d'en arriver là.

Il y eut un épais silence à l'autre bout de la ligne.

— J'en fais autant, murmura Sharon. *Shalom !* George.

— *Amen* ! Arik.

8

New York, Washington, Jérusalem, Waziristan
Jour J moins un

« THIS IS CNN. 7 AM *Eastern Standard Time. Here are the stories we are following this morning :* Le président Bush se trouve toujours alité dans ses appartements de la Maison-Blanche, à la suite de l'infection intestinale qui l'empêche depuis dimanche de poursuivre sa campagne pour sa réélection dans plusieurs États du Middle West. Le président français Jacques Chirac et le Premier ministre britannique Tony Blair reprennent à midi leurs négociations à Londres sur l'entrée de la Grande-Bretagne dans la zone euro... Et cette information qui nous parvient en dernière minute de Jérusalem : près d'un millier de colons israéliens conduits par le ministre de l'Intégration des nouveaux immigrants font en ce moment mouvement vers plusieurs villages arabes proches de la colonie de Kedumin à une vingtaine de kilomètres de la ville palestinienne de Naplouse, pour y implanter une nouvelle colonie.

Reportage complet à neuf heures sur cette extension de la colonisation israélienne dans les Territoires occupés. »

À l'hôtel Madison sur la 38e Rue, dans la chambre 312, deux hommes jaillirent de leurs lits comme des ressorts.

— Je te l'ai dit, Khalid, explosa Omar Tahiri, jamais cette ordure de Sharon ne chassera les colons juifs ! Jamais ! Au contraire, il renforce leur présence ! Et ce n'est pas la menace de réduire en poussière un million de New-Yorkais qui le fera changer d'avis. L'idée de Mugnieh était complètement utopique !

Khalid écoutait son compagnon les dents serrées. Ses yeux brûlaient de colère, de haine, d'une soif de vengeance, de tuer même au prix de sa propre vie.

— Écoute, mon frère, essayait de le raisonner Omar, des centaines de milliers de morts innocents ne nous feront pas retrouver notre patrie. Il a fallu que je vienne jusqu'ici pour le comprendre. Tu as vu ces gens dans la rue – des Chinois, des Hispaniques, des Italiens, des Noirs... Ce ne sont pas nos ennemis. Nos ennemis sont les Israéliens qui, en Palestine, tuent nos enfants, détruisent nos maisons, volent nos terres, abattent nos oliviers. Faire sauter une bombe atomique ici ne servira à rien, sinon à pousser le monde entier à nous haïr encore davantage. Il ne se trouvera plus personne pour soutenir notre revendication à obtenir une patrie. Je t'assure : ce serait fou, et surtout inutile, de faire sauter cette bombe !

— Que tu le veuilles ou non, Omar, cette bombe sautera !

— Je t'empêcherai de commettre cette folie.

— Tu es un traître ! explosa alors Khalid hors de

lui. Pourquoi as-tu accepté cette mission si c'est pour te dégonfler à la première occasion ?

Sa main jaillit comme une hache et s'abattit sur la joue d'Omar qui chancela sous le coup et bascula sur le sol entre les deux lits. Khalid se jeta sur lui et le saisit à la gorge.

La bouche ouverte, les yeux révulsés, Omar cherchait de l'air. Il parvint à rouler sur le côté et allongea le bras pour saisir, dans la poche de son veston, le petit revolver 6.35 qu'on lui avait remis à son arrivée à Montréal. Serrant l'arme entre ses doigts tremblants, il réussit à appuyer sur la détente. La balle rasa l'oreille de son agresseur et alla se planter dans le plafond. Les pouces du jeune Palestinien vinrent alors écraser la gorge de son compagnon, juste au-dessous de la pomme d'Adam. Il y eut un bruit sec. Un spasme secoua Omar et sa bouche s'ouvrit sur une giclée de bave. Khalid maintint la pression pendant de longues secondes puis la relâcha. La tête d'Omar bascula en arrière. Il était mort.

— Je te jure que cette bombe explosera ! lança rageusement Khalid au cadavre. Je te le jure ! S'il le faut, je la ferai sauter moi-même. Tu as perdu, traître !

Il enfila son blouson de cuir, remit un peu d'ordre dans ses cheveux, arracha le revolver de la main d'Omar et sortit précipitamment de la chambre.

*

L'initiative venait directement du préfet de police Ray Kelly. Chaque inspecteur et chaque agent du FBI participant à la gigantesque opération policière lancée à travers New York reçut sur son portable l'ordre de se présenter à huit heures précises au commissariat le plus proche pour assister à une conférence vidéo. L'initiative était sans précédent dans l'histoire de la police new-yorkaise, mais sa justification ne faisait aucun doute pour le préfet qui voyait avec angoisse se rapprocher l'heure de l'ultimatum fixée par les terroristes.

T. F. O'Neill avait fait installer l'écran de télévision dans la cantine de son commissariat, seule pièce assez grande pour recevoir en même temps tous ses inspecteurs et les agents du FBI avec lesquels ils faisaient équipe. Avec fierté, il fit asseoir Olivia à côté de lui. Alors que les visages des hommes accusaient la fatigue de la traque épuisante des dernières heures, la jeune fed avait l'air de sortir d'une publicité pour L'Oréal.

« Quelle femme ! » se dit O'Neill. Elle aurait sûrement pu trouver un prétexte pour quitter la ville. Mais non, elle est là où le devoir l'appelle, prête à mourir comme une grande sur le champ de bataille du terrorisme.

Le visage de Ray Kelly apparaissant sur l'écran interrompit ses réflexions. « Mesdames et messieurs, commença le préfet de police, je serai bref car le temps nous est compté. Je dois vous révéler un fait que nous avons jusqu'à présent tenu secret. Les terroristes qui ont caché un baril de chlore dans New York nous ont lancé un ultimatum. Si le gouvernement des États-Unis n'accède pas à leurs exigences avant demain midi, heure de New York, ils répandront les substances mortelles qu'il contient. Cet acte provoquera une tragédie dans tout le quartier où se trouve le baril, et même au-delà. Je vous lance donc un appel pressant. Tout notre temps et toute notre énergie doivent se concentrer sur un seul objectif : trouver ce baril. Je compte sur chacun de vous pour exploiter la moindre information, pour ne négliger aucune piste, pour faire preuve d'imagination.

Il y va de la vie de milliers de New-Yorkais. Bonne chance ! »

O'Neill se leva et se retourna vers l'assistance.

— Vous avez entendu le préfet, lança-t-il. Vous connaissez tous vos objectifs. Il n'y a plus une seconde à perdre !

C'est alors que retentit la sonnerie du portable d'Olivia. À voir l'expression de sa coéquipière, O'Neill comprit que l'appel était important.

— C'était le QG, chuchota-t-elle après avoir éteint son appareil. La NSA a localisé un individu qui a appelé Beyrouth avant-hier soir d'un téléphone portable non identifié. Il s'agit d'un certain James Burke qui travaille pour les ordinateurs Dell et qui habite le quartier, sur la 38e Rue, près de la 6e Avenue. Ils veulent qu'on aille tout de suite l'interroger.

*

Trois coups secs, une pause, encore deux coups secs, une autre pause et un coup final – c'était le code dont ils étaient convenus pour s'identifier et se faire ouvrir la porte de leur cachette. Nahed entrebâilla la porte et Khalid se glissa à l'intérieur. À son air surexcité, la jeune femme comprit instantanément qu'il s'était passé quelque chose de grave.

Khalid s'assit sur un coin de la caisse dans laquelle la bombe avait été expédiée de Bombay et se prit sa tête dans les mains.

— J'ai tué Omar, murmura-t-il. Il voulait nous trahir. Il voulait m'empêcher de faire sauter la bombe.

Nahed sursauta.

— Allume la radio, lui ordonna Khalid. CNN annonce que des centaines de colons juifs s'apprêtent à s'emparer de nouvelles terres près de Naplouse. Les guerriers du jihad ont perdu la première manche du combat, mais je les vengerai quoi qu'il arrive !

Il se leva, serra les épaules de la jeune femme et la regarda droit dans les yeux.

— Nahed, murmura-t-il d'une voix soudain adoucie, ta présence ici n'est plus nécessaire. Omar est mort mais moi, je vais rester ici même, dans cette pièce, jusqu'à l'expiration de l'ultimatum demain à midi. Si aucun appel téléphonique ne vient déclencher l'explosion, je ferai moi-même sauter la bombe en appuyant sur ce bouton.

Il montra de la tête le détonateur qu'ils avaient fixé sur l'engin à la demande de Mugnieh.

— Les ennemis de notre peuple recevront le châtiment qu'ils méritent. Va me chercher quelques provisions et de l'eau afin que je n'aie pas à sortir avant demain midi.

Il sortit une liasse de billets de sa poche et la lui donna.

— Prends ça ! Tu as ton passeport canadien. File au Canada ! La Palestine a encore besoin de toi.

Nahed coiffa sa perruque blonde et enfila son manteau. Dix minutes plus tard, elle était de retour avec un sac plein de vivres et de bouteilles d'eau. Les yeux brillants de larmes, elle caressa la joue de Khalid. Elle voulait lui dire quelque chose mais les mots n'arrivaient pas à franchir ses lèvres. Finalement, elle parvint à murmurer :

— Puisse Allah t'accueillir dans son paradis comme le héros et le martyr que tu es !

Elle l'embrassa, ouvrit la porte sans bruit et descendit l'escalier en hâte. Le concierge pakistanais était en train de balayer le vestibule du rez-de-chaussée. Elle passa devant lui comme un fantôme et se fondit dans la foule matinale des passants.

*

— C'était ici même, déclara Jimmy Burke en montrant à T. F. O'Neill et à Olivia Philips la poubelle au coin de la 38e Rue et de la 6e Avenue où il avait trouvé le téléphone portable.

— Oui, confirma sa fiancée Ingrid, il était posé sur un tas de vieux journaux.

— Il n'avait plus de batterie, expliqua le garçon. Mais je me suis dit que j'allais lui en mettre une et m'en servir pour appeler la mère d'Ingrid en Allemagne. Ça a marché. C'est la seule fois où je l'ai utilisé.

— Vous souvenez-vous de l'heure qu'il était quand vous l'avez trouvé ? demanda Olivia.

— Nous allions à un concert à Carnegie Hall. Il commençait à vingt heures trente. Il devait donc être un peu plus de vingt heures.

— Eurêka, monsieur l'inspecteur ! s'exclama Olivia. La NSA a intercepté l'appel à destination de Beyrouth à dix-neuf heures vingt-quatre. C'est donc que les individus qui nous intéressent ne devaient pas être à plus d'une demi-heure de marche d'ici.

— C'est-à-dire dans le secteur que nous sommes en train de passer au peigne fin, murmura O'Neill en lançant un clin d'œil complice à sa coéquipière.

— Je crois, inspecteur, que nous pouvons rendre leur liberté à nos amis Burke, suggéra Olivia.

O'Neill s'empressa d'acquiescer. Puis il décrocha son portable pour rendre compte au QG de Brooklyn.

Prenant le bras d'Olivia, il l'entraîna alors vers la 5e Avenue.

— C'est tout ce coin qu'il faut ratisser à mort, déclara-t-il avec un large geste circulaire du bras. Mais, avant de continuer, j'aimerais que nous fassions une petite halte quelque part.

*

Le Président pénétra dans la salle du Conseil de la Maison-Blanche avec l'impétuosité d'un taureau de combat entrant dans une arène. Ses yeux lançaient des éclairs. Il était tellement en colère qu'il en oublia l'invocation religieuse par laquelle il commençait traditionnellement ses réunions avec ses collaborateurs.

— Mesdames et messieurs, s'écria-t-il en brandissant la chemise de carton bleu qui contenait le rapport quotidien de la CIA. Ce rapport m'apprend que trois cents colons israéliens sont sur le point d'occuper une trentaine d'hectares de terre palestinienne du secteur de Naplouse, avec leurs caravanes et leurs mobil-homes, pour y implanter une nouvelle colonie. Leur chef est le rabbin Avigdor Beibelman, un ministre du gouvernement israélien. Il a invité la presse nationale et internationale à couvrir l'événement. CNN a déjà diffusé les premières images de ce coup de force. Il s'agit de la pire provocation qu'on puisse imaginer pour réduire à néant toutes nos chances d'aboutir à une solution pacifique.

Tremblant de rage, Bush reposa le dossier bleu sur la table. Il parcourut l'assistance du regard, s'arrêtant sur chaque visage pour en guetter les réactions.

— Sharon ne peut pas les empêcher de passer ? s'indigna quelqu'un au fond de la salle.

— Rien ne montre qu'il en ait l'intention, répliqua le chef de la CIA, Milt Anderson.

Comme souvent, ce fut Condoleezza Rice qui, d'une voix placide mais ferme, offrit une suggestion.

— Monsieur le Président, vous devriez appeler immédiatement Jérusalem et dire au Premier ministre que, s'il ne retient pas ces colons, vous considérerez son attitude comme... eh bien, comme un *casus belli.*

L'assistance manifesta bruyamment son approbation.

— Condi a raison, déclara le Président après une courte réflexion.

Il demanda à l'officier des transmissions d'établir une communication avec la capitale d'Israël.

Après deux minutes d'une attente angoissée, la voix du Premier ministre israélien se fit entendre par les huit haut-parleurs encastrés dans la table de la salle du Conseil.

— Je vous écoute, George, déclara Ariel Sharon sans s'embarrasser des salutations habituelles. J'espère que vous m'appelez pour m'annoncer que vos policiers ont trouvé la bombe cachée dans New York.

— Non, Arik, répliqua sèchement le président américain en s'efforçant de contrôler sa colère. Je vous appelle pour vous dire que votre ministre Beibelman est en train de signer l'arrêt de mort d'un million de New-Yorkais. Je vous conjure d'ordonner à votre armée de stopper immédiatement cette folle entreprise qui risque de précipiter la tragédie vers une issue fatale.

— Monsieur le Président, je suis au regret de vous dire que ceci est hors de question, répliqua calmement Sharon. Vous nous avez menacés de faire débarquer vos marines à Gaza pour expulser par la force mes compatriotes des terres qu'ils occupent légitimement. Si vous mettez cette menace à exécution, je me verrai obligé d'ordonner à notre armée de repousser votre invasion. À présent, vous me demandez d'utiliser la force contre des hommes et des femmes dont le seul tort est de vouloir reprendre la terre que Dieu leur a donnée il y a deux mille ans. La mission de l'armée d'Israël est de protéger les vies et les biens des Juifs et non de leur tirer dessus quand ils entreprennent d'exercer leurs droits historiques. Si je donne à notre armée l'ordre d'arrêter les colons tout en repoussant le débarquement de vos marines, savez-vous ce qui se passera ? Nous aurons une guerre civile sur les bras, une guerre civile qui pourrait déboucher sur la destruction pure et simple de mon pays. Priez Dieu, monsieur le Président, pour que vos policiers new-yorkais trouvent la bombe des terroristes avant qu'il soit trop tard. Mais ne me demandez pas de sacrifier mon pays si, par malheur, ils n'y parviennent pas. *Shalom !*

Il y eut un brusque déclic. Sharon avait raccroché. Un brouhaha de stupeur parcourut la salle. Malgré l'affront, George W. Bush essayait de faire bonne figure.

— Eh bien, déclara-t-il, je crois que nous n'avons pas d'autre choix que d'accélérer nos préparatifs. Il se tourna vers le président du comité des chefs d'état-major : Général, combien de temps faut-il à la VIe flotte pour débarquer ses marines au nord de Gaza ?

— Huit heures, monsieur le Président.

Le chef de l'État ferma les yeux pour effectuer un bref calcul mental.

— Si à minuit ce soir nous n'avons pas trouvé la bombe, je lancerai à la VIe flotte l'ordre de se mettre en mouvement. Huit heures plus tard, c'est-à-dire demain matin à huit heures, heure de Washington, les marines commenceront à débarquer. Il restera quatre heures avant l'expiration de l'ultimatum. Dès le début du débarquement, je m'adresserai par la télévision et la radio au pays et au monde, pour expliquer l'objet de notre intervention et pourquoi nous l'avons jugée nécessaire. Je demanderai à Michael Bloomberg de se tenir à mes côtés. Dès que j'aurai fini de parler, il est souhaitable qu'il prenne la parole à son tour pour ordonner une évacuation immédiate de New York.

— Même au risque que les terroristes déclenchent l'explosion prématurée de leur bombe en entendant prononcer le mot « évacuation » ? s'inquiéta Condoleezza Rice.

— J'ai bien l'intention de faire clairement comprendre dans mon allocution que notre opération de débarquement n'est que le prélude d'une évacuation sous contrôle international de toutes les colonies israéliennes implantées dans les Territoires arabes conquis en 1967. Il ne nous restera alors qu'à prier tous ensemble pour que notre geste retienne le bras des assassins qui menacent de détruire New York et de tuer des centaines de milliers de nos compatriotes.

Le Président s'interrompit et considéra l'assistance avec des yeux embués d'émotion.

— Quelqu'un a-t-il une meilleure idée pour nous sortir de cet horrible pétrin ?

Une sourde rumeur signifia l'impuissance générale.

— Alors, à la grâce de Dieu ! Prions pour que notre débarquement en Israël satisfasse les monstres qui nous menacent, épargne New York et mette un terme à cette crise, conclut George W. Bush en se levant.

*

Olivia Philips embrassa d'un regard admiratif les hautes voûtes de l'immense nef gothique. C'était dans cette majestueuse cathédrale Saint Patrick, sur la 5e Avenue en face du Rockefeller Center, que l'inspecteur avait voulu s'arrêter. « Après tout, avec le peu de chance que nous avons eu jusqu'à présent, une petite prière ne peut pas nous faire de mal », songea-t-elle.

O'Neill plongea ses doigts dans le bénitier à l'entrée de la travée principale, fit le signe de la croix et entraîna la jeune fed vers le chœur. Il connaissait chaque coin et recoin du prestigieux sanctuaire. Le jour de son mariage, il l'avait traversé au bras de son épouse sous une pluie de pétales et de confettis. Il y avait suivi la procession des cercueils de son père et de sa mère. La cathédrale n'était-elle pas la paroisse des Irlandais de New York, et saint Patrick le patron de tous les catholiques new-yorkais ?

En arrivant au pied du maître-autel, l'inspecteur tourna à droite vers la chapelle latérale dédiée à saint Patrick, où une multitude de fidèles à genoux priait devant sa statue. Riches, pauvres, Noirs, Blancs, Jaunes, Américains, étrangers, ils étaient tous rassemblés pour implorer le saint protecteur de conjurer quelque malheur personnel. Après une génuflexion, O'Neill alla planter un cierge sur le présentoir déjà illuminé par des dizaines de petites flammes, puis il s'agenouilla. « Bienheureux Patrick, murmura-t-il avec ardeur, protège ma petite Katy, et apporte-nous ton aide et ta lumière dans ces heures de souffrance et de désarroi. »

À peine les deux visiteurs avaient-ils quitté la cathédrale que l'inspecteur entendit la marche d'*Aïda* résonner au fond de sa poche. C'était le sergent de permanence au 6e commissariat qui l'appelait sur son portable.

— Chef ! annonça-t-il, on nous signale un meurtre à l'hôtel Madison, au coin de la 38e Rue et de la 6e Avenue.

— Un meurtre ? pesta O'Neill furieux. Sergent, pour l'instant, nous avons d'autres chats à fouetter !

— Si ce n'est, chef, qu'il paraît que la victime est amputée de la main gauche.

*

Quelques minutes suffirent à O'Neill et Olivia pour arriver devant l'hôtel Madison. Un inspecteur en civil du 6e commissariat et deux policiers les attendaient en compagnie du propriétaire de l'établissement, un Irakien à moustache.

— C'est un homme. Chambre 312. Il semble qu'il ait été étranglé, indiqua l'inspecteur. Il y a un impact de balle dans le plafond, mais personne n'a entendu de coup de feu. C'est la femme de chambre qui a trouvé le corps en venant faire le ménage.

— J'ai tout de suite appelé le 911 [1], assura le propriétaire, soucieux de montrer son respect de la loi.

— Allons voir, décréta O'Neill en se dirigeant vers l'ascenseur.

— Tu sais, je n'ai jamais vu de macchabée, lui murmura timidement Olivia à l'oreille.

— Ne t'inquiète pas, fillette, la rassura-t-il, les truands sont souvent plus beaux morts que vivants.

Ils entrèrent dans la chambre. Le corps d'Omar gisait

1. Le numéro new-yorkais de Police secours.

entre les deux lits, la bouche grande ouverte et les yeux révulsés.

— Faites-moi tout de suite un Polaroid de ce type, ordonna O'Neill à l'inspecteur.

Il évalua le désordre de la chambre. Des sous-vêtements féminins étaient éparpillés sur l'un des lits.

— C'était un couple qui habitait ici ? demanda-t-il au propriétaire.

— Ils avaient loué la chambre à trois, deux hommes et une femme, répondit l'Irakien.

— Ils dormaient à deux là-dessus ? s'étonna Olivia en montrant l'un des lits.

— En fait, ils n'étaient jamais tous les trois ensemble dans la chambre, expliqua le propriétaire. Tantôt la femme passait la nuit ici avec l'un des gars. Tantôt les deux gars restaient seuls. Vous savez, nous, on ne s'occupe pas de la vie privée des clients. On les voit passer, ils entrent, ils sortent, ce qu'ils font dehors, c'est pas nos affaires.

Olivia colla la photo du permis de conduire trouvé chez Easy Rent sous le nez de l'Irakien.

— Est-ce que la femme, ce serait elle, par hasard ? demanda-t-elle.

Le propriétaire chaussa ses lunettes et examina la photo.

— Ça se pourrait bien, mais je ne l'ai jamais vue avec un foulard.

— Qu'est-ce qu'ils vous ont présenté comme documents d'identité quand ils ont loué la chambre ? interrogea O'Neill.

— Des passeports canadiens. Nous avons la copie de leurs fiches en bas au bureau.

O'Neill lança un clin d'œil à Olivia.

— Des passeports sans doute aussi bidons que leur

permis de conduire, ironisa-t-il. Comment payaient-ils ? Avec une carte de crédit ?

— Non, ils ont réglé d'avance, cash, pour une semaine.

O'Neill et la fed explorèrent le placard, les tiroirs de la commode, les cendriers, la corbeille à papier.

— Regarde ! s'exclama tout à coup Olivia en sortant délicatement une boîte en carton de la corbeille. « Mimosa Pizza », 314 – 5e Avenue. C'était peut-être le dernier dîner de notre copain.

— Sûrement, gloussa O'Neill. Je connais l'endroit. C'est au coin de la 32e Rue, à six blocs d'ici. Peut-être qu'ils se sont fait livrer à dîner là où ils cachent leur foutu baril. Il faut aller vérifier.

Il se tourna vers l'inspecteur du 6e commissariat :

— Faites examiner le corps par les légistes, relevez les empreintes, bref la sauce habituelle... Et tenez-moi au courant !

Alors qu'ils quittaient l'hôtel, ils entendirent au loin des hurlements de sirène.

— Qu'est-ce que c'est que ce chahut ? demanda O'Neill au policier posté devant la porte.

— Quelqu'un a appelé la brigade des explosifs, répondit ce dernier.

— Courez leur dire de couper leur musique et de parquer leur bahut à deux ou trois blocs d'ici. Je ne veux pas d'attroupement. Et surtout pas de journalistes !

O'Neill saisit le bras de sa coéquipière.

— Filons ! dit-il. À propos, comment aimes-tu tes pizzas ? Au fromage ou au salami ?

Quelques instants plus tard, essoufflés d'avoir marché à toute allure, l'inspecteur et la fed firent leur entrée dans l'établissement qui fleurait l'ail et les piments des pizzas cuisant au feu de bois. Le patron italien les accueillit en brandissant la liste de ses spécialités. À la vue de la plaque de police que lui présenta O'Neill, il redoubla d'amabilités.

— Vous connaissez ces gens ? demanda l'inspecteur en montrant la photo du permis de conduire et celle du cadavre de l'hôtel Madison.

— *Maria santissima !* s'exclama l'Italien à la vue du visage tuméfié d'Omar. Que lui est-il arrivé ?

— Un léger désaccord avec un de ses associés, je présume. Reconnaissez-vous l'un ou l'autre de ces individus ?

— Bien sûr ! La dame est venue plusieurs fois. Elle commandait toujours une pizza aux cinq fromages pour trois personnes.

— Elle ne vous a jamais demandé de la lui livrer ?

— Non. Elle nous a dit qu'elle habitait à côté. Dites, vous n'allez pas sortir d'ici sans goûter une de mes pizzas !

— La prochaine fois, l'ami. Mille mercis pour votre accueil !

Les deux policiers se retrouvèrent au coin de la 5e Avenue et de la 32e Rue, au milieu d'un embouteillage de camions de livraisons. O'Neill désigna l'immeuble qui faisait l'angle des deux artères. Sa façade disparaissait sous une profusion d'enseignes en coréen, en japonais, en anglais, et même en arabe. Officiellement, l'adresse de l'immeuble était 316, 5e Avenue, mais l'entrée se situait sur la 32e Rue.

— On a eu tout un pastis dans cet immeuble il y a

deux ans, raconta O'Neill. Le concierge est un Pakistanais qui loue les appartements au noir, de la main à la main, sans papiers ni contrats de location. Une aubaine pour les pirates de disques, de vidéos, les contrefacteurs d'articles de luxe qui y installent des ateliers clandestins. Il y a deux ans, deux bandes rivales d'Africains et d'Afro-Américains ont commencé à se disputer le business et à se tirer dessus. Un type est passé par la fenêtre. Un autre a pris une balle en plein cœur. On a retrouvé vingt mille DVD piratés au quatrième étage en face de l'échoppe d'un Afghan qui vend et répare des tapis.

Olivia écarquillait les yeux de surprise.

— Tu crois que nos terroristes pourraient se planquer dans un immeuble comme celui-là ? demanda-t-elle ingénument.

— Parfaitement, jeune fille. Regarde au bout de la rue : l'Empire State Building ! Depuis la disparition des tours jumelles, tu connais une cible plus tentante que celle-là ?

O'Neill désigna l'entrée du 316. BUREAUX À LOUER informait une pancarte. Juste à côté, une enseigne annonçait, en anglais et en coréen : HAUTE COIFFURE CORÉENNE.

— Écoute, suggéra-t-il, je te prends par le bras comme un amoureux qui voudrait offrir un brushing à sa petite amie. Pendant que tu es chez le coiffeur, je vais dire bonjour à mon pote le concierge pakistanais. OK ?

— OK, monsieur l'inspecteur ! lança Olivia en prenant le bras de son compagnon.

Comme prévu, O'Neill abandonna sa « fiancée » aux mains d'une coiffeuse coréenne et s'en alla rendre visite au concierge. Ce dernier reconnut instantanément le policier qui l'avait mis en garde à vue deux ans plus tôt dans l'affaire des pirates africains.

— Inspecteur, je suis nickel aujourd'hui ! protesta-t-il. Y a plus un seul pirate dans l'immeuble !

— D'accord, mais ton immeuble et deux ou trois autres dans le coin, vous n'êtes pas trop regardants sur vos locataires, non ?

— Inspecteur, je vous répète qu'il n'y a plus un seul pirate dans ma baraque.

— Je me fiche pas mal des pirates ! rétorqua vivement O'Neill en sortant les photos de Nahed et d'Omar. Voici les gens qui m'intéressent aujourd'hui ! Est-ce que ces portraits te disent quelque chose ? Qui sait ?... Peut-être que tu leur as loué une de tes piaules ?

Le concierge laissa échapper des borborygmes incompréhensibles.

— Reprends tes esprits, l'ami, reprit O'Neill, je ne suis pas un flic du service de l'hygiène, ni des impôts, ni des locations de meublés. La seule chose qui m'intéresse, c'est de savoir si tu as loué une de tes piaules à ces deux personnes !

— Ouais, finit par répondre le concierge sans aucune gêne apparente. Même qu'ils ont un copain. Un type un peu plus jeune qui porte toujours un blouson de cuir. Je crois d'ailleurs qu'il est là-haut en ce moment. Ils ont loué le petit atelier au quatrième étage, en face du marchand de tapis afghan. La femme ? Elle est sortie il y a environ deux heures.

— Qu'est-ce qu'ils fabriquent là-haut ?

Le concierge haussa les épaules.

— J'en sais rien. Ils entrent, ils sortent, ils n'emmerdent personne. C'est pas mes affaires.

— Ils reçoivent du courrier ?

— Jamais ! Mais quand ils sont arrivés, il y a environ une semaine, ils transportaient une caisse, une grosse caisse, et drôlement lourde, la garce ! Il a fallu que je les aide à la mettre dans l'ascenseur, parce que ce type à la joue écrasée sur la photo, eh bien il n'avait qu'une main.

— Écoute-moi, l'ami ! Je vais revenir dans quelques instants avec des potes à moi. D'ici là, tu la boucles ! Tu ne dis à personne que je suis venu te voir. À personne ! tu entends ? Surtout pas au type au blouson de cuir du quatrième. Je monte dire un petit bonjour à son voisin, le marchand de tapis.

L'Afghan reconnut instantanément O'Neill à qui il avait rendu service deux ans plus tôt à l'occasion de l'affaire des DVD piratés.

— Salut, inspecteur ! s'exclama-t-il joyeusement. Vous prendrez bien un petit café de mon pays !

— Avec plaisir, répondit O'Neill en parlant à mi-voix pour ne pas éveiller l'attention. Mais j'aimerais surtout que tu me rancardes sur les allées et venues des gens d'en face.

— Y a pas grand-chose à dire, déplora l'Afghan avec une grimace. Depuis le jour où ils sont arrivés, ils sont restés claquemurés dans leur piaule presque tout le temps, jour et nuit.

— As-tu une idée d'où ils viennent ?

L'Afghan haussa les épaules.

— Non. Sont pas causants. Même pas bonjour ou bonsoir. Ils passent toujours par l'escalier, jamais par l'ascenseur. Je crois que ce sont des Arabes.

— Qu'est-ce qui te fait dire ça ?

— J'suis musulman, d'accord ? Je vais de temps en temps à la mosquée, durant le ramadan, pour l'aïd el-kébir... Le mullah de Brooklyn, il prêche en arabe. Je ne comprends pas ce qu'il dit, mais je sais que c'est de l'arabe. Pour les gens d'en face, c'est pareil.

O'Neill avala d'une traite le café amer de l'Afghan.

— Merci. Ne dis à personne que je suis venu te voir. OK ?

— Pas de problème, monsieur l'inspecteur !

O'Neill descendit l'escalier sans faire de bruit, traversa le vestibule et entra chez le coiffeur coréen. Le brushing d'Olivia était presque terminé. Il lui fit signe de le rejoindre au plus vite.

— Cette fois, je crois que nous sommes sur un gros coup, lui révéla-t-il très excité dès qu'ils se retrouvèrent dehors. Il me faut un téléphone sécurisé, vite !

— Ta voiture ?

— Ma voiture ? Les journalistes écoutent toutes mes conversations. Filons plutôt au commissariat !

Un quart d'heure plus tard, à la demande de l'inspecteur O'Neill, le préfet Kelly organisait une vidéoconférence sécurisée avec Paul Anscom et David Graham qui se trouvaient au QG de crise de Brooklyn, et avec Lisa Holingren, l'experte de l'agence de Sécurité nationale pour le terrorisme nucléaire, qui était à Washington.

— Nous pensons avoir localisé la caisse arrivée dans le conteneur de riz basmati envoyé à l'épicier Birbaki de Brooklyn, déclara O'Neill. Elle serait dans un appartement au quatrième étage du 316, 5e Avenue, un immeuble dont l'accès se fait par la 32e Rue.

L'inspecteur expliqua que la planque en question avait été louée quelques jours plus tôt par le concierge de l'immeuble, et réglée en espèces de la main à la main.

— Plus important encore, enchaîna-t-il, le type

amputé de la main gauche que nous mentionnons dans notre dernier rapport, a été découvert ce matin dans une chambre d'un hôtel à six blocs de l'immeuble en question. Étranglé.

— Parfait, dit Kelly, mais comment être certains que cette caisse contient bien le baril de chlore que nous recherchons, et non pas de la drogue comme en recevait régulièrement votre épicier de Brooklyn ?

Le visage d'O'Neill se renfrogna brutalement. Cette nouvelle allusion à un baril de chlore l'exaspéra.

— Monsieur le préfet, rétorqua-t-il sèchement, avant de vous répondre, permettez-moi de vous dire que mes hommes et moi, comme tous ceux qui se dépensent sans compter dans cette affaire, ne veulent plus qu'on leur raconte des bobards. Nous savons tous qu'il ne s'agit pas d'un baril de chlore mais d'une bombe atomique. Et personne n'a déserté son poste. Alors, faites-nous confiance, monsieur le préfet.

« Quant à la drogue que pourrait effectivement contenir la caisse en question, nous avons les témoignages de l'épicier et du concierge qui ont tous deux aidé à la transporter. Ils affirment qu'elle pesait plus de cent kilos. Il n'y a pas de came qui pèse un poids pareil !

— O'Neill, soyez sûr qu'on vous fait confiance, assura chaleureusement le préfet, soucieux de calmer le mouvement d'humeur de l'inspecteur. Pour revenir à l'immeuble que vous avez repéré, enchaîna-t-il, vous avez bien dit qu'il est situé au coin de la 5e Avenue et de la 32e Rue ?

— Affirmatif.

— Nom de Dieu ! explosa alors Kelly pour qui les sous-sols de New York n'avaient pas de secret. C'est exactement au-dessus de deux lignes de métro et du chemin de fer de Long Island ! Sans parler du passage dans ces tunnels de toutes les conduites de gaz, d'électricité, d'eau alimentant le nord de Manhattan ! Une explosion à cet endroit ferait des milliers de morts. Avant même d'être réduits en poussière par les radiations, les gens seraient noyés dans les tunnels.

— Félicitations à l'inspecteur O'Neill et à l'agent fédéral Olivia Philips pour leur magnifique travail, intervint alors Paul Anscom, désireux de conjurer les visions d'horreur évoquées par le préfet. Les hommes des opérations spéciales n'ont plus qu'à faire sauter la porte de la cachette et à s'emparer des individus qui l'occupent ! On saura enfin ce que contient cette fameuse caisse !

— Surtout pas !

Les deux mots résonnèrent comme un cri sauvage dans le haut-parleur du vidéophone. Depuis son PC de Washington, Lisa Holingren, l'experte en terrorisme nucléaire, avait violemment réagi.

— Non, non, et NON ! répéta-t-elle. Pour l'amour du ciel, ne faites intervenir personne pour l'instant ! S'il s'agit effectivement d'un engin nucléaire, les terroristes s'empresseront de le faire sauter dès qu'ils entendront : « Police ! Ouvrez ! » Il faut procéder en douceur, sur la pointe des pieds, avec une prudence de Sioux, pour surprendre le ou les occupants et les neutraliser avant qu'ils aient eu le temps d'appuyer sur le détonateur.

Le préfet de police approuva vivement de la tête.

— Mme Holingren a raison, déclara-t-il. Vitesse, souplesse et silence ! Voilà les ordres ! Pas de voitures de police, pas de sirènes, pas de gyrophares dans les parages. O'Neill, vous êtes sur place. Je vous charge de l'opération. Que tous vos hommes se mettent en civil ! Je vous envoie les gars des opérations spéciales. Trouvez-leur un garage souterrain où ils pourront garer leur véhicule à l'abri des regards indiscrets.

— Et moi, je vous expédie une de nos fourgonnettes NEST, ajouta Graham. Si l'engin caché là-haut est de nature nucléaire, ce sont nos gens qui auront la responsabilité de le neutraliser.

— Peut-être y a-t-il une fenêtre dans l'immeuble d'en face d'où l'on pourrait faire des photos de l'intérieur de la planque, suggéra Kelly.

— Absolument, confirma O'Neill. Il y a aussi un marchand de tapis afghan au même étage. Il nous laissera sûrement installer notre base dans son atelier.

— OK, en route ! conclut alors le préfet de police. Et n'oubliez pas : VITESSE, SOUPLESSE, SILENCE !

*

Le visage du préfet Kelly venait à peine de disparaître de l'écran de la vidéoconférence que le téléphone sonnait dans un ancien fort militaire de Brooklyn. Fort Totten abritait l'unité la plus pointue de toute la police new-yorkaise, la division des opérations spéciales. Entraînée à toutes les actions de commandos, cette unité était équipée d'un matériel ultrasophistiqué qui lui permettait d'intervenir dans les affaires les plus délicates. Son chef, le capitaine Jack Walton, un ancien marine, reconnut immédiatement la voix du préfet de police au bout du fil.

— Envoyez d'urgence une de vos équipes au 316, 5e Avenue, lui ordonnait Kelly. Mission : découvrir qui occupe l'appartement du quatrième étage en face du marchand de tapis afghan et fournir un état complet des lieux. Mais, attention, personne dans l'immeuble ne doit soupçonner votre présence ni l'objet de l'opération !

Cet impératif de secret n'était pas une surprise pour le capitaine Walton. Ses hommes intervenaient presque toujours en civil et ne se déplaçaient qu'à bord de véhicules banalisés.

— Combien de temps me donnez-vous ? demanda-t-il.

— Pas même celui de faire ouf ! s'esclaffa Kelly. Mais, sous aucun prétexte, vous ne foncez dans le chou avant que je vous en aie donné l'ordre express.

« Un marchand de tapis afghan ? » songea Walton après avoir raccroché. Parmi ses nombreux contacts se trouvait un costumier qui fournissait les productions de la plupart des théâtres de Broadway. Il lui expédia aussitôt les membres du commando qu'il avait désigné pour qu'il en fasse de parfaits commerçants orientaux coiffés de turbans et de tarbouches comme dans les bazars d'Istanbul. Ainsi leur arrivée dans un immeuble abritant l'atelier d'un marchand de tapis afghan ne susciterait-elle aucune curiosité. Quant à leur matériel de détection et leurs fusils à canon scié munis de silencieux, ils ne pourraient leur trouver de meilleure cache que des tapis de prière soigneusement roulés.

Après avoir rangé son véhicule banalisé dans un garage proche de la planque soupçonnée d'abriter la bombe, l'équipe se trouvait à pied d'œuvre moins d'une heure plus tard. Pendant ce temps, O'Neill et Olivia étaient allés observer l'intérieur de la cachette depuis une fenêtre du quatrième étage de l'immeuble d'en face. Ils avaient emmené un policier photographe armé d'un puissant téléobjectif. Ils aperçurent un homme assis sur une caisse, la tête penchée vers quelque chose qui ressemblait à un transistor. Par la porte ouverte qui donnait sur la deuxième pièce, ils distinguèrent les contours d'une masse volumineuse. Bien que leur téléobjectif fût équipé d'un système infrarouge, l'obscurité presque totale les empêcha d'en préciser la nature.

— Zoom sur la caisse ! demanda O'Neill au photographe. Cherche si tu peux trouver des inscriptions.

Le photographe promena méthodiquement son téléobjectif.

— La caisse est en piteux état, constata-t-il. Des planches ont été arrachées... Mais, tout à coup, il s'exclama : Regardez ! Il y a plusieurs lettres juste derrière le mollet du gars. Une partie d'un mot peut-être.

L'un après l'autre, O'Neill et Olivia collèrent leurs yeux sur le viseur de l'appareil.

— Youpi ! s'écria Olivia. Il y a trois lettres : O...R...I...

— Ori... Ori..., répéta O'Neill perplexe.

Soudain, Olivia prit le bras de l'inspecteur.

— Oriental Foods !

— Mais oui ! C'est la caisse de Birbaki !

O'Neill donna une tape sur l'épaule du photographe.

— Tu ne bouges pas d'ici. Tu restes plein zoom sur le type. S'il se lève et va vers la porte de l'appartement, tu appelles ce numéro de bip.

Le bip était celui d'un policier armé d'un fusil à pompe qu'O'Neill avait pris la précaution d'introduire chez le marchand afghan avant l'arrivée du commando des opérations spéciales.

— S'il met le nez dehors, le gars a l'ordre de le flinguer.

L'inspecteur et sa coéquipière redescendirent alors dans la rue pour guetter dans le flot des embouteillages l'arrivée de la fourgonnette des brigades NEST annoncée par David Graham. Dès qu'il aperçut le logo Avis sur un véhicule, O'Neill fit signe au chauffeur de venir s'arrêter en double file presque devant l'entrée du 316. Il reconnut le visage bronzé de Gladys Simpson dans la voiture.

— On a du matériel de détection ultrasensible là-derrière, avertit la jeune Californienne en montrant le fond de sa fourgonnette. Il faudrait qu'on puisse stationner le plus près possible de l'objectif.

— Vous êtes parfaitement bien ici ! plaisanta O'Neill en montrant la rue pleine de véhicules en double file. Et si un flic s'avise de vous coller un PV, j'irai le porter à Bush en personne pour qu'il vous le fasse sauter !

Il fit signe à Gladys de le suivre.

Ils entrèrent dans le vestibule du 316. Le concierge était absent.

— Enlevez vos chaussures, murmura O'Neill, et montez sur la pointe des pieds jusqu'au quatrième.

La porte de l'Afghan était entrebâillée et Gladys put se glisser comme un chat dans l'atelier avec son détecteur de radiations au fond de son sac à dos. Elle dirigea aussitôt l'appareil vers la cachette, mais n'enregistra aucune radiation de rayons gamma.

« S'ils ont mis une bombe là-dedans, ils l'auront sûrement enveloppée d'une gaine de plomb pour la rendre indétectable », songea-t-elle.

C'est alors qu'arrivèrent les quatre policiers enturbannés des opérations spéciales déguisés par le costumier de Broadway. O'Neill les fit monter sans bruit jusqu'au quatrième. Sitôt dans l'atelier du marchand afghan, ils déroulèrent leurs tapis de prière sous le regard médusé de leur hôte. Parmi les joyaux de leur matériel de détection visuelle et d'écoute se trouvaient une caméra et un micro de la taille d'une tête d'épingle qu'on pouvait introduire dans un appartement en les cachant dans un simple fil électrique. Ils possédaient aussi une perceuse à très haute vitesse totalement insonore pour forer des trous dans des murs de n'importe quelle épaisseur afin d'y loger d'autres caméras miniatures dont les objectifs fournissaient des images panoramiques à cent quatre-vingts degrés.

— Les truands n'ont pas de secrets pour nous ! avoua en riant le chef du commando à O'Neill. Leurs animaux non plus.

L'un des plus insolites exploits de l'unité avait en effet été la capture d'un tigre de belle taille qui gémissait près du corps de son maître décédé pendant son sommeil. Après avoir réussi à attirer l'animal jusqu'à la porte en vaporisant des effluves de viande, les hommes de l'unité étaient parvenus à lui décocher, par le trou de la serrure, une seringue hypodermique qui l'endormit en moins de trente secondes.

— Savez-vous combien ils sont là-dedans ? interrogea le chef en montrant discrètement la porte de l'appartement.

— D'après ce que nous avons pu voir depuis l'immeuble d'en face, il n'y aurait qu'un seul gars, répondit O'Neill. Mais il y a peut-être aussi une autre personne, une femme, dans la deuxième pièce.

Pour en avoir le cœur net, un membre du commando se glissa jusqu'à la porte d'en face pour coller sur sa paroi une ventouse thermique. Ce gadget enregistrait les émanations de chaleur provenant d'un être vivant. Ses observations, transmises à distance sur un écran d'ordinateur, permirent de savoir instantanément que la cachette n'était occupée que par une seule personne et que celle-ci se trouvait toujours assise sur la caisse au centre de la première pièce.

Un autre membre du commando s'avança à son tour pour introduire un micro tête d'épingle dans le trou de la serrure. Celui-ci capta une émission de radio en langue arabe. O'Neill en conclut que l'occupant était bien le terroriste arabe recherché.

Le chef du commando décida alors que le moment était venu de mettre en œuvre le gadget le plus excitant de toute sa panoplie. Il désigna un de ses hommes qui alla glisser sous la porte une caméra à fibre optique et zoom presque aussi plate qu'une feuille de papier à cigarette. Ce joyau suprême de l'espionnage électronique permit à Gladys, O'Neill et Olivia – et grâce à un relais vidéo, à Kelly, Anscom et Graham dans leur QG de Brooklyn –, de découvrir avec une surprenante luminosité l'homme et les moindres détails de son repaire. Soudain, ils se trouvaient tous comme physiquement présents sur la scène du crime.

Le policier qui commandait les mouvements de la caméra depuis l'atelier du marchand afghan explora méthodiquement la première pièce où se trouvait Khalid. Puis ses images montrèrent l'intérieur de la deuxième pièce.

— Stop ! s'écria tout à coup Gladys à la vue de ce que révélait la caméra. Il s'agissait d'une sorte de gros tube de couleur grise ayant en fait la forme d'une ogive comme celles qu'en sa qualité de spécialiste des armements nucléaires, elle avait étudiées dans les ateliers atomiques de Livermore et de Los Alamos. Sur le dessus de l'engin, et relié à lui par des fils, il y avait une boîte noire qui ressemblait parfaitement aux détonateurs qu'elle connaissait. Juste à côté se trouvait un petit appareil qui avait l'air d'un téléphone portable.

La jeune Californienne sentit soudain une giclée de sueur glacée lui inonder le dos. Elle étouffa un cri que le système de communication avait répercuté jusqu'au QG de Brooklyn.

— Ça y est ! C'est la bombe que nous cherchons. C'est une bombe atomique !

*

Le cri de Gladys Simpson déclencha une clameur de joie d'un bout à l'autre du QG de Brooklyn. Pour ces hommes et ces femmes soumis depuis quatre jours à une tension extrême, le cauchemar était terminé : on avait trouvé la bombe. Paul Anscom ne put retenir son enthousiasme.

— Il faut immédiatement communiquer la nouvelle au Président, annonça-t-il en décrochant son téléphone direct avec la Maison-Blanche.

David Graham se précipita pour retenir sa main.

— Holà, Paul. Pas si vite ! Tant que nous n'avons pas désamorcé l'engin, le danger reste total. Où qu'ils se trouvent, Mugnieh ou Oussama Ben Laden peuvent composer le numéro de téléphone connecté à la bombe et la faire sauter. S'il se sent menacé, le gars à l'intérieur peut décider d'appuyer sur le détonateur pour tout faire exploser, ou un complice passant en bas de la rue peut activer un biper et déclencher la mise à feu, comme les kamikazes avec leurs voitures piégées.

Anscom parut déçu. Il se tourna vers le préfet.

— Quelle est la suite des opérations maintenant que nous savons où est la bombe ? demanda-t-il avec impatience. Comment la neutraliser ?

— Rassurez-vous, Paul. Les plus grands spécialistes de ce type d'opérations sont ceux de la division des opérations spéciales de la police. Ils sont déjà sur place avec une sorte de canon à air comprimé capable de pulvériser la porte de la cachette en un centième de seconde.

Les spécialistes en question étaient déjà en action. Débarrassés de leurs déguisements orientaux, ils avaient endossé des blousons portant l'inscription « POLICE » en grosses lettres blanches. Deux d'entre eux firent silencieusement glisser leur engin jusqu'à la porte de l'appartement de Khalid.

— Nous attendons vos ordres, monsieur le préfet, annonça par radio le chef du commando.

Kelly se tourna vers Anscom pour quêter son approbation.

— Allez-y ! commanda le préfet de police.

Tout se déroula dès lors à la vitesse de l'éclair. Le chef du commando appuya sur un bouton, déclenchant une puissante décharge hydraulique qui arracha la porte de ses gonds avant de la réduire en charpie. Quatre policiers braquant des fusils à double canon scié bondirent à l'intérieur en criant : « Haut les mains, police ! »

Au lieu d'obtempérer, Khalid avança le bras vers le détonateur. Il n'eut pas le temps de terminer son geste. Quatre giclées de mitraille l'avaient abattu, barbouillant les murs de sang, de cervelle et de débris de crâne.

*

Gladys Simpson se précipita aussitôt dans la pièce.

— Ne touchez à rien ! cria-t-elle aux policiers. Elle montra le bouton de mise à feu que Khalid n'avait pas eu le temps d'enclencher : Que personne ne touche à ce bouton ! Une vibration, un souffle d'air pourrait encore l'activer.

La représentante de NEST avait pris le commandement. C'était normal. Le plus difficile et le plus dangereux restait à faire : désactiver la bombe.

Sa formation dans les laboratoires nucléaires avait entraîné la jeune Californienne à faire face à ce genre de situation. Mais rester calme devant une bombe atomique de douze kilotonnes prête à déchaîner l'apocalypse demandait un courage et une maîtrise de soi hors du commun. Gladys vit soudain le visage de ses trois enfants se superposer à la vision barbare de l'engin. Elle entendit la voix de son mari la suppliant de renoncer à aller risquer sa vie dans les rangs des policiers de l'atome. Cette bombe est peut-être piégée, se dit-elle. Combien de temps avons-nous ? Autant de questions qui se télescopaient dans sa tête tandis que, transpirant à grosses gouttes, les jambes flageolantes, elle examinait l'ogive sous toutes ses faces.

Elle repéra immédiatement le téléphone cellulaire. Elle appela Graham.

— David ! Envoie-moi vite une cage de Faraday !

— Elle est en route. Tu l'auras dans deux minutes. Est-ce que tu vois sur quoi est branché ce téléphone ?

— Sur une sorte de boule enveloppée de plastique noir, un peu plus grosse qu'une balle de base-ball, directement fixée sur le corps de l'ogive.

— Il s'agit à coup sûr du « foudroyeur », trancha Graham, faisant allusion à l'organe qui, dans une bombe atomique, fournit la décharge électrique massive nécessaire au déclenchement de la réaction en chaîne du combustible nucléaire.

C'est alors que deux agents de NEST arrivèrent avec

une sorte de boîtier en cuivre. C'était la cage de Faraday envoyée par le laboratoire de Livermore pour isoler le téléphone cellulaire. Ils apportaient aussi plusieurs plaques du même métal qu'ils placèrent autour de l'engin comme des boucliers. Puis, avec des précautions d'orfèvre, au cas où la bombe serait piégée, ils entreprirent d'enfermer le téléphone cellulaire dans le boîtier en cuivre.

Tous ceux qui retenaient leur souffle dans l'atelier de l'Afghan et au QG de Brooklyn entendirent le soupir de soulagement de Gladys. Le récepteur téléphonique et la bombe étaient isolés. Aucun appel, aucune impulsion électrique venant de l'extérieur ne pouvait déclencher l'explosion.

Tandis qu'une bordée de « hourras ! » saluait cet exploit, la voix sobre de Graham retentit dans l'oreillette de la jeune femme.

— Il faut à présent rendre l'engin inoffensif, déclara-t-il. Car il peut encore sauter. Il a peut-être été piégé. Il y a peut-être une minuterie cachée quelque part, ou je ne sais quoi... Je réfléchis et te rappelle tout de suite.

Chez l'Afghan et dans le QG de Brooklyn, l'inquiétude succéda à l'euphorie. Gladys savait que le désamorçage était la partie la plus dangereuse et imprévisible des opérations de neutralisation d'un engin nucléaire. À Livermore et à Los Alamos, elle avait répété cent fois les procédures les plus efficaces et les plus rapides. Mais les situations n'étaient jamais les mêmes. Elle guettait, le cœur battant, les instructions de son chef.

— Écoute ! annonça enfin ce dernier. On ne va pas se compliquer la vie, d'autant qu'il faut faire vite. Je t'envoie une escouade de pompiers équipée d'un canon de rupture de feu.

— D'un quoi ?

— C'est une lance d'incendie à très haute pression capable de détruire n'importe quelle source d'énergie. Elle va neutraliser la charge électrique à l'intérieur du foudroyeur et broyer tous les mécanismes susceptibles de produire une étincelle de mise à feu. Aucune impulsion ne pourra plus parvenir au détonateur pour faire exploser la bombe.

Gladys imagina aussitôt l'appartement transformé en aquarium.

Dix minutes plus tard les pompiers arrivaient sur place. Leur canon à eau ressemblait à un lance-missiles.

— Dis-leur de tirer droit sur la boule noire, recommanda Graham.

Gladys transmit les ordres et recula sur le palier avec ses deux collègues de NEST. La puissance du jet d'eau fut telle que le foudroyeur, le téléphone portable et la cage de Faraday volèrent en éclats dans un éclair bleuâtre, éclaboussant plafond, sol et murs d'une purée de débris.

La jeune femme ne put retenir un « Youpi ! » triomphal.

— Gladys ! Ne te réjouis pas trop vite ! lança Graham. L'opération n'est pas encore terminée. Examine le détonateur auquel était branchée la boule noire. Tu devrais voir trois fils – un rouge, un vert et un bleu – qui sortent du corps de la bombe... Tu les vois ?

— Oui.

— OK. Prends une pince et sectionne en premier le fil rouge.

— David ! Tu sais bien que je ne reconnais pas les couleurs ! cria Gladys affolée.

— Merde ! lança Graham qui se souvint soudain que sa collaboratrice était daltonienne. Ces trois fils doivent absolument être sectionnés dans le bon ordre sous peine de...

Personne n'entendit la fin de sa phrase. Au juron de détresse du patron de NEST, la fed Olivia Philips avait jailli de l'atelier de l'Afghan, une pince à la main, et rejoint Gladys.

— Tiens ! lui dit-elle en lui passant l'instrument. Je vais t'indiquer les fils.

— Je suis prête, lança aussitôt Gladys.

— OK. Sectionne d'abord le fil rouge.

Olivia pointa son index sur le fil concerné.

La main tremblante, Gladys s'exécuta.

— Fil rouge coupé ! annonça-t-elle.

— OK. Maintenant, sectionne le fil vert.

Dès que le doigt d'Olivia eut identifié le brin en question, Gladys le trancha d'un coup sec.

— Fil vert coupé !

— À présent, coupe le bleu.

— Fil bleu coupé !

Les deux jeunes femmes poussèrent un cri de victoire et tombèrent dans les bras l'une de l'autre.

— Félicitations ! s'écria Graham qui avait été averti du concours de la fed. À vous deux, vous avez désamorcé cette merde de bombe. Elle ne peut plus exploser !

*

L'hommage de David Graham avait retenti d'un bout à l'autre de l'immense QG de Brooklyn. Curieusement, il n'y eut aucune manifestation de joie, pas d'ovation, mais seulement une expression fervente de reconnaissance et de respect pour l'exploit héroïque qui venait d'être accompli.

— Encore bravo ! répéta Graham, se faisant le porte-parole de tous. Je savais qu'on y arriverait. Toute la grande famille de NEST est fière de vous.

Il s'adressa alors à Paul Anscom assis à son pupitre de commandement.

— Maintenant, Paul, vous pouvez appeler le Président et lui dire la bonne nouvelle.

*

Le secrétaire général de la Maison-Blanche intercepta le chef de l'État alors qu'il sortait de ses appartements pour rejoindre la salle où était réunie la cellule de crise.

— Monsieur le Président, le cauchemar est terminé, annonça Andrew Card, la bombe a été trouvée et désamorcée.

George W. Bush s'appuya contre la rampe de l'escalier pour respirer un grand coup. « Merci, mon Dieu ! » répéta-t-il plusieurs fois, visiblement bouleversé.

Les membres du comité de crise qui venaient eux aussi d'apprendre la nouvelle se gardèrent de tout triomphalisme intempestif. Ils se contentèrent d'applaudir discrètement lorsque le chef de l'État fit son entrée. Celui-ci remercia d'un salut de la tête et alla s'asseoir à sa place. Les mains croisées, ses lunettes posées sur le bout de son nez, il observa l'assistance pendant quelques secondes.

— Je crois qu'il serait opportun que nous observions tous un moment de silence, dit-il enfin, afin d'exprimer, chacun à notre façon, notre reconnaissance au Seigneur pour l'extraordinaire miracle qu'Il vient d'accomplir en notre faveur.

Il inclina la tête et resta quelques instants en prière.

Dès qu'il se redressa, ce fut pour se tourner vers le président du comité des chefs d'état-major.

— Général, déclara-t-il, prenez immédiatement les dispositions nécessaires pour faire faire demi-tour à la VIe flotte. L'opération de débarquement des marines à Gaza est suspendue.

— À vos ordres, monsieur le Président.

Le général se leva, se raidit au garde-à-vous, salua et sortit.

Le chef de l'État se tourna alors vers Andrew Card :

— Je vous prie de faire parvenir mes félicitations personnelles les plus chaleureuses à tous ceux qui, à New York, nous ont aidés à résoudre cette épouvantable crise.

Il s'interrompit un moment, puis enchaîna :

— Je vous demande aussi de mettre en place une commission de réflexion qui s'attachera à étudier tous les aspects de cette épreuve, en particulier ce qui n'a pas fonctionné. Nous devons recueillir tous les enseignements possibles afin d'en tirer profit à l'avenir, et surtout afin d'empêcher qu'une telle crise ne se reproduise. J'en parlerai avec Michael Bloomberg mais, pour l'instant, c'est avec le Premier ministre d'Israël que je veux m'entretenir.

Il se tourna vers l'officier chargé des transmissions.

— Major, veuillez appeler le général Sharon à Jérusalem !

— Arik ! s'exclama familièrement le Président dès qu'il entendit la voix de Sharon. Cette fois, j'ai une bonne nouvelle à vous annoncer ! Nos forces de police ont trouvé la bombe des terroristes et ont pu la désamorcer. Deux des trois membres du commando terroriste sont morts. Le troisième, une femme munie d'un faux passeport canadien, a été arrêtée par la police montée à l'aéroport de Montréal.

— Félicitations, George ! Quel bonheur que ce cauchemar soit derrière nous ! s'empressa Ariel Sharon, qui paraissait sincèrement soulagé.

— Vous pouvez le dire ! Mais cela doit nous inciter l'un et l'autre à tirer les leçons de ces terribles événements pour faire en sorte qu'ils ne se renouvellent jamais.

— Je suis bien d'accord, George, mais qu'avez-vous en tête au juste ? rétorqua Sharon soudain sur la défensive.

— Arik, nous devons réactiver de toutes nos forces le processus de paix et trouver une solution juste et équitable au problème palestinien.

— Vous savez bien que c'est ce que nous essayons de faire.

— Ce n'est pas exact ! s'énerva soudain George W. Bush. Que ce soit moi, avec ma fragile feuille de route, ou vous, avec la construction illégale de votre mur à travers la Cisjordanie et votre incapacité à conduire une véritable politique de démantèlement des colonies, nous ne cherchons pas vraiment à établir les conditions d'une paix véritable. Cela a failli coûter la vie d'un million de New-Yorkais ! Bien sûr, je ne suis pas assez naïf pour croire qu'en trouvant une juste solution au problème israélo-arabe nous mettrons fin à la menace du terrorisme extrémiste islamique. Mais cela constituera un pas de géant vers cet objectif.

« Arik ! je vous le dis de toute mon âme : vous et moi, nous devons consacrer désormais toutes nos énergies à la conquête de cet objectif. Pas demain ou dans un mois, mais tout de suite. Dès cette minute même ! Il n'est pas nécessaire d'être Nostradamus pour trouver les grandes lignes d'une solution – celles-ci figurent dans les propositions de Bill Clinton de décembre 2000, dans les conclusions des négociations israélo-palestiniennes de Taba, dans le plan de paix israélo-arabe présenté à Genève.

Le Président s'interrompit un bref instant pour reprendre son souffle. Puis d'une voix solennelle, il déclara :

— Malgré toute la sympathie que je vous porte, à vous et à l'État d'Israël, je suis obligé de vous dire que je n'accepterai plus jamais qu'une ville américaine soit prise en otage comme New York vient de l'être parce que nous n'aurons pas été capables de régler ce problème.

— Je vous ai bien compris, répondit Sharon après un temps de silence. Nous allons faire de notre mieux. Mais cela va être difficile. *Shalom*, George !

— Difficile sans doute, Arik ! Mais il faut à tout prix que la paix s'installe, enfin et pour toujours, sur cette terre trois fois sainte. Elle le mérite et le monde en a besoin. *Shalom*, *Salam* et Paix !

*

Une activité inhabituelle agitait depuis quelques jours la grotte où se terrait l'homme le plus recherché de la planète. Empruntant les pistes taillées à travers les montagnes du Waziristan, les chefs de la tribu pachtoune qui l'avaient pris sous leur protection se succédaient auprès d'Oussama Ben Laden pour le supplier de changer de cachette. Les nouvelles qu'ils apportaient étaient alarmantes. Le président Moucharraf avait fini par céder aux pressions américaines. L'armée pakistanaise avait envahi les zones tribales de la province frontalière du Nord-Ouest pour y capturer les bandes de talibans et de militants d'Al-Quaida qui s'y étaient réfugiées. On parlait de centaines d'arrestations. Ben Laden risquait à tout moment d'être pris au piège. Quelques minutes suffiraient aux hélicoptères des forces spéciales américaines postées de l'autre côté de la frontière pour fondre sur son repaire au moindre renseignement. La promesse que George W. Bush avait faite de capturer l'ennemi N° 1 de l'Amérique avait toutes les chances de se réaliser dès lors que le Pakistan collaborait à sa traque.

Cependant, avant de consentir à une fuite désespérée vers une autre montagne, Oussama Ben Laden avait décidé de respecter, quoi qu'il arrive, son dernier rendez-vous avec le journal télévisé qu'il avait suivi chaque soir à vingt heures pendant toute la semaine écoulée.

Mais, une fois de plus, aucun des reportages des correspondants de CNN à Washington ou à Jérusalem n'annonça que l'évacuation des colonies juives de Cisjordanie, qui pouvait seule empêcher l'explosion de la bombe cachée dans New York, avait commencé.

CNN ouvrit ce soir-là son journal par les dernières informations concernant l'« indisposition gastrique » dont souffrait le président des États-Unis, ce qui fit ricaner Ayman al-Zawahiri, le fidèle médecin égyptien du chef d'Al-Qaida.

— Tenter de négocier avec Sharon rendrait malade n'importe qui, même Bush ! s'esclaffa ce dernier.

« Deuxième grand titre de l'actualité ce soir, annonça alors le présentateur : une sérieuse épreuve de force dans les Territoires arabes occupés. Voici les premières images que nous recevons de notre correspondant en Israël, Ben Weideman. »

L'écran se remplit aussitôt d'une foule qui brandissait le drapeau israélien et des pancartes en hébreu en criant des slogans. Puis la caméra montra un impressionnant rassemblement de caravanes et de mobil-homes que des équipes de colons s'activaient à protéger par une puissante clôture de rouleaux de barbelés et de blocs de béton.

« Nous sommes ici sur les flancs de l'implantation juive de Kedumin, à une vingtaine de kilomètres de la ville palestinienne de Naplouse, expliquait le journaliste. Conduits par le ministre du gouvernement Sharon, Avidgor Beibelman, quelque trois cents colons viennent de prendre possession d'une trentaine d'hectares appartenant à quatre villages arabes proches de la colonie de Kedumin. Procédant selon un plan méticuleusement préparé à l'avance, ils ont déjà commencé à délimiter les parcelles attribuées à chaque famille afin que celles-ci puissent s'y installer immédiatement avec leurs caravanes. »

La caméra montra ensuite un homme armé d'un mégaphone juché sur le capot d'une jeep. Une jeune femme s'était hissée à ses côtés.

— Frères et sœurs d'Israël ! s'écriait celui-ci tandis que défilait sur le bas de l'écran une traduction de son discours. Je suis Yaacov Levine, le chef d'Elon Sichem, notre nouvelle colonie sur la terre de la Judée et de la Samarie. Cette occupation nous permet d'accomplir l'une des obligations les plus sacrées de notre foi. Après deux mille ans d'absence, nous sommes enfin revenus sur la terre sainte donnée par Dieu à nos aïeux.

Alors que la foule acclamait l'orateur, la caméra se déplaça vers une femme en tchador noir qui poussait des cris désespérés au milieu d'une foule de paysans palestiniens :

— Nos oliviers, nos oliviers ! hurlait-elle. Ils sont en train de couper nos oliviers. Comment allons-nous pouvoir nourrir nos enfants ?

— Les chiens ! glapit de rage Oussama Ben Laden. Ce Satan de Bush préfère sacrifier des centaines de milliers de ses compatriotes plutôt que de s'opposer à Sharon. L'idée de Mugnieh de le soumettre à un chantage afin d'obtenir justice pour nos frères de Palestine était un rêve complètement utopique. La seule chose que comprennent les infidèles, c'est la terreur pure. Et puisque c'est la terreur qu'ils comprennent, c'est donc la terreur qu'ils auront !

Ben Laden se leva et, s'aidant d'une canne, fit quelques pas vers le petit coffre métallique placé à la tête du tapis qui lui servait de lit. Il en sortit un téléphone cellulaire qu'il glissa dans la poche de sa djellaba et se dirigea en trottinant vers la sortie de la grotte.

Une mule s'y trouvait toujours attachée pour le cas où le chef d'Al-Qaida devrait s'enfuir sans risquer qu'un bruit de moteur alerte les capteurs des drones américains. Par une sente de montagne, l'animal le mena jusqu'au fond de la vallée où l'attendaient une jeep et une escorte de guerriers pachtouns. Il ordonna au chauffeur de le conduire au petit village d'Oudja distant d'une quinzaine de kilomètres.

Dès qu'il aperçut le minaret de la mosquée du village, il fit signe au chauffeur de se ranger sur le bas-côté et de stopper le moteur. Ce qu'il était sur le point de faire représentait un extrême danger tant pour lui-même que pour ses compagnons au cas où les satellites d'écoute américains réussiraient à localiser l'endroit d'où il allait émettre son appel téléphonique. Mais c'est avec une jouissance visible qu'il sortit de sa poche son appareil cellulaire et en caressa chaque touche comme s'il s'agissait des grains d'un chapelet. Puis, de ses longs doigts, il composa avec ferveur les chiffres qu'il s'était mille fois répétés mentalement depuis que le physicien nucléaire Abdul Sharif Ahmad les lui avait communiqués.

Après avoir validé le numéro, il porta l'appareil à son oreille et entendit bientôt le tintement d'une sonnerie. Aucune musique céleste n'aurait pu lui apporter plus de bonheur que celle de ce carillon qui allait s'interrompre dans quelques secondes pour lui permettre de déclencher l'apocalypse chez le grand Satan.

La sonnerie se prolongea. Au lieu du déclic indiquant que la communication avait abouti, Ben Laden entendit avec stupéfaction la voix d'une messagerie qui lui annonçait en anglais :

« Nous regrettons, mais le numéro que vous venez de composer est provisoirement hors de service. Si vous le souhaitez, vous pouvez laisser un message après le signal sonore. »

FIN

Post scriptum

Quatre semaines après que la bombe terroriste eut été découverte et désamorcée, l'inspecteur chef T. F. O'Neill, l'agente du FBI Olivia Philips et Gladys Simpson de l'organisation NEST furent conviés à une cérémonie privée à la Maison-Blanche. Andrew Card les accueillit à l'entrée ouest de l'édifice et les conduisit dans un petit salon proche du Bureau ovale. Une seule autre personne avait été invitée, la photographe de l'agence United Press *Gina Newhouse appartenant au pool des correspondants accrédités auprès de la Maison-Blanche.*

Le Président fit son entrée un moment plus tard. En quelques phrases soigneusement choisies, il remercia au nom du pays les trois visiteurs pour l'action qu'ils avaient accomplie à New York. Saisissant alors les décorations qu'Andrew Card lui présentait sur un plateau, il passa autour du cou de chacun la médaille de la Liberté, l'ordre honorifique civil le plus élevé des États-Unis. Il serra ensuite chaleureusement la main de chacun des récipiendaires, embrassa les deux femmes et quitta la pièce.

Tout ému, T. F. O'Neill se tourna vers sa coéquipière.

— Dis donc, petite princesse, lui susurra-t-il à l'oreille, que dirais-tu si en rentrant à New York nous allions enfin manger nos pasta à la carbonara ?

— Bonne idée ! acquiesça joyeusement Olivia. Et nous dégusterons enfin à cette occasion le fameux chianti que tu m'as promis !

Andrew Card raccompagna les visiteurs à la porte ouest où une voiture les attendait pour les conduire à l'aéroport National Reagan. En sortant, la photographe de United Press *interpella Gladys.*

— D'où êtes-vous ? lui demanda-t-elle.

— De Livermore, en Californie.

— C'est rudement loin de New York ! Que faites-vous ?

— Je suis une physicienne nucléaire.

La photographe sursauta. « Nom d'une pipe ! se dit-elle en regardant les trois visiteurs avec leurs médailles s'engouffrer dans la voiture, je parie qu'il s'est passé quelque chose à New York dont la presse n'a pas été informée. »

Remerciements

Nous tenons à exprimer en tout premier lieu notre immense gratitude à nos épouses Dominique et Nadia qui partagèrent tous les instants de cette longue et difficile enquête et furent des collaboratrices irremplaçables pendant la préparation de cet ouvrage.

Nous adressons toute notre reconnaissance à Colette Modiano, à Manuela Andreota, à Marie-Benoîte Conchon et à Antoine Caro qui passèrent de longues heures à corriger notre manuscrit et nous aidèrent de leurs encouragements.

Nous n'aurions jamais pu écrire ce livre sans la confiance enthousiaste de nos amis éditeurs. Que Leonello Brandolini et Nicole Lattès, à Paris ; Gianni Ferrari, Massimo Turchetta et Joy Terekiev, à Milan ; Carlos Reves et Berta Noy, à Barcelone, soient chaleureusement remerciés.

Le lecteur comprendra que la nature particulièrement sensible des informations contenues dans ce livre ne nous permet pas de citer les noms de tous ceux qui ont contribué à nourrir les aspects les plus secrets de notre enquête. Nous souhaitons cependant remercier en France, Bernard Brillant et son équipe de spécialistes en informatique ; en Grande-Bretagne, le Dr Frank N. Barnaby, un éminent spécialiste des armements nucléaires aujourd'hui reconverti dans une action visant à empêcher la prolifération nucléaire. Que soient également remerciés à New York, le Dr Ralph James, directeur adjoint du laboratoire national atomique de Brookhaven ; le sénateur Christopher Shays, président de la sous-commission du Sénat pour la Sécurité nationale, responsable d'une importante enquête parlementaire sur la prévention du terrorisme nucléaire, ainsi que son assistant Larry Hallonan, qui ont généreusement enrichi notre enquête. Nous remercions aussi Brian Wilkes, Rick Arkin et Deborah Wilbur, tous trois membres du comité des urgences du département de l'Énergie qui, dans la réalité, serait chargé de gérer la crise imaginée par notre scénario, pour leurs précieuses informations.

Notre gratitude s'adresse également au Dr Lisa Gordon Hagerty, ancienne directrice de l'organisation NEST et, durant de nombreuses années, experte auprès du Conseil national de sécurité pour les affaires de terrorisme nucléaire, pour sa généreuse collaboration.

Nous remercions également Milton Beardon qui participa pendant cinq ans à la guerre contre l'Union soviétique en Afghanistan, ainsi que les nombreux responsables de la « Nuclear Threat Initiative » et de la fondation Carnegie pour la paix internationale, dont les archives et les témoignages ont guidé nos recherches.

Que soit enfin remercié notre ami Frank A. Bolz Jr. qui fut le pilier de notre enquête auprès des responsables des services de police américains.

D. L. et L. C.

Table

Composition et mise en page

NORD COMPO
multimédia

Impression réalisée sur Presse Offset par

BRODARD & TAUPIN
GROUPE CPI

28840 – La Flèche (Sarthe), le 06-04-2005
Dépôt légal : avril 2005

POCKET – 12, avenue d'Italie - 75627 Paris cedex 13
Tél. : 01.44.16.05.00

Imprimé en France